U0945373

生死场

萧红小说精选集

萧 红 著

天津出版传媒集团
天津人民出版社

目录

生死场[1]

一 麦场

一只山羊在大道边啮嚼榆树的根端。

城外一条长长的大道，被榆树打成荫片。走在大道中，像是走进一个荡动遮天的大伞。

山羊嘴嚼榆树皮，黏沫从山羊的胡子流延着。被刮起的这些黏沫，仿佛是胰子的泡沫，又像粗重浮游着的丝条；黏沫挂满羊腿，榆树显然是生了疮疖，榆树带着偌大的疤痕。山羊却睡在荫中，白囊一样的肚皮起起落落……

菜田里一个小孩慢慢地踱走。在草帽的盖伏下，像是一棵大形的菌类。捕蝴蝶吗？捉蚱虫吗？小孩在正午的太阳下。

很短时间以内，跌步的农夫也出现在菜田里。一片白菜的颜色

---

1 本篇编校自1935年上海容光书局《生死场》初刊版，基本保留原版习惯用字和标点用法。

有些相近山羊的颜色。

毗连着菜田的南端生着青穗的高粱的林。小孩钻入高粱之群里，许多穗子被撞着在头顶打坠下来。有时也打在脸上。叶子们交结着响，有时刺痛着皮肤。那里是绿色的甜味的世界，显然凉爽一些。时间不久小孩子争斗着又走出最末的那棵植物。立刻太阳烧着他的头发，急灵的他把帽子扣起来。

高空的蓝天，遮覆住菜田上跳跃着的太阳。没有一块行云。一株柳条的短枝，小孩挟在腋下，走路他的两腿膝盖远远的分开，两只脚尖向里勾着，勾得腿在抱着个盆样。跌脚的农夫早已看清是自己的孩子了，他远远地完全用喉音在问着："罗圈腿，唉呀！……不能找到？"

这个孩子的名字十分象征着他。他说："没有。"

菜田的边道，小小的地盘，绣着野菜。经过这条短道，前面就是二里半的房窝，他家门前种着一株杨树，杨树翻摆着自己的叶子。每日二里半走在杨树下，总是听一听杨树的叶子怎样响；看一看杨树的叶子怎样动摆？杨树每天这样……他也每天停脚。今天是他第一次破例，什么他都忘记，只见跌脚跌得更深了！每一步像在踏下一个坑去。

土屋周围，树条编做成墙，杨树一半荫影洒落到院中；麻面婆在荫影中洗濯衣裳。正午田圃间只留着寂静，惟有蝴蝶们为着花，远近的翩飞，不怕太阳烧毁它们的翅膀。一切都回藏起来，一只狗也寻着有荫的地方睡了！虫子们也回藏不鸣！

汗水在麻面婆的脸上，如珠如豆，渐渐侵着每个麻痕而下流。麻面婆不是一只蝴蝶，她生不出磷膀来，只有印就的麻痕。

两只蝴蝶飞戏着闪过麻面婆，她用湿的手把飞着的蝴蝶打下来，一个落到盆中溺死了！她的身子向前继续伏动，汗流到嘴了，她舐尝一点盐的味，汗流到眼睛的时候，那是非常辣，她急切用湿手揩拭一下，但仍不停的洗濯。她的眼睛好像哭过一样，揉擦出脏污可笑的圈子，若远看一点，那正合乎戏台上的丑角；眼睛大得那样可怕，比起牛的眼睛来更大，而且脸上也有不定的花纹。

土房的窗子，门，望去那和洞一样。麻面婆踏进门，她去找另一件要洗的衣服，可是在炕上，她抓到了日影，但是不能拿起，她知道她的眼睛是晕花了！好像在光明中忽然走进灭了灯的夜。她休息下来。感到非常凉爽。过了一会在席子下面她抽出一条自己的裤子。她用裤子抹着头上的汗，一面走回树荫放着盆的地方，她把裤子也浸进泥浆去。

裤子在盆中大概还没有洗完，可是挂到篱墙上了！也许已经洗完？麻面婆做事是一件跟紧一件，有必要时，她放下一件又去做别的。

邻屋的烟筒，浓烟冲出，被风吹散着，布满全院。烟迷着她的眼睛了！她知道家人要回来吃饭，慌张着心弦，她用泥浆浸过的手去墙角拿茅草，她贴了满手的茅草，就那样，她烧饭，她的手从来不用清水洗过。她家的烟筒也走着烟了。过了一会，她又出来取柴，茅草在手中，一半拖在地面，另一半在围裙下，她是摇拥着走。头发飘了满脸，那样，麻面婆是一只母熊了！母熊带着草类进洞。

浓烟遮住太阳，院中一霎明暗，在空中烟和云似的。

篱墙上的衣裳在滴水滴，蒸着污浊的气。全个村庄在火中窒息。午间的太阳权威着一切了！

“他妈的，给人家偷着走了吧？”

二里半跌脚利害的时候，都是把屁股向后面斜着，跌出一定的角度来。他去拍一拍山羊睡觉的草棚，可是羊在那里？

“他妈的，谁偷了羊……混账种子！”

麻面婆听着丈夫骂，她走出来凹着眼睛：

“饭晚啦吗？看你不回来，我就洗些个衣裳。”

让麻面婆说话，就像让猪说话一样，也许她喉咙组织法和猪相同，她总是发着猪声。

“唉呀！羊丢啦！我骂你那个傻老婆干什么？”

听说羊丢，她去扬翻柴堆，她记得有一次羊是钻过柴堆。但，那在冬天，羊为着取暖。她没有想一想，六月天气，只有和她一样傻的羊才要钻柴堆取暖。她翻着，她没有想。全头发洒着一些细草，她丈夫想止住她，问她什么理由，她始终不说。她为着要作出一点奇迹，为着从这奇迹，今后要人看重她。表明她不傻，表明她的智慧是在必要的时节出现，于是像狗在柴堆上耍得疲乏了！手在扒着发间的草杆，她坐下来。她意外的感到自己的聪明不够用，她意外的向自己失望。

过了一会邻人们在太阳底下四面出发，四面寻羊；麻面婆的饭锅冒着气，但，她也跟在后面。

二里半走出家门不远，遇见罗圈腿，孩子说：

“爸爸，我饿！”

二里半说：“回家去吃饭吧！”

可是二里半转身时老婆和一捆稻草似的跟在后面。

“你这老婆，来干什么？领他回家去吃饭。”

他说着不停的向前跌走。

黄色的，近黄色的，麦地只留下短短的根苗。远看来麦地使人悲伤。在麦地尽端，井边什么人在汲水。二里半一只手遮在眉上，东西眺望，他忽然决定到那井的地方，在井沿看下去，什么也没有，用井上汲水的桶子向水底深深的探试，什么也没有，最后，绞上水桶，他伏身到井边喝水，水在喉中有声，像是马在喝。

老王婆在门前草场上休息：“麦子打得怎样啦？我的羊丢了！”

二里半青色的面孔为了丢羊更青色了！

咩……咩……羊叫，不是羊叫，寻羊的人叫。

林荫一排砖车经过，车夫们哗闹着。山羊的午睡醒转过来，它迷茫着用犄角在周身剔毛。为着树叶绿色的反映，山羊变成浅黄。卖瓜的人在道旁自己吃瓜。那一排砖车扬起浪般的灰尘，从林荫走上进城的大道。

山羊寂寞着，山羊完成了它的午睡，完成了它的树皮餐，而归家去了。山羊没有归家，它经过每棵高树，也听遍了每张叶子的刷鸣，山羊也要进城吗！它奔向进城的大道。

咩……咩，羊叫，不是羊叫，寻羊的人叫，二里半比别人叫出来更大声，那不像是羊叫，像是一条牛了！

最后，二里半和地邻动打，那样，他的帽子，像断了线的风筝，飘摇着下降，从他头上飘摇到远处。

“你踏碎了俺的白菜！——你……你……”

那个红脸长人，像是魔王一样，二里半被打得眼睛晕花起来，他去抽拔身边的一棵小树，小树无由的被害了，那家的女人出来，送出一只搅酱缸的耙子，耙子滴着酱。

他看见耙子来了，拔着一棵小树跑回家去，草帽是那般孤独的丢在井边，草帽他不知戴过了多少年头。

二里半骂着妻子：“混蛋，谁吃你的焦饭！”

他的面孔和马脸一样长。麻面婆惊惶着，带着愚蠢的举动，她知道山羊一定没能寻到。

过了一会，她到饭盆那里哭了！“我的……羊，我一天一天喂喂……大的，我抚摸着长起来的！”

麻面婆的性情不会抱怨。她一遇到不快时，或是丈夫骂了她，或是邻人与她拌嘴，就连小孩子们扰烦她时，她都是像一摊蜡消融下来。她的性情不好反抗，不好争斗，她的心像永远贮藏着悲哀似的，她的心永远像一块衰弱的白棉。她哭抽着，任意走到外面把晒干的衣裳搭进来，但她绝对没有心思注意到羊。

可是会旅行的山羊在草棚不断的搔痒，弄得板房的门扇快要掉落下来，门扇摔摆的响着。

下午了，二里半仍在炕上坐着。

“妈的，羊丢了就丢了吧！留着它不是好兆相。”

但是妻子不晓得养羊会有什么不好的兆相，她说：

“哼！那么白白地丢了？我一会去找，我想一定在高粱地里。”

“你还去找？你别找啦！丢就丢了吧！”

“我能找到它呢！”

“唉呀，找羊会出别的事哩！”

他脑中回旋着挨打的时候：——草帽像断了线的风筝飘摇着下落，酱耙子滴着酱。快抓住小树，快抓住小树。……二里半心中翻着这不好的兆相。

他的妻不知道这事。她朝向高粱地去了：蝴蝶和别的虫子热闹着，田地上有人工作了。她不和田上的妇女们搭话，经过留着根的麦地时，她像微点的爬虫在那里。阳光比正午钝了些，虫鸣渐多了；渐飞渐多了！

老王婆工作剩余的时间，尽是，述说她无穷的命运。她的牙齿为着述说常常切得发响，那样她表示她的愤恨和潜怒。在星光下，她的脸纹绿了些，眼睛发青，她的眼睛是大的圆形。有时她讲到兴奋的话句，她发着嘎而没有曲折的直声。邻居的孩子们会说她是一头“猫头鹰”，她常常为着小孩子们说她“猫头鹰”而愤激，她想自己怎么会成个那样的怪物呢？像啐[1]着一件什么东西似的，她开始吐痰。

孩子们的妈妈打了他们，孩子跑到一边去哭了！这时王婆她该终止她的讲说，她从窗洞爬进屋去过夜。但有时她并不注意孩子们哭，她不听见似地，她仍说着那一年麦子好；她多买了一条牛，牛又生了小牛，小牛后来又怎样？……她的讲话总是有起有落；关于一条牛，她能有无量的言词：牛是什么颜色？每天要吃多少水草？甚至要说到牛睡觉是怎样的姿势。

但是今夜院中一个讨厌的孩子也没有。王婆领着两个邻妇，坐在一条喂猪的槽子上，她们的故事便流水一般地在夜空里延展开。

天空一些云忙走，月亮陷进云围时，云和烟样，和煤山样，快要燃烧似地。再过一会，月亮埋进云山，四面听不见蛙鸣；只是萤虫闪闪着。

屋里，像是洞里，响起鼾声来，布遍了的声波旋走了满院。天边小的闪光不住的在闪合。王婆的故事对比着天空的云：

“……一个孩子三岁了，我把她摔死了，要小孩子我会成了个废物。……那天早晨……我想一想！……是早晨，我把她坐在草堆，我去喂牛；草堆是在房后。等我想起孩子来，我跑去抱她，我看见草堆上没有孩子；我看见草堆下有铁犁的时候，我知道，这是恶兆，偏偏孩子跌在铁犁一起，我以为她还活着呀！等我抱起来的时候……

---

1 1935 年，初刊版作“碎”。

啊呀！”

一条闪光裂开来，看得清王婆是一个兴奋的幽灵。全麦田，高粱地，菜圃，都在闪光下出现。妇人们被惶憾着，像是有什么冷的东西，扑向她们的脸去。闪光一过，王婆的话声又连续下去：

“……啊呀！……我把她丢到草堆上，血尽是向草堆上流呀！她的小手颤颤着，血在冒着汽从鼻子流出，从嘴也流出，好像喉管被切断了。我听一听她的肚子还有响；那和一条小狗给车轮辗死一样。我也亲眼看过小狗被车轮轧死，我什么都看过。这庄上的谁家养小孩，一遇到孩子不能养下来，我就去拿着钩子，也许用那个掘菜的刀子，把孩子从娘的肚里硬搅出来。孩子死，不算一回事，你们以为我会暴跳着哭吧？我会嚎叫吧？起先我心也觉得发颤，可是我一看见麦田在我眼前时，我一点都不后悔，我一滴眼泪都没淌下。以后麦子收成很好，麦子是我割倒的，在场上一粒一粒我把麦子拾起来，就是那年我整个秋天没有停脚，没讲闲活，像连口气也没得喘似的，冬天就来了！到冬天我和邻人比着麦粒，我的麦粒是那样大呀！到冬天我的背曲得有些利害，在手里拿着大的麦粒。可是，邻人的孩子却长起来了！……到那时候，我好像忽然才想起我的小钟。”

王婆推一推邻妇，荡一荡头：

“我的孩子小名叫小钟呀！……我接连着熬苦了几夜没能睡，什么麦啦？从那时起，我连麦粒也不怎样看重了！就是如今，我也不把什么看重。那时我才二十几岁。”

闪光相连起来，能言的幽灵默默坐在闪光中。邻妇互望着，感到有些寒冷。

狗在麦场张狂着咬过来，多云的夜什么也不能告诉人们。忽然一道闪光，看见的黄狗卷着尾巴向二里半叫去，闪光一过，黄狗又回到麦堆，草茎折动出细微的声音。

“三哥不在家里？”

“他睡着哩！”王婆又回到她的默默中，她的答话像是从一个空瓶子或是从什么空的东西发出。猪槽上她一个人化石一般地留着。

“三哥！你又和三嫂闹嘴吗？你常常和她闹嘴，那会败坏了平安的日子的。”

二里半，能宽容妻子，以他的感觉去衡量别人。

赵三点起烟火来，他红色的脸笑了笑：“我没和谁闹嘴哩！”

二里半他从腰间解下烟袋，从容着说：

“我的羊丢了！你不知道吧？它又走了回来。要替我说出买主去，这条羊留着不是什么好兆相。”

赵三用粗嘎的声音大笑，大手和红色脸在闪光中伸现出来：

“哈……哈，倒不错，听说你的帽子飞到井边团团转呢！”

忽然二里半又看见身边长着一棵小树，快抓住小树，快抓住小树。他幻想终了，他知道被打的消息是传布出来，他捻一捻烟火，解辩着说：

“那家子不通人情，那有丢了羊不许找的勾当？他硬说踏了他的白菜，你看，我不能和他动打。”

摇一摇头，受着辱一般的冷没下去，他吸烟管，切心地感到羊不是好兆相，羊会伤着自己的脸面。

来了一道闪光，大手的高大的赵三，从炕沿站起，用手掌擦着眼睛。他忽然响叫：

“怕是要落雨吧！——坏啦！麦子还没打完，在场上堆着！”

赵三感到养牛和种地不足，必须到城里去发展。他每日进城，他渐渐不注意麦子，他梦想着另一桩有望的事业。

“那老婆，怎不去看麦子？麦子一定要给水冲走呢？”

赵三习惯的总以为她会坐在院心，闪光更来了！雷响，风声。一切翻动着黑夜的庄村。

“我在这里呀！到草棚拿席子来，把麦子盖起吧！”

喊声在有闪光的麦场响出，声音像碰着什么似的，好像在水上响出，王婆又震动着喉咙：“快些，没有用的，睡觉睡昏啦！你是摸不到门啦！”

赵三为着未来的大雨所恐吓，没有同她拌嘴。

高粱地像要倒折，地端的榆树吹啸起来，有点像金属的声音，为着闪的原故，全庄忽然裸现，忽然又沉埋下去。全庄像是海上浮着的泡沫。邻家和距离远一点的邻家有孩子的哭声，大人在嚷吵，什么酱缸没有盖啦！驱赶着鸡雏啦！种麦田的人家嚷着麦子还没有打完啦，农家好比鸡笼，向着鸡笼投下火去，鸡们会翻腾着。

黄狗在草堆开始做窝，用腿扒草，用嘴扯草。王婆一边颤动，一边手里拿着耙子：

“该死的，麦子今天就应该打完，你进城就不见回来，麦子算是可惜啦！”

二里半在电光中走近家门，有雨点打下来，在植物的叶子上稀疏的响着。

雨点打在他的头上时，他摸一下头顶而没有了草帽。关于草帽，二里半一边走路一边怨恨山羊。

早晨了，雨还没有落下。东边一道长虹悬起来；感到湿的气味的云掠过人头，东边高粱头上，太阳走在云后，那过于艳明，像红色的水晶，像红色的梦。远看高粱和小树林一般森严着；村家在早晨趁着气候的凉爽，各自在田间忙。

赵三门前，麦场上小孩子牵着马，因为是一条年青的马，它跳着荡着尾巴跟它的小主人走上场来。小马欢喜用嘴撞一撞停在场上的“石磙”，它的前腿在平滑的地上踩打几下，接着它必然像索求什么似的叫起不很好听的声来。

王婆穿的宽袖的短袄，走上平场。她的头发毛乱而且绞卷着，朝晨的红光照着她，她的头发恰像田上成熟的玉米缨穗，红色并且蔫卷。

马儿把主人呼唤出来，它等待给它装置“石磙”，“石磙”装好的时候，小马摇着尾巴，不断的摇着尾巴，它十分驯顺和愉快。

王婆摸一摸席子潮湿一点，席子被拉在一边了；孩子跑过去，帮助她，麦穗布满平场，王婆拿着耙子站到一边。小孩欢跑着立到场子中央，马儿开始转跑。小孩在中心地点也是转着。好像画圆周时用的圆规一样，无论马儿怎样跑，孩子总在圆心的位置。因为小马发疯着。飘扬着跑它和孩子一般地贪玩，弄得麦穗溅出场外。王婆用耙子打着马，可是走了一会它游戏够了，就和斯耍着的小狗需要休息一样，休息下来。王婆着了疯一般地又挥着耙子，马暴跳起来，它跑了两个圈子，把“石磙”带着离开铺着麦穗的平场；并且嘴里咬嚼一些麦穗。系住马勒带的孩子挨骂着：

“呵！你总偷着把它拉上场，你看这样的马能以打麦子吗？死了去吧！别烦我吧！”

小孩子拉马走出平场的门；到马槽子那里，去拉那个老马。把小马束好在杆子间。老马差不多完全脱了毛，小孩子不爱它，用勒带打着它走，可是它仍和一块石头或是一棵生了根的植物那样不容搬运。老马是小马的妈妈，它停下来，用鼻头偎着小马肚皮间破裂的流着血的伤口。小孩子看见他爱的小马流血，心中惨惨的眼泪要落出来，但是他没能晓得母子之情，因为他还没能看见妈妈：他是私生子。脱着光毛的老动物，催逼着离开小马，鼻头染着一些血，走上麦场。

村前火车经过河桥，看不见火车，听见隆隆的声响。王婆注意着旋上天空的黑烟。前村的人家，驱着白菜车去进城，走过王婆的场子时，从车上抛下几个柿子来，一面说："你们是不种柿子的，这是贱东西，不值钱的东西，麦子是发财之道呀！"驱着车子的青年结实的汉子过去了；鞭子甩响着。

老马看着墙外的马不叫一声，也不响鼻子。小孩去拿柿子吃，柿子还不十分成熟，半青色的柿子，永远被人们摘取下来。

马静静地停在那里，连尾巴也不甩摆一下。也不去用嘴触一触石磙；就连眼睛它也不远看一下，同时它也不怕什么工做，工作来的时候，它就安心去开始；一些绳锁束上身时，它就跟住主人的鞭子。主人的鞭子很少落到它的皮骨，有时它过分疲惫而不能支持，行走过分缓慢；主人打了它，用鞭子，或是用别的什么，但是它并不暴跳，因为一切过去的年代规定了它。

麦穗在场上渐渐不成形了！

"来呀！在这儿拉一会马呀！平儿！"

"我不愿意和老马在一块，老马整天像睡着。"

平儿囊中带着柿子走到一边去吃，王婆怨怒着："好孩子呀！我管不好你，你还有爹哩！"

平儿没有理谁，走出场子，向着东边种着花的地端走去。他看着红花，吃着柿子走。

灰色的老幽灵暴怒了：“我去唤你的爹爹来管教你呀！”

她像一只灰色的大鸟走出场去。

清早的叶子们！树的叶子们，花的叶子们，闪着银珠了！太阳不着边际地轮圆在高粱棵的上端，左近的家屋在预备早饭了。

老马自己在滚压麦穗，勒带在嘴下拖着，它不偷食麦粒，它不走脱了轨，转过一个圈，再转过一个，绳子和皮条有次序的向它光皮的身子磨擦，老动物自己无声的动在那里。

种麦的人家，麦草堆得高涨起来了！福发家的草堆也涨过墙头。福发的女人吸起烟管。她是健壮而短小，烟管随意冒着烟；手中的耙子，不住的耙在平场。

侄儿打着鞭子经行在前面的林荫，静静悄悄地他唱着寂寞的歌声；她为歌声感动了！耙子快要停下来，歌声仍起在林端：

“昨晨落着毛毛雨，……小姑娘，披蓑衣……小姑娘，……去打鱼。”

二 菜圃

菜圃上寂寞的大红的西红柿，红着了。小姑娘们摘取着柿子，大红大红的柿子，盛满她们的筐篮；也有的在拔青萝卜，红萝卜。

金枝听着鞭子响，听着口哨响，她猛然站起来，提好她的筐子惊惊怕怕的走出菜圃。在菜田东边，柳条墙的那个地方停下，她听一听口笛渐渐远了！鞭子的响声与她隔离着了！她忍耐着等了一会，口笛婉转地从背后的方向透过来；她又将与他接近着了！菜田上一些女人望见她，远远的呼唤：

“你不来摘柿子，干什么站到那儿？”

她摇一摇她成双的辫子，她大声摆着手说：“我要回家了！”

姑娘假装着回家，绕过人家的篱墙，躲避一切菜田上的眼睛，朝向河湾去了。筐子挂在腕上，摇摇搭搭。口笛不住的在远方催逼她，仿佛她是一块被引的铁跟住了磁石。

静静的河湾有水湿的气味，男人等在那里。

五分钟过后，姑娘仍和小鸡一般，被野兽压在那里。男人着了疯了！他的大手敌意一般地捉紧另一块肉体，想要吞食那块肉体，想要破坏那块热的肉。尽量的充涨了血管，仿佛他是在一条白的死尸上面跳动，女人赤白的圆形的腿子，不能盘结住他。于是一切音响从两个贪婪着的怪物身上创作出来。

迷迷荡荡的一些花穗颤在那里，背后的长茎草倒折了！不远的地方打柴的老人在割野草。他们受着惊扰了！发育完强的青年的汉子，带着姑娘，像猎犬带着捕捉物似的，又走下高粱地去。他的手是在姑娘的衣裳下面展开着走。

吹口哨，响着鞭子，他觉得人间是温存而愉快。他的灵魂和肉体完全充实着，婶婶远远的望见他，走近一点，婶婶说：

“你和那个姑娘又遇见吗？她真是个好姑娘。……唉……唉！”

婶婶像是烦躁一般紧紧靠住篱墙。侄儿向她说：

“婶娘你唉唉什么呢？我要娶她哩！”

“唉……唉……”

婶婶完全悲伤下去，她说：

“等你娶过来，她会变样，她不和原来一样，她的脸是青白色；

你也再不把她放在心上，你会打骂她呀！男人们心上放着女人，也就是你这样的年纪吧！”

婶婶表示出她的伤感，用手按住胸膛，她防止着心脏起什么变化，她又说：

“那姑娘我想该有了孩子吧？你要娶她，就快些娶她。”

侄儿回答：“她娘还不知道哩！要寻一个做媒的人。”

牵着一条牛，福发回来。婶婶望见了，她急旋着走回院中，假意收拾柴栏。叔叔到井边给牛喝水，他又拉着牛走了！婶婶好像小鼠一般又抬起头来，又和侄儿讲话：

“成业，我对你告诉吧！年青的时候，姑娘的时候，我也到河边去钓鱼，九月里落着毛毛雨的早晨，我披着蓑衣坐在河沿，没有想到，我也不愿意那样；我知道给男人做老婆是坏事，可是你叔叔，他从河沿把我拉到马房去，在马房里，我什么都完啦！可是我心也不害怕，我欢喜给你叔叔做老婆。这时节你看：我怕男人，男人和石块一般硬，叫我不敢触一触他。”

“你总是唱什么落着毛毛雨，披蓑衣去打鱼……我再也不愿听这曲子，年青人什么也不可靠，你叔叔也唱这曲子哩！这时他再也不想从前了！那和死过的树一样不能再活。”

年青的男人不愿意听婶婶的话，转走到屋里，去喝一点酒。他为着酒，大胆把一切告诉了叔叔。福发起初只是摇头，后来慢慢的问着：

“那姑娘是十七岁吗？你是廿岁。小姑娘到咱们家里，会做什么活计？”

争夺着一般的，成业说：

“她长得好看哩！她有一双亮油油的黑辫子。什么活计她也能做，很有气力呢！”

成业的一些话，叔叔觉得他是喝醉了，往下叔叔没有说什么，坐在那里沉思过一会，他笑着望着他的女人：

“啊呀……我们从前也是这样哩！你忘记吗？那些事情，你忘记了吧！……哈……哈，有趣的呢，回想年青真有趣的哩。”

女人过去拉着福发的臂，去抚媚他。但是没有动，她感到男人的笑脸不是从前的笑脸，她心中被他无数生气的面孔充塞住，她没有动，她笑一下赶忙又把笑脸收了回去。她怕笑得时间长，会要挨骂。男人叫把酒杯拿过去，女人听了这话，听了命令一般把杯子拿给他。于是丈夫也昏沉的睡在炕上。

女人悄悄地蹑脚着走出了停在门边，她听着纸窗在耳边鸣，她完全无力，完全灰色下去。场院前，蜻蜓们闹着向日葵的花。但这与年青的妇人绝对隔碍着。

纸窗渐渐的发白，渐渐可以分辨出窗棂来了！进过高粱地的姑娘一边幻想着一边哭，她是那样的低声，还不如窗纸的鸣响。

她的母亲翻转身时，哼着，有时也挫响牙齿。金枝怕要挨打，连在黑暗中把眼泪也拭得干净。老鼠一般地整夜好像睡在猫的尾巴下。通夜都是这样，每次母亲翻动时，像爆裂一般地，向自己的女孩的枕头的地方骂了一句：

“该死的！”

接着她便要吐痰，通夜是这样，她吐痰，可是她并不把痰吐到地上；她愿意把痰吐到女儿的脸上。这次转身她什么也没有吐，也没骂。

可是清早，当女儿梳好头辫，要走上田的时候，她疯着一般夺下她的筐子：

“你还想摘柿子吗？金枝，你不像摘柿子吧？你把筐子都丢啦！我看你好像一点心肠也没有，打柴的人幸好是朱大爷，若是别人拾去还能找出来吗？若是别人拾得了筐子，名声也不能好听哩！福发的媳妇，不就是在河沿坏的事吗？全村就连孩子们也是传说。唉！……那是怎样的人呀？以后婆家也找不出去。她有了孩子，没法做了福发的老婆，她娘为这事羞死了似的，在村子里见人，都不能抬起头来。”

母亲看着金枝的脸色马上苍白起来，脸色变成那样脆弱。母亲以为女儿可怜了，但是她没晓得女儿的手从她自己的衣裳里边偷偷的按着肚子，金枝感到自己有了孩子一般恐怖。母亲说：

“你去吧！你可再别和小姑娘们到河沿去玩，记住，不许到河边去。”

母亲在门外看着姑娘走，她没立刻转回去，她停住在门前许多时间，姑娘眼望着加入田间的人群，母亲回到屋中一边烧饭，一边叹气，她体内像染着什么病患似的。

农家每天从田间回来才能吃早饭。金枝走回来时，母亲看见她手在按着肚子：

“你肚子疼吗？”

她被惊着了，手从衣裳里边抽出来，连忙摇着头：“肚子不疼。”

“有病吗？”

“没有病。”

于是她们吃饭。金枝什么也没有吃下去，只吃过粥饭就离开饭桌了！母亲自己收拾了桌子说：

“连一片白菜叶也没吃呢！你是病了吧？”

等金枝出门时，母亲呼唤着：

“回来，再多穿一件夹袄，你一定是着了寒，才肚子疼。”

母亲加一件衣服给她，并且又说：

“你不要上地吧？我去吧！”

金枝一面摇着头走了！披在肩上的母亲的小袄没有扣钮子，被风吹飘着。

金枝家的一片柿地，和一个院宇那样大的一片。走进柿地嗅到辣的气味，刺人而说不定是什么气味。柿秧最高的有两尺高，在枝间挂着金红色的果实。每棵，每棵挂着许多，也挂着绿色或是半绿色的一些。除了另一块柿地和金枝家的柿地接连着，左近全是菜田了！八月里人们忙着扒“土豆”；也有的砍着白菜，装好车子进城去卖。

二里半就是种菜田的人。麻面婆来回的搬着大头菜，送到地端的车子上。罗圈腿也是来回向地端跑着，有时他抱了两棵大形的圆白菜，走起来两臂像是架着两块石头样。

麻面婆看见身旁别人家的倭瓜红了。她看一下，近处没有人，起始把靠菜地长着的四个大倭瓜都摘落下来了。两个和小西瓜一样大的，她叫孩子抱着。罗圈腿脸累得涨红和倭瓜一般红，他不能再抱动了！两臂像要被什么压掉一般。还没能到地端，刚走过金枝身旁，他大声求救似的：

“爹呀，西……西瓜快要摔啦，快要摔碎啦！”

他着忙把倭瓜叫西瓜。菜田许多人，看见这个孩子都笑了！凤姐望着金枝说：

“你看这个孩子，把倭瓜叫成西瓜。”

金枝看了一下，用面孔无心的笑了一下。二里半走过来，踢了孩子一脚；两个大的果实坠地了！孩子没有哭，发愣地站到一边。

二里半骂他：

“混蛋，狗娘养的，叫你抱白菜，谁叫你摘倭瓜啦？……”

麻面婆在后面走着，她看到儿子遇了事，她巧妙的弯下身去，把两个更大的倭瓜丢进柿秧中。谁都看见她作这种事，只是她自己感到巧妙。二里半问她：

“你干的吗？胡突虫！错非你……”

麻面婆哆嗦了一下，口齿比平常更不清楚了：“……我没……”

孩子站在一边尖锐地嚷着：“不是你摘下来叫我抱着送上车去吗？不认账！”

麻面婆她使着眼神，她急得要说出口来：“我是偷的呢！该死的……别嚷叫啦，要被人抓住啦！”

平常最没有心肠看热闹的，不管田上发生了什么事，也沉埋在那里的人们现在也来围住他们了！这里好像唱着武戏，戏台上要着他们一家三人。二里半骂着孩子：

“他妈的混账，不能干活，就能败坏，谁叫你摘倭瓜？”

罗圈腿那个孩子，一点也不服气的跑过去，从柿秧中把倭瓜滚弄出来了！

大家都笑了，笑声超过人头。可是金枝好像患着传染病的小鸡一般，霎着眼睛蹲在柿秧下，她什么也没有理会，她逃出了眼前的世界。

二里半气愤得几乎不能呼吸，等他说出“倭瓜”是自家种的，为着留种子的时候，麻面婆站在那里才松了一口气，她以为这没有什么过错，偷摘自己的倭瓜。她仰起头来向大家表白：“你们看，我不知道，实在不知道倭瓜是自家的呢！”

麻面婆不管自己说话好笑不好笑，挤过人围，结果把倭瓜抱到车子那里。于是车子走向进城的大道，弯腿的孩子拐歪着跑在后面。马，车，人渐渐消失在道口了！

田间不断的讲着偷菜棵的事。关于金枝也起着流言：

“那个丫头也算完啦！”

“我早看她起了邪心，看她摘一个柿子要半天工夫；昨天把柿筐都忘在河沿！”

“河沿不是好人去的地方。”

凤姐身后，两个中年的妇人坐在那里扒胡萝卜。可是议论着，有时也说出一些淫污的话，使凤姐不大明白。

金枝的心总是悸动着，时间和苍蝇缕着丝线那样绵长；心境坏到极点。金枝脸色脆弱朦胧得像罩着一块面纱。她听一听口哨还没有响。辽阔的可以看到福发家的围墙，可是她心中的哥儿却永不见出来。她又继续摘柿子，无论青色的柿子她也摘下。她没能注意到柿子的颜色，并且筐子也满着了！她不把柿子送回家去，一些杂色的柿子，被她散乱的铺了满地。那边又有女人故意大声议论她：

“上河沿去跟男人，没羞的，男人扯开她的裤子？……”

金枝关于眼前的一切景物和声音，她忽略过去；她把肚子按得那样紧，仿佛肚子里面跳动了！忽然口哨传来了！她站起来，一个柿子被踏碎，像是被踏碎的蛤蟆一样，发出水声。她被跌倒了，口哨也跟着消灭了！以后无论她怎样听，口哨也不再响了。

金枝和男人接触过三次：第一次还是在两个月以前，可是那时母亲什么也不知道，直到昨天筐子落到打柴人手里，母亲算是渺渺茫茫的猜度着一些。

金枝过于痛苦了，觉得肚子变成个可怕的怪物，觉得里面有一块硬的地方，手按得紧些，硬的地方更明显。等她确信肚子有了孩子的时候，她的心立刻发呕一般颤索起来，她被恐怖把握着了。奇怪的，两个蝴蝶叠落着贴落在她的膝头。金枝看着这邪恶的一对虫子而不拂去它。金枝仿佛是米田上的稻草人。

母亲来了，母亲的心远远就系在女儿的身上。可是她安静的走来，远看她的身体几乎呈出一个完整的方形，渐渐可以辨得出她尖形的脚在袋口一般的衣襟下起伏的动作。在全村的老妇人中什么是她的特征呢？她发怒和笑着一般，眼角集着愉悦的多形的纹皱。嘴角也完全愉快着，只是上唇有些差别，在她真正愉快的时候，她的上唇短了一些。在她生气的时候，上唇特别长，而且唇的中央那一小部分尖尖的，完全像鸟雀的嘴。

母亲停住了。她的嘴是显着她的特征，——全脸笑着，只是嘴和鸟雀的嘴一般。因为无数青色的柿子惹怒她了！金枝在沉想的深渊中被母亲踢打了：

“你发傻了吗？啊……你失掉了魂啦？我撕掉你的辫子……”

金枝没有挣扎，倒了下来：母亲和老虎一般捕住自己的女儿。金枝的鼻子立刻流血。

她小声骂她，大怒的时候她的脸色更畅快笑着，慢慢的掀着尖唇，眼角的线条更加多的组织起来。

“小老婆，你真能败毁。摘青柿子。昨夜我骂了你，不服气吗？”

母亲一向是这样，很爱护女儿，可是当女儿败坏了菜棵，母亲便去爱护菜棵了。农家无论是菜棵，或是一株茅草也要超过人的价值。

该睡觉的时候了！火绳从门边挂手巾的铁丝线上倒垂下来，屋中听不着一个蚊虫飞了！夏夜每家挂着火绳。那绳子缓慢而绵长的燃着。惯常了，那像庙堂中燃着的香火，沉沉的一切使人无所听闻，渐渐催人入睡。艾蒿的气味渐渐织入一些疲乏的梦魂去。蚊虫被艾蒿烟驱走。金枝同母亲还没有睡的时候，有人来在窗外，轻慢的咳嗽着。

母亲忙点灯火，门响开了！是二里半来了。无论怎样母亲不能把灯点着，灯心处，着水的炸响，母亲手中举着一枝火柴，把小灯列得和眉头一般高，她说：

“一点点油也没有了呢！”

金枝到外房去倒油。这个期间，他们谈说一些突然的事情。母亲关于这事惊恐似的，坚决的，感到羞辱一般的荡着头：

“那是不行，我的女儿不能配到那家子人家。”

二里半听着姑娘在外房盖好油罐子的声音，他往下没有说什么。金枝站在门限向妈妈问：“豆油没有了，装一点水吧？”

金枝把小灯装好，摆在炕沿，燃着了！可是二里半到她家来的意义是为着她，她一点不知道。二里半为着烟袋向倒悬的火绳取火。

母亲，手在按住枕头，她像是想什么，两条直眉几乎相连起来。女儿在她身边向着小灯垂下头。二里半的烟火每当他吸过了一口便红了一阵。艾蒿烟混加着烟叶的气味，使小屋变做地下的窖子一样黑重！二里半作窘一般的咳嗽了几声。金枝把流血的鼻子换上另一块棉花。因为没有言语，每个人起着微小的潜意识的动作。

就这样坐着，灯火又响了。水上的浮油烧尽的时候，小灯又要灭，二里半沉闷着走了！二里半为人说媒被拒绝，羞辱一般的走了。

中秋节过去，田间变成残败的田间；太阳的光线渐渐从高空忧郁下来，阴湿的气息在田间到处撩走。南部的高粱完全睡倒下来，接接连连的望去，黄豆秧和揉乱的头发一样蓬蓬在地面，也有的地面完全拔秃着的。

早晨和晚间都是一样，田间憔悴起来。只见车子，牛车和马车轮轮滚滚的载满高粱的穗头，和大豆的杆秧。牛们流着口涎愚直的挂下着，发出响动的车子前进。

福发的侄子驱着一条青色的牛，向自家的场院载拖高粱。他故意绕走一条曲道，那里是金枝的家门，她心涨裂一般的惊慌，鞭子于是响来了。

金枝放下手中红色的辣椒，向母亲说：

“我去一趟茅屋。”

于是老太太自己串辣椒，她串辣椒和纺织一般快。

金枝的辫子毛毛着，脸是完全充了血。但是她患着病的现象，把她变成和纸人似的，像被风飘着似出现在房后的围墙。

你害病吗？倒是为什么呢？但是成业是乡村长大的孩子，他什么也不懂得问。他丢下鞭子，从围墙宛如飞鸟落过墙头，用腕力搒住病的姑娘；把她压在墙角的灰堆上，那样他不是想要接吻她，也不是想要热情的讲些情话，他只是被本能支使着想要动作一切。金枝打斯着一般的说：

“不行啦！娘也许知道啦，怎么媒人还不见来？”

男人回答：

“嗳，李大叔不是来过吗？你一点不知道！他说你娘不愿意。明天他和我叔叔一道来。”

金枝按着肚子给他看，一面摇头：“不是呀！……不是呀！你看到这个样子啦！”

男人完全不关心，他小声响起：“管他妈的，活该愿意不愿意，反正是干啦！”

他的眼光又失常了，男人仍被本能不停的要求着。

母亲的咳嗽声，轻轻的从薄墙透出来。墙外青牛的角上挂着秋空的游丝。

母亲和女儿在吃晚饭，金枝呕吐起来，母亲问她："你吃了苍蝇吗？"

她摇头，母亲又问："是着了寒吧！怎么你总有病呢？你连饭都咽不下去。不是有痨病啦！？"

母亲说着去按女儿的腹部，手在夹衣上来回的摸了阵。手指四张着在肚子上思索了又思索：

"你有了痨病吧？肚子里有一块硬呢！有痨病人的肚子才是硬一块。"

女儿的眼泪要垂流一般的挂到眼毛的边缘。最后滚动着从眼毛走下来了！就是在夜里，金枝也起来到外边去呕吐，母亲迷蒙中听着叫娘的声音。窗上的月光差不多和白昼一般明，看得清金枝的半身拖在炕下，另半身是弯在枕上。头发完全埋没着脸面。等母亲拉她手的时候，她抽扭着说起：

"娘……把女儿嫁给福发的侄子吧！我肚里不是……病，是……"

到这样时节母亲更要打骂女儿了吧？可不是那样，母亲好像本身有了罪恶，听了这话，立刻麻木着了，很长的时间她像不存在一样。过了一刻母亲用她从不用过温和的声调说：

"你要嫁过去吗？二里半那天来说媒，我是顶走他的，到如今这事怎么办呢？"

母亲似乎是平息了一下她又想说，但是泪水塞住了她的嗓子，像是女儿窒息了她的生命似的，好像女儿把她羞辱死了！

三 老马走进屠场

老马走上进城的大道，“私宰场”就在城门的东边。那里的屠刀正张着，在等待这个残老的动物。

老王婆不牵着她的马儿，在后面用一条短枝驱着它前进。

大树林子里有黄叶回旋着，那是些呼叫着的黄叶。望向林子的那端，全林的树棵，仿佛是关落下来的大伞。凄沉的阳光，晒着所有的秃树。田间望遍了远近的人家。深秋的田地好像没有感觉的光了毛的皮革远近平铺着。夏季埋在植物里的家屋，现在明显的好像突出地面一般，好像新从地面突出。

深秋带来的黄叶，赶走了夏季的蝴蝶。一张叶子落到王婆的头上，叶子是安静的伏贴在那里。王婆驱着她的老马，头上顶着飘落的黄叶；老马，老人，配着一张老的叶子，他们走在进城的大道。

道口渐渐看见人影，渐渐看见那个人吸烟，二里半迎面来了。他长形的脸孔配起摆动的身子来，有点像一个驯顺的猿猴。他说：“唉呀！起得太早啦！进城去有事吗？怎么驱着马进城，不装车粮拉着？”

振一振袖子，把耳边的头发向后抚弄一下，王婆的手颤抖着说了：“到日子了呢！下汤锅去吧！”王婆什么心情也没有，她看着马在吃道旁的叶子，她用短枝驱着又前进了。

二里半感到非常悲痛。他痉挛着了。过了一个时刻转过身来，他赶上去说：“下汤锅是下不得的，……下汤锅是下不得……”但是怎样办呢？二里半连半句语言也没有了！他扭歪着身子跨到前面，用手摸一摸马儿的鬃发。老马立刻响着鼻子了！它的眼睛哭着一般，湿润而模糊。悲伤立刻掠过王婆的心孔。哑着嗓子，王婆说：“算了吧！算了吧！不下汤锅，还不是等着饿死吗？”

深秋秃叶的树，为了惨厉的风变，脱去了灵魂一般吹啸着。马行在前面，王婆随在后面，一步一步屠场近着了；一步一步风声送着老马归去。

王婆她自己想着：一个人怎么变得这样利害？年青的时候，不是常常为着送老马或是老牛进过屠场吗？她颤寒起来，幻想着屠刀要像穿过自己的背脊，于是，手中的短枝脱落了！她茫然晕昏地停在道旁，头发舞着好像个鬼魂样。等她重新拾起短枝来，老马不见了！它到前面小水沟的地方喝水去了！这是它最末一次饮水吧！老马需要饮水，它也需要休息，在水沟旁倒卧下了！它慢慢呼吸着。王婆用低音、慈和的音调呼唤着：“起来吧！走进城去吧，有什么法子呢？”马仍然仰卧着。王婆看一看日午了，还要赶回去烧午饭，但，任她怎样拉缰绳，马仍是没有移动。

王婆恼怒着了！她用短枝打着它起来。虽是起来，老马仍然贪恋着小水沟。王婆因为苦痛的人生，使她易于暴怒，树枝在马儿的脊骨上断成条块。

又安然走在大道上了！经过一些荒凉的家屋，经过几座颓败的小庙。一个小庙前躺着个死了的小孩，那是用一捆谷草束扎着的。孩子小小的头顶露在外面，可怜的小脚从草梢直伸出来；他是谁家的孩子睡在这旷野的小庙前？

屠场近着了，城门就在眼前；王婆的心更翻着不停了。

五年前它也是一匹年青的马，为了耕种，伤害得只有毛皮蒙遮着骨架。现在它是老了！秋末了！收割完了！无有用处了！只为一张马皮，主人忍心把它送进屠场。就是一张马皮的价值，地主又要从王婆的手里夺去。

王婆的心自己感觉得好像悬起来；好像要掉落一般，当她看见板墙钉着一张牛皮的时候。那一条小街尽是一些要摊落的房屋；女人啦，孩子啦，散集在两旁。地面踏起的灰粉，污没着鞋子；冲上人的鼻孔。孩子们抬起土块，或是垃圾团打击着马儿，王婆骂道：

"该死的呀！你们这该死的一群。"

这是一条短短的街。就在短街的尽头，张开两张黑色的门扇。再走近一点，可以发见门扇斑斑点点的血印。被血痕所恐吓的老太婆好像自己踏在刑场了！她努力镇压着自己，不让一些年青时所见到刑场上的回忆翻动。但，那回忆却连续的开始织张：—— 一个小伙子倒下来了，一个老头也倒下来了！挥刀的人又向第三个人作着式子。

仿佛是箭，又像火刺烧着王婆，她看不见那一群孩子在打马，她忘记怎样去骂那一群顽皮的孩子。走着，走着，立在院心了。四面板墙钉住无数张毛皮。靠近房檐立了两条高杆，高杆中央横着横梁；马蹄或是牛蹄折下来用麻绳把两只蹄端扎连在一起，做一个叉形挂在上面，一团一团的肠子也搅在上面；肠子因为日久了，干成黑色不动而僵直的片状的绳索。并且那些折断的腿骨，有的从折断处涔滴着血。

在南面靠墙的地方也立着高杆，杆头晒着在蒸气的肠索。这是说，那个动物是被杀死不久哩！肠子还热着呀！

满院在蒸发腥气，在这腥味的人间，王婆快要变做一块铅了！沉重而没有感觉了！

老马——棕色的马，它孤独地站在板墙下，它借助那张钉好的毛皮在搔痒。此刻它仍是马，过一会它将也是一张皮了！

一个大眼睛的恶面孔跑出来。裂着胸襟。说话时，可见它胸膛在起伏。

“牵来了吗？啊！价钱好说，我好来看一下。”

王婆说：“给几个钱我就走了！不要麻烦啦。”

那个人打一打马的尾巴，用脚踢一踢马蹄；这是怎样难忍的一刻呀！

王婆得到三张票子，这可以充纳一亩地租。看着钱比较自慰些，她低着头向大门出去，她想还余下一点钱到酒店去买一点酒带回去，她已经跨出大门，后面发着响声：

“不行，不行，……马走啦！”

王婆回过头来，马又走在后面；马什么也不知道，仍想回家。屠场中出来一些男人，那些恶面孔们，想要把马抬回去，终于马躺在道旁了！像树根盘结在地中。无法，王婆又走回院中，马也跟回院中。她给马搔着头顶，它渐渐卧在地面了！渐渐想睡着了！忽然王婆站起来向大门奔走。在道口听见一阵关门声。

她那有心肠买酒？她哭着回家，两只袖子完全湿透。那好像是送葬归来一般。

家中地主的使人早等在门前，地主们就连一块铜板也从不舍弃在贫农们的身上，那个使人取了钱走去。

王婆半日的痛苦没有代价了！王婆一生的痛苦也都是没有代价。

四 荒山

冬天，女人们像松树子那样容易结聚，在王婆家里满炕坐着女人。五姑姑在编麻鞋，她为着笑，弄得一条针丢在席缝里，她寻找针的时候，做出可笑的姿势来，她像一个灵活的小鸽子站起来在炕上跳着走，她说：

“谁偷了我的针？小狗偷了我的针？”

“不是呀！小姑爷偷了你的针！”

新娶来的菱芝嫂嫂，总是爱说这一类的话。五姑姑走过去要打她。

“莫要打，打人将要找一个麻面的姑爷。” 王婆在厨房里这样搭起声来；王婆永久是一阵忧默，一阵欢喜，与乡村中别的老妇们不同。她的声音又从厨房打来：

“五姑姑编成几双麻鞋了？给小丈夫要多多编几双呀！”

五姑姑坐在那里做出表情来，她说：

“那里有你这样的老太婆，快五十岁了，还说这样话！”

王婆又庄严点说：

“你们都年青，那里懂得什么，多多编几双吧！小丈夫才会希罕哩。”

大家哗笑着了！但五姑姑不敢笑，心里笑，垂下头去，假装在席上找针。

等菱芝嫂把针还给五姑姑的时候，屋子安然下来。厨房里王婆用刀刮着鱼鳞的声响，和窗外雪擦着窗纸的声响，混杂在一起了。

王婆用冷水洗着冻冰的鱼，两只手像个胡萝卜样。她走到炕沿，在火盆边烘手。生着斑点在鼻子上新死去丈夫的妇人放下那张小破布，在一堆乱布里去寻更小的一块；她速速的穿补。她的面孔有点像王婆，腮骨很高，眼睛和琉璃一般深嵌在好像小洞似的眼眶里。并且也和王婆一样，眉峰是突出的。那个女人不喜欢听一些妖艳的词句，她开始追问王婆：

“你的第一家那个丈夫还活着吗？”

两只在烘着的手，有点腥气；一颗鱼鳞掉下去，小小发出响声，微微上腾着烟。她用盆边的灰把烟埋住，她慢慢摇着头，没有回答那个问话。鱼鳞烧的烟有点难耐，每个人皱一下鼻头，或是用手揉一揉鼻头。生着斑点的寡妇，有点后悔，觉得不应该问这话。墙角坐着五姑姑的姐姐，她用麻绳穿着鞋底的吵音单调地起落着。

厨房的门，因为结了冰，破裂一般地鸣叫。

“呀！怎么买这些黑鱼？”

大家都知道是打鱼村的李二婶子来了。听了声音，就可以想像她梢长的身子。

“真是快过年了？真有钱买这些鱼？”

在冷空气中，音波响得很脆；刚踏进里屋，她就看见炕上坐满着人：“都在这儿聚堆呢！小老婆们！”

她生得这般瘦，腰，临风就要折断似的；她的奶子那样高，好像两个对立的小岭。斜面看她的肚子似乎有些不平起来。靠着墙给孩子吃奶的中年的妇人，望察着而后问：

“二婶子，不是又有了呵？”

二婶子看一看自己的腰身说：

“像你们呢！怀里抱着，肚子还装着……”

她故意在讲骗话，过了一会她坦白地告诉大家：

“那是三个月了呢！你们还看不出？”

菱芝嫂在她肚皮上摸了一下，她邪昵地浅浅地笑了：

“真没出息，整夜尽搂着男人睡吧？”

“谁说？你们新媳妇，才那样。”

“新媳妇……？哼！倒不见得！”

“像我们都老了！那不算一回事啦，你们年青，那才了不得哪！小丈夫才会新鲜哩！”

每个人为了言词的引诱，都在幻想着自己，每个人都有些心跳；或是每个人的脸发烧。就连没出嫁的五姑姑都感着神秘而不安了！她羞羞迷迷地经过厨房回家去了！只留下妇人们在一起，她们言调更无边际了！王婆也加入这一群妇人的队伍，她却不说什么，只是帮助着笑。

在乡村永久不晓得、永久体验不到灵魂，只有物质来充实她们。

李二婶子小声问菱芝嫂；其实小声人们听得更清！

“一夜几回呢？”

菱芝嫂她毕竟是新嫁娘，她猛然羞着了！不能开口。李二婶子的奶子颤动着，用手去推动菱芝嫂：

“说呀！你们年青，每夜要有那事吧？”

在这样的当儿二里半的婆子进来了！二婶子推撞菱芝嫂一下：

“你快问问她！”

“你们一夜几回？”

那个傻婆娘一向说话是有头无尾：

“十多回。”

全屋人都笑得流着眼泪了！孩子从母亲的怀中起来，大声的哭号。

李二婶子静默一会，她站起来说：

“月英要吃咸黄瓜，我还忘了，我是来拿黄瓜。”

李二婶子，拿了黄瓜走了，王婆去烧晚饭，别人也陆续着回家了。王婆自己在厨房里炸鱼。为了烟，房中也不觉得寂寞。

鱼摆在桌子上，平儿也不回来，平儿的爹爹也不回来，暗色的光中王婆自己吃饭，热气作伴着她。

月英是打鱼村最美丽的女人。她家也最贫穷，和李二婶子隔壁住着。她是如此温和，从不听她高声笑过，或是高声吵嚷。生就的一对多情的眼睛，每个人接触她的眼光，好比落到绵绒中那样愉快和温暖。

可是现在那完全消失了！每夜李二婶子听到隔壁惨厉的哭声；十二月严寒的夜，隔壁的哼声愈见浓重了！

山上的雪被风吹着像要埋蔽这傍山的小房似的。大树号叫，风雪向小房遮蒙下来。一株山边斜歪着的大树，倒折下来。寒月怕被一切声音扑碎似的，退缩到天边去了！这时候隔壁透出来的声音，更哀楚。

“你……你给我一点水吧！我渴死了！”

声音弱得柔惨欲断似的：

“嘴干死了！……把水碗给我呀！”

一个短时间内仍没有回应，于是那孱弱哀楚的小响不再作了！啜泣着哼着，隔壁像是听到她流泪一般，滴滴点点地。

日间孩子们集聚在山坡，缘着树枝爬上去，顺着结冰的小道滑下来，他们有各样不同的姿势：——倒滚着下来，两腿分张着下来，也有冒险的孩子，把头向下，脚伸向空中溜下来。常常他们要跌破流血回家。冬天，对于村中的孩子们，和对于花果同样暴虐。他们每人的耳朵春天要脓涨起来，手或是脚都裂开条口，乡村的母亲们对于孩子们永远和对敌人一般。当孩子把爹爹的棉帽偷着戴起跑出去的时候，妈妈追在后面打骂着夺回来，妈妈们摧残孩子永久疯狂着。

王婆约会五姑姑来探望月英。正走过山坡，平儿在那里。平儿偷穿着爹爹的大毡靴子；他从山坡奔逃了！靴子好像两只大熊掌样挂在那个孩子的脚上。平儿蹒跚着了！从上坡滚落着了！可怜的孩子带着那样黑大不相称的脚，球一般滚转下来，跌在山根的大树杆上。

王婆宛如一阵风落到平儿的身上；那样好像山间的野兽要猎食小兽一般凶暴。终于王婆提了靴子，平儿赤着脚回家，使平儿走在雪上，好像使他走在火上一般不能停留。任孩子走得怎样远，王婆仍是说着：

“一双靴子要穿过三冬，踏破了那里有钱买？你爹进城去都没穿哩！”

月英看见王婆还不及说话，她先哑了嗓子，王婆把靴子放在炕下，手在抹擦鼻涕：

“你好了一点？脸孔有一点血色了！”

月英把被子推动一下，但被子仍然伏盖在肩上，她说：

“我算完了，你看我连被子都拿不动了！”

月英坐在炕的当心。那幽黑的屋子好像佛龛，月英好像佛龛中坐着的女佛。用枕头四面围住她，就这样过了一年。一年月英没能倒下睡过。她患着瘫病，起初她的丈夫替她请神，烧香，也跑到土地庙前索药。后来就连城里的庙也去烧香；但是奇怪的是月英的病并不为这些香烟和神鬼所治好。以后做丈夫的觉得责任尽到了，并且月英一个月比一个月加病，做丈夫的感着伤心！他嘴里骂：

“娶了你这样老婆，真算不走运气！好像娶家个小祖宗来家，供奉着你吧！”

起初因为她和他分辩，他还打她。现在不然了，绝望了！晚间他从城里卖完青柴回来，烧饭自己吃，吃完便睡下，一夜睡到天明；坐在一边那个受罪的女人一夜呼唤到天明。宛如一个人和一个鬼安放在一起，彼此不相关联。

月英说话只有舌尖在转动。王婆靠近她，同时那一种难忍的气味更强烈了！更强烈的从那一堆污浊的东西，发散出来。月英指点身后说：

“你们看看，这是那死鬼给我弄来的砖，他说我快死了！用不着被子了！用砖依住我，我全身一点肉都瘦空。那个没有天良的，他想法折磨我呀！”

五姑姑觉得男人太残忍，把砖块完全抛下炕去，月英的声音欲断一般又说：

“我不行啦！我怎么能行，我快死啦！”

她的眼睛，白眼珠完全变绿，整齐的一排前齿也完全变绿，她的头发烧焦了似的，紧贴住头皮。她像一头患病的猫儿，孤独而无望。

王婆给月英围好一张被子在腰间，月英说：

“看看我的身下，脏污死啦！”

王婆下地用条枝拢了盆火，火盆腾着烟放在月英身后。王婆打开她的被子时，看见那一些排泄物淹浸了那座小小的骨盘。五姑姑扶住月英的腰，但是她仍然使人心楚的在呼唤！

“唉哟，我的娘！……唉哟疼呀！”

她的腿像两条白色的竹竿平行着伸在前面。她的骨架在炕上正确的做成一个直角，这完全用线条组成的人形，只有头阔大些，头在身子上仿佛是一个灯笼挂在杆头。

王婆用麦草揩着她的身子，最后用一块湿布为她擦着。五姑姑在背后把她抱起来，当擦臀部下时，王婆觉得有小小白色的东西落到手上，会蠕行似的。借着火盆边的火光去细看，知道那是一些小蛆虫，也知道月英的臀下是腐了，小虫在那里活跃。月英的身体将变成小虫们的洞穴！王婆问月英：

“你的腿觉得有点痛没有？”

月英摇头。王婆用冷水洗她的腿骨，但她没有感觉，整个下体在那个瘫人像是外接的，是另外的一件物体。当给她一杯水喝的时候，王婆问：

“牙怎么绿了？”

终于五姑姑到隔壁借一面镜子来，同时她看了镜子，悲痛沁人心魂地她大哭起来。但面孔上不见一点泪珠，仿佛是猫忽然被斩轧，她难忍的声音，没有温情的声音，开始低嗄。

她说：“我是个鬼啦！快些死了吧！活埋了我吧！”

她用手来撕头发，脊骨摇扭着。一个长久的时间她忙乱的不停。现在停下了，她是那样无力，头是歪地横在肩上；她又那样微微的睡去。

王婆提了靴子走出这个傍山的小房。荒寂的山上有行人走在天边，她昏旋了！为着强的光线，为着瘫人的气味，为着生，老，病，死的烦恼，她的思路被一些烦恼的波所遮拦。

五姑姑当走进大门时向王婆打了个招呼。留下一段更长的路途，给那个经验过多样人生的老太婆去走吧！

王婆束紧头上的蓝布巾，加快了速度，雪在脚下也相伴而狂速地呼叫。

三天以后，月英的棺材抬着横过荒山而奔着去埋葬，葬在荒山下。

死人死了！活人计算着怎样活下去。冬天女人们预备夏季的衣裳，男人们计虑着怎样开始明年的耕种。

那天赵三进城回来，他披着两张羊皮回家，王婆问他：

“那里来的羊皮？——你买的吗？……那来的钱呢……？”

赵三有什么事在心中似的，他什么也没言语。摇闪的经过炉灶，通红的火光立刻鲜明着他，走出去了。

夜深的时候他还没有回来。王婆命令平儿去找他。平儿的脚已是难于行动，于是王婆就到二里半家去，他不在二里半家。他到打鱼村去了。赵三阔大的喉咙从李青山家的窗纸透出，王婆知道他又是喝过了酒。当她推门的时候她就说：

“什么时候了？还不回家去睡？”

这样立刻全屋别的男人们也把嘴角合起来。王婆感到不能意料了。青山的女人也没在家，孩子也不见。赵三说：

“你来干么？回去睡吧！我就去……去……”

王婆看一看赵三的脸神，看一看周围也没有可坐的地方，她转身出来，她的心徘徊着：

——青山的媳妇怎么不在家呢？这些人是在做什么？

又是一个晚间。赵三穿好新制成的羊皮小袄出去。夜半才回来。披着月亮敲门。王婆知道他又是喝过了酒，但他睡的时候，王婆一点酒味也没嗅到。那么出去做些什么呢？总是愤怒的归来。

李二婶子拖了她的孩子来了，她问。

“是地租加了价吗？”

王婆说：“我还没听说。”

李二婶子做出一个确定的表情：

“是的呀！你还不知道吗？三哥天天到我家去和他爹商量这事。我看这种情形非出事不可，他们天天夜晚计算着，就连我，他们也躲着。昨夜我站在窗外才听到他们说哩！‘打死他吧！那是一块恶祸。’你想他们是要打死谁呢？这不是要出人命吗？”

李二婶子抚着孩子的头顶，有一点哀怜的样子：

“你要劝说三哥，他们若是出了事，像我们怎样活？孩子还都小着哩！”

五姑姑和别的村妇们带着她们的小包袱，约会着来的，踏进来的时候，她们是满脸盈笑。可是立刻她们转变了，当她们看见李二婶子和王婆默无言语的时候。

也把事件告诉了她们，她们也立刻忧郁起来，一点闲情也没有！一点笑声也没有，每个人痴呆地想了想，惊恐地探问了几句。五姑姑的姐姐，她是第一个扭着大圆的肚子走出去，就这样一个连着一个寂寞的走去。她们好像群聚的鱼似的，忽然有钓竿投下来，她们四下分行去了！

李二婶子仍没有走，她为的是扎靠[1]王婆怎样破坏这件险事。

赵三这几天常常不在家吃饭；李二婶子一天来过三四次：

“三哥还没回来？他爹爹也没回来。”

一直到第二天下午赵三回来了，当进门的时候，他打了平儿，因为平儿的脚病着，一群孩子集到家来玩。在院心放了一点米，一块长板用短条棍架着，条棍上系着根长绳，绳子从门限拉进去，雀子们去啄食谷粮，孩子们蹲在门限守望，什么时候雀子满集成堆时，那时候，孩子们就抽动绳索。许多饥饿的麻雀丧亡在长板下。厨房里充满了雀毛的气味，孩子们在灶堂里熟食过许多雀子。

赵三焦烦着，他看着一只鸡被孩子们打住。他把板子给踢翻了！他坐在炕沿上燃着小烟袋，王婆把早饭从锅里摆出来。他说：

“我吃过了！”

于是平儿来吃这些残饭。

“你们的事情预备得怎样了？能下手便下手。”

他惊疑。怎么会走漏消息呢？王婆又说：

---

1 扎靠：意为“嘱托”。

“我知道的，我还能弄支枪来。”

他无从想像自己的老婆有这样的胆量。王婆真的找来一支老洋炮。可是赵三还从没用过枪。晚上平儿睡了以后王婆教他怎样装火药，怎样上炮子。

赵三对于他的女人慢慢感着可以敬重！但是更秘密一点的事情总不向她说。

忽然从牛棚里发现五个新镰刀。王婆意度这事情是不远了！

李二婶子和别的村妇们挤上门来探听消息的时候，王婆的头沉埋一下，她说：

“没有那回事，他们想到一百里路外去打围，弄得几张兽皮大家分用。”

是在过年的前夜，事情终于发生了！北地端鲜红的血染着雪地；但事情做错了！赵三近些日子有些失常，一条梨木杆打折了小偷的腿骨。他去呼唤二里半，想要把那小偷丢在土坑去，用雪埋起来，二里半说：

“不行，开春时节，土坑发见死尸，传出风声，那是人命哩！”

村中人听着极痛的呼叫，四面出来寻找。赵三拖着独腿人转着弯跑，但他不能把他掩藏起来。在赵三惶恐的心情下，他愿意寻到一个井把他放下去。赵三弄了满手血。

惊动了全村的人，村长进城去报告警所。

于是赵三去坐监狱，李青山他们的“镰刀会”少了赵三也就衰弱了！消灭了！

正月末赵三受了主人的帮忙，把他从监狱提放出来。那时他头发很长，脸也灰白了些，他有点苍老。

为着给那个折腿的小偷做赔偿，他牵了那条仅有的牛上市去卖；小羊皮袄也许是卖了？再不见他穿了！

晚间李青山他们来的时候，赵三忏悔一般地说：

“我做错了！也许是我该招的灾祸：那是一个天将黑的时候，我正喝酒，听着平儿大喊有人丢柴。刘二爷前些日子来说要加地租，我不答应，我说我们联合起来不给他加，于是他走了！过了几天他又来，说：非加不可。再不然叫你们滚蛋！我说好啊！等着你吧！那个管事的，他说：你还要造反？不滚蛋，你们的草堆，就要着火！我只当是那个小子来点着我的柴堆呢！拿着杆子跑出去就把腿给打断了！打断了也甘心，谁想那是一个小偷。哈哈！小偷倒霉了！就是治好，那也是跛子了！”

关于“镰刀会”的事情他像忘记了一般，李青山问他：

“我们应该怎样铲锄刘二爷那恶棍？”

是赵三说的话：

“打死他吧！那个恶祸。”

还是从前他说的话，现在他又不那样说了：

“铲锄他又能怎样？我招灾祸，刘二爷也向东家（地主）说了不少好话。从前我是错了！也许现在是受了责罚！”

他说话时不像从前那样英气了！脸上有点带着忏悔的意味。羞惭和不安了。王婆坐在一边，听了这话她后脑上的小发卷也像生着气：

“我没见过这样的汉子，起初看来还像一块铁，后来越看越是一堆泥了！”

赵三笑了：

“人不能没有良心！”

于是好良心的赵三天天进城，弄一点白菜担着给东家送去；弄一点地豆也给东家送去。为着送这一类菜，王婆同他激烈地吵打，但他绝对保持着他的良心。

有一天少东家出来，站在门阶上像训诲着他一般：

“好险！若不为你说一句话，三年大狱你可怎么蹲呢？那个小偷他算没走好运吧！你看我来着手给你办，用不着给他接腿，让他死了就完啦。你把卖牛的钱也好省下，我们是‘地东’‘地户’，那有看着过去的……”

说话的中间，间断了一会，少东家把话尾落到别处去：

“不过今年地租是得加。左近地邻不都是加了价吗？地东地户年头多了，不过得……少加一点。”

过不了几天小偷从医院抬出来，可真的死了就完了！把赵三的牛钱归还一半，另一半少东家说是用做杂费了。

二月了。山上的积雪现出毁灭的色调。但荒山上却有行人来往。渐渐有送粪的人担着担子行过荒凉的山岭。农民们蛰伏的虫子样又醒过来。渐渐送粪的车子也忙着了！只有赵三的车子没有牛挽，平儿冒着汗和爹爹并架着车辕。

地租就这样加成了！

五 羊群

平儿被雇做了牧羊童。他追打群羊跑遍山坡。山顶像是开着小花一般，绿了！而变红了！山顶拾野菜的孩子，平儿不断的戏弄他们，他单独的赶着一只羊去吃她们筐子里拾得的野菜。有时他选一条大身体的羊，像骑马一样的骑着来了！小的女孩们吓得哭着，她们看他像个猴子坐在羊背上。平儿从牧羊时起，他的本领渐渐得以发展。他把羊赶到荒凉的地方去，召集村中所有的孩子练习骑羊。每天那些羊和不喜欢行动的猪一样散遍在旷野。

行在归途上，前面白茫茫的一片，他在最后的一个羊背上，仿佛是大将统治着兵卒一般，他手耍着鞭子，觉得十分得意。

“你吃饱了吗？午饭。”

赵三对儿子温和了许多。从遇事以后他好像是温顺了。

那天平儿正戏耍在羊背上，在进大门的时候，羊疯狂的跑着，使他不能从羊背跳下，那样他像耍着的羊背上张狂的猴子。一个下雨的天气，在羊背上进大门的时候，他把小孩撞倒，主人用拾柴的耙子把他打下羊背来。仍是不停，像打着一块死肉一般。

夜里，平儿不能睡，辗翻着不能睡，爹爹动着他庞大的手掌拍抚他：

“跑了一天！还不困倦，快快睡吧！早早起来好上工！”

平儿在爹爹温顺的手下，感到委曲了！

“我挨打了！屁股疼。”

爹爹起来，在一个纸包里取出一点红色的药粉给他涂擦破口的地方。

爹爹是老了！孩子还那样小，赵三感到人活着没有什么意趣了。第二天平儿去上工被辞退回来，赵三坐在厨房用谷草正织鸡笼，他说：

“好啊！明天跟爹爹去卖鸡笼吧！”

天将明，他叫着孩子：

“起来吧！跟爹爹去卖鸡笼。”

王婆把米饭用手打成坚实的团子，进城的父子装进衣袋去，算做午餐。

第一天卖出去的鸡笼很少,晚间又都背着回来。王婆弄着米缸响:

“我说多留些米吃，你偏要卖出去……又吃什么呢？……又吃什么呢？”

老头子把怀中的铜板给她，她说：

“不是今天没有吃的，是明天呀？”

赵三说：“明天，那好说，明天多卖出几个笼子就有了！”

一个上午，十个鸡笼卖出去了！只剩三个大些的，堆在那里。爹爹手心上数着票子，平儿在吃饭团。

“一百枚还多着，我们该去喝碗豆腐脑来！”

他们就到不远的那个布棚下，蹲在担子旁吃着冒气的食品。是平儿先吃，爹爹的那碗才正在上面倒醋。平儿对于这食品是怎样新鲜呀！一碗豆腐脑是怎样舒畅着平儿的小肠子呀！他的眼睛圆圆地把一碗豆腐脑吞食完了！

那个叫卖人说：“孩子再来一碗吧！”

爹爹惊奇着：“吃完了？”

那个叫卖人把勺子放下锅去说：“再来一碗算半碗的钱吧！”

平儿的眼睛溜着爹爹把碗给过去。他喝豆腐脑作出大大的抽响来。赵三却不那样，他把眼光放在鸡笼的地方，慢慢吃，慢慢吃终于也吃完了！他说：

“平儿，你吃不下吧？倒给我碗点。”

平儿倒给爹爹很少很少。给过钱爹爹去看守鸡笼。平儿仍在那里，孩子贪恋着一点点最末的汤水，头仰向天，把碗扣在脸上一般。

菜市上买菜的人经过，若注意一下鸡笼，赵三就说：

“买吧！仅是十个铜板。”

终于三个鸡笼没有人买，两个分给爹爹，留下的一个，在平儿的背上突起着。经过牛马市，平儿指嚷着：

“爹爹，咱们的青牛在那儿。”

大鸡笼在背上荡动着，孩子去看青牛。赵三笑了，向那个卖牛人说：

“又出卖吗？”

说着这话，赵三无缘的感到酸心。到家他向王婆说：

“方才看见那条青牛在市上。”

“人家的了，就别提了。”王婆整天地不耐烦。

卖鸡笼渐渐的赵三会说价了；慢慢的坐在墙根他会招呼了！也常常给平儿买一两块红绿的糖球吃。后来连饭团也不用带。

他弄些铜板每天交给王婆，可是她总不喜欢，就像无意之中把钱放起来。

二里半又给说妥一家，叫平儿去做小伙计。孩子听了这话，就生气。

“我不去，我不能去，他们好打我呀！”平儿为了卖鸡笼所迷恋：

“我还是跟爹爹进城。”

王婆绝对主张孩子去做小伙计。她说：

“你爹爹卖鸡笼，你跟着做什么？”

赵三说：“算了吧，不去不去吧。”

铜板兴奋着赵三，半夜他也是织鸡笼，他向王婆说：

“你就不好也来学学，一种营生呢？还好多织几个。”

但是王婆仍是去睡，就像对于他织鸡笼，怀着不满似的。就像反对他织鸡笼似的。

平儿同情着父亲，他愿意背鸡笼，多背一个，爹爹说：

“不要背了！够了！”

他又背一个，临出门时他又找个小一点的提在手里，爹爹问：

“你能拿动吗？送回两个去吧，卖不完啊！”

有一次从城里割一斤肉回来，吃了一顿像样的晚餐。

村中妇人羡慕王婆：

“三哥真能干哩！把一条牛卖掉，不能再种粮食，可是这比种粮食更好，更能得钱。”

经过二里半门前，平儿把罗圈腿也领进城去。平儿向爹爹要了铜板给小朋友买两片油煎馒头。又走到敲铜锣搭着小棚的地方去挤撞，每人花一个铜板看一看“西洋景”（街头影戏）。那是从一个嵌着小玻璃镜，只容一个眼睛的地方看进去，里面有一张放大的画片活动着。打仗着，拿着枪的，很快又换上一张别样的。耍画片的人一面唱；一面讲：

“这又是一片洋人打仗。你看‘老毛子’夺城，那真是哗啦啦！打死的不知多少……”

罗圈腿嚷着看不清，平儿告诉他：“你把眼睛闭起一个来！”

可是不久这就完了！从热闹的、孩子热爱着的城里把他们又赶出来。平儿又被装进这睡着一般的乡村。原因，小鸡初生卵的时节已经过去。家家把鸡笼全预备好了。

平儿不愿跟着，赵三自己进城，减价出卖。后来折本卖。最后他也不去了。厨房里鸡笼靠高墙摆起来。这些东西从前会使赵三欢喜，现在会使他生气。

平儿又骑在羊背上去牧羊。但是赵三是受了挫伤！

六 刑罚的日子

房后的草堆上，温暖在那里蒸腾起了。全个农村跳跃着泛滥的阳光。小风开始荡漾田禾。夏天又来到人间，叶子上树了！假使树会开花，那么花也上树了！

房后草堆上，狗在那里生产。大狗四肢在颤颤，全身抖擞着。经过一个长时间，小狗生出来。

暖和的季节，全村忙着生产。大猪带着成群的小猪喳喳的跑过，也有的母猪肚子那样大，走路时快要接触着地面，它多数的乳房有什么在充实起来。

那是黄昏时候，五姑姑的姐姐她不能再延迟，她到婆婆屋中去说：

“找个老太太来吧！觉着不好。”

回到房中放下窗帘和幔帐。她开始不能坐稳，她把席子卷起来，就在草上爬行。收生婆来时，她乍望见这房中，她就把头扭着。她说：

“我没见过，像你们这样大户人家，把孩子还要养到草上。‘压柴，压柴，不能发财。’”

家中的婆婆把席下的柴草又都卷起来，土炕上掘起着灰尘。光着身子的女人，和一条鱼似的，她爬在那里。

黄昏以后，屋中起着烛光。那女人是快生产了，她小声叫号了一阵，收生婆和一个邻居的老太婆架扶着她，让她坐起来，在炕上微微的移动。可是罪恶的孩子，总不能生产，闹着夜半过去，外面鸡叫的时候，女人忽然苦痛得脸色灰白，脸色转黄，全家人不能安定。为她开始预备葬衣，在恐怖的烛光里四下翻寻衣裳，全家为了死的黑影所骚动。

赤身的女人，她一点不能爬动，她不能为生死再挣扎最后的一刻。

天渐亮了。恐怖仿佛是僵尸，直伸在家屋。

五姑姑知道姐姐的消息，来了，正在探询：

“不喝一口水吗？她从什么时候起？”

一个男人撞进来，看形象是一个酒疯子。他的半面脸，红而肿起，走到幔帐的地方，他吼叫：

“快给我的靴子！”

女人没有应声，他用手撕扯幔帐，动着他厚肿的嘴唇：

“装死吗？我看看你还装死不装死！”

说着他拿起身边的长烟袋来投向那个死尸。母亲过来把他拖出去。每年是这样，一看见妻子生产他便反对。

日间苦痛减轻了些，使她清明了！她流着大汗坐在幔帐中，忽然那个红脸鬼，又撞进来，什么也不讲，只见他怕人的手中举起大水盆向着帐子抛来。最后人们拖出去他。

大肚子的女人，仍胀着肚皮，带着满身冷水无言的坐在那里。她几乎一动不敢动，她仿佛是在父权下的孩子一般怕着她的男人。

她又不能再坐住，她受着折磨，产婆给换下她着水的上衣。门响了她又慌张了，要有神经病似的。一点声音不许她哼叫，受罪的女人，身边若有洞，她将跳进去！身边若有毒药，她将吞下去，她仇视着一切，窗台要被她踢翻。她愿意把自己的腿弄断，宛如进了蒸笼，全身将被热力所撕碎一般呀！

产婆用手推她的肚子：

“你再刚强一点，站起来走走，孩子马上就会下来的，到了时候啦！”

走过一个时间，她的腿颤颤得可怜。患着病的马一般，倒了下来。产婆有些失神色，她说：

“媳妇子怕要闹事，再去找一个老太太来吧！”

五姑姑回家去找妈妈。

这边孩子落产了，孩子当时就死去！用人拖着产妇站起来，立刻孩子掉在炕上，像投一块什么东西在炕上响着。女人横在血光中，用肉体来浸着血。

窗外，阳光晒满窗子，屋内妇人为了生产疲乏着。

田庄上绿色的世界里，人们洒着汗滴。

四月里，鸟雀们也孵雏了！常常看见黄嘴的小雀飞下来，在檐下跳跃着啄食。小猪的队伍逐渐肥起来，只有女人在乡村夏季更贫瘦，和耕种的马一般。

刑罚，眼看降临到金枝的身上，使她短的身材，配着那样大的肚子，十分不相称。金枝还不像个妇人，仍和一个小女孩一般，但是肚子膨胀起了！快做妈妈了！妇人们的刑罚快擒着她。

并且她出嫁还不到四个月，就渐渐会诅咒丈夫，渐渐感到男人是严凉的人类！那正和别的村妇一样。

坐在河边沙滩上，金枝在洗衣服。红日斜照着河水，对岸林子的倒影，随逐着红波模糊下去！

成业在后边，站在远远的地方：

“天黑了呀！你洗衣裳，懒老婆，白天你做什么来？”

天还不明，金枝就摸索着穿起衣裳。在厨房，这大肚子的小女人开始弄得厨房蒸着气。太阳出来，铲地的工人肩着锄头回来。堂屋挤满着黑黑的人头，吞饭，吞汤的声音，无纪律地在响。

中午又烧饭；晚间烧饭，金枝过于疲乏了！腿子痛得折断一般。天黑下来卧倒休息一刻。在她迷茫中坐起来，知道成业回来了！努力掀起在睡的眼睛，她问：

“才回来？”

过了几分钟，她没有得到答话。只看男人解脱衣裳，她知道又要挨骂了！

正相反，没有骂，金枝感到背后温热一些，男人努力低音向她说话：

“……”

金枝被男人朦胧着了！

立刻，那和灾难一般，跟着快乐而痛苦追来了。金枝不能烧饭。村中的产婆来了！她在炕角苦痛着脸色，她在那里受着刑罚，王婆来帮助她把孩子生下来。王婆摇着她多经验的头颅：

“危险，昨夜你们必定是不安着的。年青什么也不晓得，肚子大了，是不许那样的。容易丧掉性命！”

十几天以后金枝又行动在院中了！小金枝在屋中哭唤她。

牛或是马在不知觉中忙着栽培自己的痛苦。夜间乘凉的时候，可以听见马或是牛棚做出异样的声音来。牛也许是为了自己的妻子而角斗，从牛棚撞出来了。木杆被撞掉，狂张着成业去拾了耙子猛打疯牛。于是又安然被赶回棚里。

在乡村，人和动物一起忙着生，忙着死……

二里半的婆子和李二婶子在地端相遇：

“啊呀！你还能弯下腰去？”

“你怎么样？”

“我可不行了呢！”

“你什么时候的日子？”

“就是这几天。”

外面落着毛毛雨。忽然二里半的家屋吵叫起来！傻婆娘一向生孩子是闹惯了的，她大声哭，她怨恨男人：

“我说再不要孩子啦！没有心肝的，这不都是你吗？我算死在你身上！”

惹得老王婆，扭着身子闭住嘴笑。过了一会傻婆娘又滚转着高声嚷叫：

“肚子疼死了，拿刀快把我肚子给割开吧！”

吵叫声中看得见孩子的圆头顶。

在这时候，五姑姑变青脸色，走进门来，她似乎不会说话，两手不住的扭绞：

“没有气了！小产了，李二婶子快死了呀！”

王婆就这样丢下麻面婆赶向打鱼村去。另一个产婆来时，麻面婆的孩子已在土炕上哭着。产婆洗着刚会哭的小孩。

等王婆回来时，窗外墙根下，不知谁家的猪也正在生小猪。

七 罪恶的五月节

五月节来临，催逼着两件事情发生：王婆服毒，小金枝惨死。

弯月相同弯刀刺上林端。王婆散开头发，她走向房后柴栏，在那儿她轻开篱门。柴栏外是墨沉沉的静甜的，微风不敢惊动这黑色的夜画；黄瓜爬上架了！玉米响着雄宽的叶子，没有蛙鸣，也少虫声。

王婆披着散发，幽魂一般的，跪在柴草上，手中的杯子放到嘴边。一切涌上心头，一切诱惑她。她平身向草堆倒卧过去。被悲哀汹淘着大哭了。

赵三从睡床上起来，他什么都不清楚，柴栏里，他带点愤怒对待王婆：

“为什么？在发疯！”

他以为她是闷着刺到柴栏去哭。

赵三撞到草中的杯子了，使他立刻停止一切思惟。他跑到屋中，灯光下，发现黑色浓重的液体在杯底。他先用手拭一拭，再用舌尖拭一拭，那是苦味。

“王婆服毒了！”

次晨村中嚷着这样的新闻。村人凄静的断续的来看她。

赵三不在家，他跑出去，乱坟岗子上，给她寻个位置。

乱坟岗子上活人为死人掘着坑子了，坑子深了些，二里半先跌下去。下层的湿土，翻到坑子旁边，坑子更深了！大了！几个人都跳下去，铲子不住的翻着，坑子埋过人腰。外面的土堆涨过人头。

坟场是死的城廓，没有花香，没有虫鸣，即使有花，即使有虫，那都是唱奏着别离歌，陪伴着说不尽的死者永久的寂寞。

乱坟岗子是地主施舍给贫农民们死后的住宅。但活着的农民，常常被地主们驱逐，使他们提着包袱，提着小孩，从破房子再走进更破的房子去。有时被逐着在马棚里借宿。孩子们哭闹着马棚里的妈妈。

赵三去进城，突然的事情打击着他，使他怎样柔弱呵！遇见了打鱼村进城卖菜的车子，那个驱车人麻麻烦烦的讲一些：

“菜价低了，钱帖毛荒。粮食也不值钱。”

那个车夫打着鞭子，他又说：

“只有布匹贵，盐贵。慢慢一家子连咸盐都吃不起啦！地租是增加，还叫老庄活不活呢？”

赵三跳上车，低了头坐在车尾的辕边。两条衰乏的腿子，凄凉的挂下，并且摇荡。车轮在辙道上哐啷的摔响。

城里，大街上拥挤着了！菜市过量的纷嚷。围着肉铺，人们吵架一般。忙乱的叫卖童，手中花色的葫芦随着空气而跳荡，他们为了“五月节”而癫狂。

赵三他什么也没看见，好像街上的人都没有了！好像街是空街。但是一个小孩跟在后面：

“过节了，买回家去，给小孩玩吧！”

赵三不听见这话，那个卖葫芦的孩子，好像自己不是孩子，自己是大人了一般，他追逐。

“过节了！买回家去给小孩玩吧！”

柳条枝上各色花样的葫芦好像一些被系住的蝴蝶跟住赵三在后面跑。

一家棺材铺，红色的，白色的，门口摆了多多少少，他停在那里。孩子也停止追随。

一切预备好！棺材停在门前，掘坑的铲子停止翻扬了！

窗子打开，使死者见一见最后的阳光。王婆跳突着胸口，微微尚有一点呼吸，明亮的光线照拂着她素静的打扮。已经为她换上一件黑色棉裤和一件浅色短单衫。除了脸是紫色，临死她没有什么怪异的现象，人们吵嚷说：

“抬吧！抬她吧！”

她微微尚有一点呼吸，嘴里吐出一点点的白沫，这时候她已经被抬起来了。外面平儿急叫：

“冯丫头来啦！冯丫头！”

母女们相逢太迟了！母女们永远永远不会再相逢了！那个孩子手中提了小袱，慢慢慢慢走到妈妈面前。她细看一看，她的脸孔快要接触到妈妈脸孔的时候，一阵清脆的爆裂的声浪嘶叫开来。她的小包袱滚滚着落地。

四围的人，眼睛和鼻子感到酸楚和湿浸。谁能止住被这小女孩唤起的难忍的酸痛而不哭呢？不相关连的人混同着女孩哭她的母亲。

其中新死去丈夫的寡妇哭得最利害，也最哀伤。她几乎完全哭着自己的丈夫，她完全幻想是坐在她丈夫的坟前。

男人们嚷叫："抬呀！该抬了。收拾妥当再哭！"

那个小女孩感到不是自己家，身边没有一个亲人。她不哭了。

服毒的母亲眼睛始终是张着，但她不认识女儿，她什么也不认识了！停在厨房板块上，口吐白沫，她微微心坎尚有一点跳动。

赵三坐在炕沿，点上烟袋。女人们找一条白布给女孩包在头上，平儿把白带束在腰间。

赵三不在屋的时候，女人们便开始问那个女孩：

"你姓冯的那个爹爹多咱死的？"

"死两年多。"

"你亲爹呢？"

"早回山东了！"

"为什么不带你们回去？"

"他打娘，娘领着哥哥和我到了冯叔叔家。"

女人们探问王婆旧日的生活，她们为王婆感动，那个寡妇又说：

"你哥怎不来？回家去找他来看看娘吧！"

包白头的女孩，把头转向墙壁，小脸孔又爬着眼泪了！她努力咬住嘴唇，小嘴唇偏张开，她又张着嘴哭了！接受女人们的温情使她大胆一点，走到娘的近边，紧紧捏住娘的冰寒的手指，又用手给妈妈抹擦唇上的泡沫。小心孔只为母亲所惊扰，她带来的包袱踏在脚下。女人们又说：

“家去找哥哥来看看你娘吧！”

一听说哥哥，她就要大哭，又勉强止住。那个寡妇又问：

“你哥哥不在家吗？”

她终于用白色的包头布拢络住脸孔大哭起来了。借了哭势，她才敢说到哥哥：

“哥哥前天死了呀：官项捉去枪毙的。”

包头布从头上扯掉。孤独的孩子癫痫着一般用头摇着母亲的心窝哭：

“娘呀……娘呀……”

她再什么也不会哭诉，她还小呢！

女人们彼此说：“哥哥多咱死的？怎么没听……”

赵三的烟袋出现在门口，他听清她们议论王婆的儿子。赵三晓得那小子是个“红胡子”。怎样死的，王婆服毒不是听说儿子枪毙才自杀吗？这只有赵三晓得。他不愿意叫别人知道，老婆自杀还关连着某个匪案，他觉得当土匪无论如何是有些不光明。

摇起他的烟袋来，他僵直的空的声音响起，用烟袋催逼着女孩：

“你走好啦！她已死啦！没有什么看的，你快走回你家去！”

小女孩被爹爹抛弃，哥哥又被枪毙了，带来包袱和妈妈同住，妈妈又死了，妈妈不在，让她和谁生活呢？

她昏迷地忘掉包袱，只顶了一块白布，离开妈妈的门庭。离开妈妈的门庭，那有点像丢开她的心让她远走一般。

赵三因为他年老。他心中裁判着年青人：

“私姘妇人，有钱可以，无钱怎么也去姘？没见过。到过节，那个淫妇无法过节，使他去抢，年青人就这样丧掉性命。”

当他看到也要丧掉性命的自己的老婆的时候，他非常仇恨那个枪毙的小子。当他想起去年冬天，王婆借来老洋炮的那回事，他又佩服人了：

“久当胡子哩！不受欺侮哩！”

妇人们燃柴，锅渐渐冒气。赵三捻着烟袋他来去踱走。过一会他看看王婆仍少少有一点气息，气息仍不断绝。他好像为了她的死等待得不耐烦似的，他困倦了，依着墙瞌睡。

长时间死的恐怖，人们不感到恐怖！人们集聚着吃饭，喝酒，这时候王婆在地下作出声音，看起来，她紫色的脸变成淡紫。人们放下杯子，说她又要活了吧？

不是那样，忽然从她的嘴角流出一些黑血，并且她的嘴唇有点像是起动，终于她大吼两声，人们瞪住眼睛说她就要断气了吧！

许多条视线围着她的时候，她活动着想要起来了！人们惊慌了！女人跑在窗外去了！男人跑去拿挑水的扁担。说她是死尸还魂。

喝过酒的赵三勇猛着：

“若让她起来，她会抱住小孩死去，或是抱住树，就是大人她也有力量抱住。”

赵三用他的大红手贪婪着把扁担压过去。扎实的刀一般的切在王婆的腰间。她的肚子和胸膛突然增涨，像是鱼泡似的。她立刻眼睛圆起来，像发着电光。她的黑嘴角也动了起来，好像说话，可是没有说话，血从口腔直喷，射了赵三的满单衫。赵三命令那个人：

“快轻一点压吧！弄得满身血。”

王婆就算连一点气息也没有了！她被装进等在门口的棺材里。

后村的庙前，两个村中无家可归的老头，一个打着红灯笼，一个手提水壶，领着平儿去报庙[1]。绕庙走了三周，他们顺着毛毛的行人小道回来，老人念一套成谱调的话，红灯笼伴了孩子头上的白布，他们回家去。平儿一点也不哭，他只记住那年妈妈死的时候不也是这样报庙吗？

王婆的女儿却没能同来。

王婆的死信传遍全村，女人们坐在棺材边大大的哭起！扭着鼻涕，号啕着：哭孩子的，哭丈夫的，哭自己命苦的，总之，无管有什么冤屈都到这里来送了！村中一有年岁大的人死，她们，女人之群们，就这样做。

将送棺材上坟场！要钉棺材盖了！

王婆终于没有死，她感到寒凉，感到口渴，她轻轻说：

“我要喝水！”

但她不知道，她是睡在什么地方。

五月节了，家家门上挂起葫芦。二里半那个傻婆子屋里有孩子哭着，她却蹲在门口拿刷马的铁耙子给羊刷毛。

二里半跛着脚。过节，带给他的感觉非常愉快。他在白菜地看见白菜被虫子吃倒几棵。若在平日他会用短句咒骂虫子，或是生气把白菜用脚踢着。

但是现在过节了，他一切愉快着，他觉得自己是应该愉快。走在地边他看一看柿子还没有红，他想摘几个青柿子给孩子吃吧！过节了！

全村表示着过节，菜田和麦地，无管什么地方都是静静的，甜

---

1 报庙：旧时，人死后，亲属到土地庙向先人（一说为向土地神）报告死亡消息。

美的。虫子们也仿佛比平日会唱了些。

过节渲染着整个二里半的灵魂。他经过家门没有进去，把柿子扔给孩子又走了！他要趁起这样愉快的日子会一会朋友。

左近邻居的门上都挂了纸葫芦，他经过王婆家，那个门上摆荡着的是绿色的葫芦。再走，就是金枝家。

金枝家，门外没有葫芦，门里没有人了！二里半张望好久：孩子的尿布在锅灶旁被风吹着，飘飘的在浮游。

小金枝来到人间才够一月，就被爹爹摔死了：婴儿为什么来到这样的人间？使她带了怨悒回去！仅仅是这样短促呀！仅仅是几天的小生命！

小小的孩子睡在许多死人中，她不觉得害怕吗？妈妈走远了！妈妈啜泣听不见了！

天黑了！月亮也不来为孩子做伴。

五月节的前些日子，成业总是进城跑来跑去。家来和妻子吵打。他说："米价落了！三月里买的米现在卖出去折本一少半。卖了还债也不足，不卖又怎么能过节？"

并且他渐渐不爱小金枝，当孩子夜里把他吵醒的时候，他说：

"拼命吧！闹死吧！"过节的前一天，他家什么也没预备，连一斤面粉也没买。烧饭的时候豆油罐子什么也倒流不出。

成业带着怒气回家，看一看还没有烧菜。他厉声嚷叫：

"啊！像我……该饿死啦，连饭也没得吃……我进城……我进城。"

孩子在金枝怀中吃奶。他又说：

"我还有好的日子吗？你们累得我，使我做强盗都没有机会。"

金枝垂了头把饭摆好，孩子在旁边哭。

成业看着桌上的咸菜和粥饭，他想了一刻又不住的说起：

“哭吧！败家鬼，我卖掉你去还债。”

孩子仍哭着，妈妈在厨房里，不知是扫地，还是收拾柴堆。爹爹发火了：

“把你们都一块卖掉，要你们这些吵家鬼有什么用……”

厨房里的妈妈和火柴一般被燃着：

“你像个什么？回来吵打，我不是你的冤家，你会卖掉，看你卖吧！”

爹爹飞着饭碗，妈妈暴跳起来。

“我卖？我摔死她吧！……我卖什么！”

就这样小生命被截止了！

王婆听说金枝的孩子死，她要来看看，可是她只扶了杖子立起又倒卧下来。她的腿骨被毒质所侵还不能行走。

年青的妈妈过了三天她到乱坟岗子去看孩子。但那能看到什么呢？被狗扯得什么也没有。

成业他看到一堆草染了血，他幻想是捆小金枝的草吧！他俩背向着流过眼泪。

乱坟岗子不知晒干多少悲惨的眼泪？永年悲惨的地带，连个乌鸦也不落下。

成业又看见一个坟窟，头骨在那里重见天日。

走出坟场，一些棺材、坟堆，死寂死寂的印象催迫着他们加快着步速。

八 蚊虫繁忙着

她的女儿来了！王婆的女儿来了！

王婆能够拿着鱼竿坐在河沿钓鱼了！她脸上的纹褶没有什么增多或减少。这证明她依然没有什么变动，她还必须活下去。

晚间河边蛙声振耳。蚊子从河边的草丛出发，嗡声喧闹的阵伍，迷漫着每个家庭。日间太阳也炎热起来！太阳烧上人们的皮肤，夏天，田庄上人们怨恨太阳和怨恨一个恶毒的暴力者一般。全个田间，一个大火球在那里滚转。

但是王婆永久欢迎夏天。因为夏天有肥绿的叶子，肥的园林，更有夏夜会唤起王婆诗意的心田，她该开始向着夏夜述说故事。今夏她什么也不说了！她偎在窗下和睡了似的，对向幽邃的天空。

蛙鸣振碎人人的寂寞；蚊虫骚扰着不能停息。

这相同平常的六月，这又是去年割麦的时节。王婆家今年没种麦田。她更忧伤而悄默了！当举着钓竿经过作浪的麦田时，她把竿头的绳线缭绕起来，她仰了头，望着高空，就这样睬也不睬地经过麦田。

王婆的性情更恶劣了！她又酗酒起来。她每天钓鱼。全家人的衣服她不补洗，她只每夜烧鱼，吃酒，吃得醉疯疯地，满院，满屋她旋走；她渐渐要到树林里去旋走。

有时在酒杯中她想起从前的丈夫；她痛心看见来在身边孤独的女儿，总之在喝酒以后她更爱烦想。

现在她近于可笑，和石块一般沉在院心，夜里她习惯于院中睡觉。

在院中睡觉被蚊虫迷绕着，正像蚂蚁群拖着已腐的苍蝇。她是再也没有心情了吧！再也没有心情生活！

王婆被蚊虫所食，满脸起着云片，皮肤肿起来。

王婆在酒杯中也回想着女儿初来的那天，女儿横在王婆怀中：

“妈呀！我想你是死了！你的嘴吐着白沫，你的手指都凉了呀！……哥哥死了，妈妈也死了，让我到那里去讨饭吃呀！……他们把我赶出时，带来的包袱都忘下啦，我哭……哭昏啦……妈妈，他们坏心肠，他们不叫我多看你一刻……”

后来孩子从妈妈怀中站起来时，她说出更有意义的话：

“我恨死他们了！若是哥哥活着，我一定告诉哥哥把他打死。”

最后那个女孩，拭干眼泪说：“我必定要像哥哥，……”

说完她咬一下嘴唇。

王婆思想着女孩怎么会这样烈性呢？或者是个中用的孩子？

王婆忽然停止酗酒，她每夜，开始在林中教训女儿，在静的林里，她严峻的说：

“要报仇。要为哥哥报仇，谁杀死你的哥哥？”

女孩子想：“官项杀死哥哥的。”她又听妈妈说：

“谁杀死哥哥，你要杀死谁，……”

女孩想过十几天以后，她向妈妈蹀躞着：

“是谁杀死哥哥？妈妈明天领我去进城，找到那个仇人，等后来什么时候遇见他我好杀死他。”

孩子说了孩子话，使妈妈笑了！使妈妈心痛。

王婆同赵三吵架的那天晚上，南河的河水涨出了河床。南河沿嚷着：

“涨大水啦！涨大水啦！”

人们来往在河边，赵三在家里也嚷着：

“你快叫她走，她不是我家的孩子，你的崽子我不招留。快——”

第二天家家的麦子送上麦场。第一场割麦，人们要吃一顿酒来庆祝。赵三第一年不种麦，他家是静悄悄的。有人来请他，他坐到别人欢说着的酒桌前，看见别人欢说，看见别人收麦，他红色的大手在人前窘迫着了！不住的胡乱的扭搅，可是没有人注意他，种麦人和种麦人彼此谈说。

河水落了却带来众多的蚊虫。夜里蛤蟆的叫声，好像被蚊子的嗡嗡的压住似的。日间蚊群也是忙飞。只有赵三非常哑默。

九 传染病

乱坟岗子，死尸狼藉在那里。无人掩埋，野狗活跃在尸群里。

太阳血一般昏红，从朝至暮蚊虫混同着蒙雾充塞天空。高粱，玉米和一切菜类被人丢弃在田圃，每个家庭是病的家庭，是将要绝灭的家庭。

全村静悄了。植物也没有风摇动它们。一切沉浸在雾中。

赵三坐在南地端出卖五把新镰刀。那是组织“镰刀会”时剩下的。他正看着那伤心的遗留物，村中的老太太来问他：

“我说……天象，这是什么天象？要天崩地陷了。老天爷叫人全死吗？嗳……”

老太婆离去赵三，曲背立即消失在雾中，她的语声也像隔远了似的：

“天要灭人呀！……老天早该灭人啦！人世尽是强盗，打仗，杀害，这是人自己招的罪……”

渐渐远了！远处听见一个驴子在号叫，驴子号叫在山坡吗？驴子号叫在河沟吗？

什么也看不见，只能听闻：那是，二里半的女人作嘎的不愉悦的声音来近赵三。赵三为着镰刀所烦恼，他坐在雾中，他用烦恼的心思在妒恨镰刀，他想：

“青牛是卖掉了！麦田没能种起来。”

那个婆子向他说话，但他没有注意到。那个婆子被脚下的土块跌倒，她起来时张慌着，在雾层中看不清她怎样张惶。她的音波织起了网状的波纹，和老大的蚊音一般：

“三哥，还坐在这里？家怕是有‘鬼子’来了，就连小孩子，‘鬼子’也要给打针，你看我把孩子抱出来，就是孩子病死也甘心，打针可不甘心。”

麻面婆离开赵三去了！抱着她未死的，连哭也不会哭的孩子沉没在雾中。

太阳变成暗红的放大而无光的圆轮，当在人头。昏茫的村庄埋着天然灾难的种子，渐渐种子在滋生。

传染病和放大的太阳一般勃发起来，茂盛起来！

赵三踏着死蛤蟆走路；人们抬着棺材在他身边暂时现露而滑过去！一个歪斜面孔的小脚女人跟在后面，她小小的声音哭着。又听到驴子叫，不一会驴子闪过去，背上驮着一个重病的老人。

西洋人，人们叫他“洋鬼子”，身穿白外套，第二天雾退时，白衣人来到赵三的窗外，他嘴上挂着白囊，说起难懂的中国话：

“你的，病人的有？我的治病好，来。快快的。”

那个老的胖一些的，动一动胡子，眼睛胖得和猪眼一般，把头探着窗子望。

赵三着慌说没有病人，可是终于给平儿打针了！

“老鬼子”向那个“小鬼子”说话，嘴上的白囊一动一动的。管子，药瓶和亮刀从提包倾出，赵三去井边提一壶冷水。那个“鬼子”开始擦他通孔的玻璃管。

平儿被停在窗前的一块板上，用白布给他蒙住眼睛。隔院的人们都来看着，因为要晓得“鬼子”怎样治病，“鬼子”治病究竟怎样可怕。

玻璃管从肚脐下一寸的地方插下，五寸长的玻璃管只有半段在肚皮外闪光。于是人们捉紧孩子，使他仰卧不得摇动。“鬼子”开始一个人提起冷水壶，另一个对准那个长长的橡皮管顶端的漏水器。看起来“鬼子”像修理一架机器。四面围观的人好像有叹气的，好像大家一起在缩肩膀。孩子只是作出“呀！呀”的短叫，很快一壶水灌完了！最后在滚胀的肚子上擦一点黄色药水，用小剪子剪一块白绵贴住破口。就这样白衣“鬼子”提了提包轻便的走了！又到别人家去。

又是一天晴朗的日子，传染病患到绝顶的时候！女人们抱着半死的小孩子，女人们始终惧怕打针，惧怕白衣的“鬼子”用水壶向小孩肚里灌水。她们不忍看那肿涨起来奇怪的肚子。

恶劣的传闻布遍着：

“李家的全家死了！”“城里派人来验查，有病象的都用车子拉进城去，老太婆也拉，孩子也拉，拉去打药针。”

人死了听不见哭声，静悄地抬着草捆或是棺材向着乱坟岗子走去，接接连连的，不断……

过午二里半的婆子把小孩送到乱坟岗子去！她看到别的几个小孩有的头发蒙住白脸，有的被野狗拖断了四肢，也有几个好好的睡在那里。

野狗在远的地方安然的嚼着碎骨发响。狗感到满足，狗不再为着追求食物而疯狂，也不再猎取活人。

平儿整夜呕着黄色的水，绿色的水，白眼球满织着红色的丝纹。

赵三喃喃着走出家门，虽然全村的人死了不少，虽然庄稼在那里衰败，镰刀他却总想出卖，镰刀放在家里永久刺着他的心。

十 十年

十年前村中的山，山下的小河，而今依旧十年前，河水静静的在流，山坡随着季节而更换衣裳；大片的村庄生死轮回着和十年前一样。

屋顶的麻雀仍是那样繁多。太阳也照样暖和。山下有牧童在唱童谣，那是十年前的旧调："秋夜长，秋风凉，谁家的孩儿没有娘，谁家的孩儿没有娘，……月亮满西窗。"

什么都和十年前一样，王婆也似没有改变，只是平儿长大了！平儿和罗圈腿都是大人了！

王婆被凉风飞着头发，在篱墙外远听从山坡传来的童谣。

十一 年盘转动了

雪天里，村人们永没见过的旗子飘扬起，升上天空！

全村寂静下去，只有日本旗子在山岗临时军营门前，振荡的响着。

村人们在想：这是什么年月？中华国改了国号吗？

十二 黑色的舌头

宣传“王道”的旗子来了！带着尘烟和骚闹来的。

宽宏的夹树道；汽车闹嚣着了！

田间无际限的浅苗湛着青色。但这不再是静穆的村庄，人们已经失去了心的平衡。草地上汽车突起着飞尘跑过，一些红色绿色的纸片播着种子一般落下来。小茅房屋顶有花色的纸片在起落。附近大道旁的枝头挂住纸片，在飞舞嘶嘎。从城里出发的汽车又追踪着驰来。车上站着威风飘扬的日本人，高丽人，也站着扬威的中国人。车轮突飞的时候，车上每人手中的旗子摆摆有声，车上的人好像生了翅膀齐飞过去。那一些举着日本旗子作出媚笑杂样的人，消失在道口。

那一些“王道”的书篇飞到山腰去，河边去……

王婆立在门前，二里半的山羊下垂它的胡子。老羊轻轻走过正在繁茂的树下。山羊不再寻什么食物，它倦困了！它过于老，全身变成土一般地色毛。它的眼睛模糊好像垂泪似的。山羊完全幽默和可怜起来；拂摆着长胡子走向洼地。

对着前面的洼地，对着山羊，王婆追踪过去痛苦的日子。她想把那些日子捉回，因为今日的日子还不如昨日。洼地没人种，上岗那些往日的麦田荒乱在那里。她在伤心的追想。

日本飞机拖起狂大的沙鸣飞过，接着天空翻飞着纸片。一张纸片落在王婆头顶的树枝，她取下看了看丢在脚下。飞机又过去时留下更多的纸片。她不再睬理一下那些纸片，丢在脚下来复的乱踏。

过了一会，金枝的母亲经过王婆，她手中捉住两只公鸡，她问王婆说：

“日子算是没法过了！可怎么过？就剩两只鸡，还得快快去卖掉！”

王婆问她：“你进城去卖吗？”

“不进城谁家肯买？全村也没有几只鸡了！”

她向王婆耳语了一阵：

“日本子恶得很！村子里的姑娘都跑空了！年青的媳妇也是一样。我听说王家屯一个十三岁的小丫头叫日本子弄去了！半夜三更弄走的。”

“歇一歇腿再走吧！”王婆说。

她俩坐在树下。大地上的虫子并不鸣叫，只是她俩惨淡而忧伤的谈着。

公鸡在手下不时振动着膀子。太阳有点正中了！树影做成圆形。

村中添设出异样的风光，日本旗子，日本兵。人们开始讲究这一些：“王道”啦！日“满”亲善啦！快有“真龙天子”啦！

在“王道”之下，村中的废田多起来，人们在广场上忧郁着徘徊。

那老婆说到最后：

“我这些年来，都是养鸡，如今连个鸡毛也不能留，连个‘啼明’的公鸡也不让留下。这是什么年头？……”

她震动一下袖子，有点癫狂似的，她立起来，踏过前面一块不耕的废田，废田患着病似的，短草在那婆婆的脚下不愉快的没有弹力的被踏过。

走得很远，仍可辨出两只公鸡是用那个挂下的手提着，另外一只手在面部不住的抹擦。

王婆睡下的时候，她听见远处好像有女人尖叫。打开窗子听一听……再听一会警笛嚣叫起来，枪鸣起来，远处的人家闯入什么魔鬼了吗?

“你家有人没有?”

当夜日本兵，中国警察搜遍全村。这是搜到王婆家。她回答：

“有什么人?没有。”

他们掩住鼻子在屋中转了一个弯出去了。手电灯发青的光线乱闪着，临走出门栏，一个日本兵在铜帽子下面说中国话：

“也带走她。”

王婆完全听见他说的是什么：

“怎么也带女人吗?”她想，“女人也要捉去枪毙吗?”

“谁希罕她，一个老婆子!”那个中国警察说。

中国人都笑了!日本人也盲笑。可是他们不晓得这话是什么意思，别人笑，他们也笑。

真的，不知他们牵了谁家的女人，曲背和猪一般被他们牵走。在稀薄乱动的手电灯绿色的光线里面，分辨不出这女人是谁。

还没走出栏门他们就调笑那个女人。并且王婆看见那个日本“铜帽子”的手在女人的屁股上急忙的爬了一下。

十三 你要死灭吗?

王婆以为又是假装搜查到村中捉女人，于是她不想到什么恶劣的事情上去，安然的睡了!赵三那老头子也非常老了!他回来没有惊动谁也睡了!

过了夜，日本宪兵在门外轻轻敲门，走进来的，看样像个中国人，他的长靴染了湿淋的露水，从口袋取出手巾，摆出泰然的样子坐在炕沿慢慢擦他的靴子，访问就在这时开始：

“你家昨夜没有人来过？不要紧，你要说实话。”

赵三刚起来，意识有点不清，不晓得这是什么事情要发生。于是那个宪兵把手中的帽子用力抖了一下，不是柔和而不在意的态度了：“混蛋！你怎么不知道？等带去你就知道了！”

说了这样话并没带他去。王婆一面在扣衣钮一面抢说：

“问的是什么人？昨夜来过几个‘老总’，搜查没有什么就走了！”

那个军官样的把态度完全是对着王婆，用一种亲昵的声音问：

“老太太请告诉吧！有赏哩！”

王婆的样子仍是没有改变。那人又说：

“我们是捉胡子，有胡子乡民也是同样受害，你没见着昨天汽车来到村子宣传‘王道’吗？‘王道’叫人诚实。老太太说了吧！有赏呢？”

王婆面对着窗子照上来的红日影，她说：

“我不知道这回事。”

那个军官又想大叫，可是停住了，他的嘴唇困难的又动几下：

“‘满洲国’要把害民的胡子扫清，知道胡子不去报告，查出来枪毙！”这时那个长靴人用斜眼神侮辱赵三一下。接着他再不说什么，等待答复，终于他什么也没得到答复。

还不到中午，乱坟岗子多了三个死尸，其中一个是女尸。

人们都知道那个女尸，就是在北村一个寡妇家搜出的那个“女学生”。

赵三听得别人说“女学生”是什么“党”。但是他不晓得什么“党”做什么解释。当夜在喝酒以后把这一切密事告诉了王婆，他也不知道那“女学生”倒有什么密事，到底为什么才死？他只感到不许传说的事情神秘，他也必定要说。

王婆她十分不愿意听，因为这件事情发生，她担心她的女儿，她怕是女儿的命运和那个“女学生”一般样。

赵三的胡子白了！也更稀疏，喝过酒，脸更是发红，他任意把自己摊散在炕角。

平儿担了大捆的绿草回来，晒干可以成柴，在院心他把绿草铺平。进屋他不立刻吃饭，透汗的短衫脱在身边，他好像愤怒似的，用力来拍响他多肉的肩头，嘴里长长的吐着呼吸。过了长时间爹爹说：

“你们年青人应该有些胆量。这不是叫人死吗？亡国了！麦地不能种了，鸡犬也要死净。”

老头子说话像吵架一般。王婆给平儿缝汗衫上的大口，她感动了，想到亡国，把汗衫缝错了！她把两个袖口完全缝住。

赵三和一个老牛般样，年青时的气力全部消灭，只回想“镰刀会”，又告诉平儿：

“那时候你还小着哩！我和李青山他们弄了个‘镰刀会’。勇得很！可是我受了打击，那一次使我碰壁了！你娘去借只洋炮来，谁知还没用洋炮，就是一条棍子出了人命，从那时起就倒霉了！一年不如一年活到如今。”

“狗，到底不是狼，你爹从出事以后，对‘镰刀会’就没趣了！青牛就是那年卖的。”

她这样抢白着，使赵三感到羞耻和愤恨。同时自己为什么当时就那样卑小？心脏发燃了一刻，他说着使自己满意的话：

“这下子东家也不东家了！有日本子，东家也不好干什么！”

他为着充血的轻便的身子，他向树林那面去散步，那儿有树林，林梢在青色的天边图出美调的和舒卷着的云一样的弧线。青的天幕在前面直垂下来，曲卷的树梢花边一般地嵌上天幕。田间往日的蝶儿在飞，一切野花还不曾开。小草房一座一座的摊落着，有的留下残墙在晒阳光，有的也许是被炸弹带走了屋盖。房身整整齐齐地摆在那里。

赵三阔大开胸膛，他呼吸田间透明的空气。他不愿意走了，停脚在一片荒芜的，过去的麦地旁。就这样不多一时，他又感到烦恼，因为他想起往日自己的麦田而今丧尽在炮火下，在日本兵的足下必定不能够再长起来，他带着麦田的忧伤又走过一片瓜田，瓜田也不见了种瓜的人，爪田尽被一些蒿草充塞。去年看守瓜地的小房，依然存在；赵三倒在小房下的短草梢头。他欲睡了！朦朦中看见一些高丽人从大树林穿过。视线从地平面直发过去，那一些“高丽”人仿佛是走在天边。

假如没有乱插在地面的家屋，那么赵三觉得自己是躺在天边了！

阳光迷住他的眼睛，使他不能再远看了！听得见村狗在远方无聊地吠叫。

如此荒凉的旷野，野狗也不到这里巡行。独有酒烧胸膛的赵三到这里巡行，但是他无有目的，任意足尖踏到什么地点，走过无数秃田，他觉得过于可惜，点一点头，摆一摆手，不住的叹着气走回家去。

村中的寡妇们多起来，前面是三个寡妇，其中的一个尚拉着她的孩子走。

红脸的老赵三走近家门又转弯了！他是那样信步而无主的走！忧伤在前面招示他，忽然间一个大凹洞，踏下脚去。他未曾注意这个，好像他一心要完成长途似的，继续前进。那里更有炸弹的洞穴，但不能阻碍他的去路，因为喝酒，壮年的血气鼓动他。

在一间破房子里，一只母猫正在哺乳一群小猫。他不愿看这些，他更走，没有一个熟人与他遇见。直到天西烧红着云彩，他滴血的心，垂泪的眼睛竟来到死去的年青时伙伴们的坟上，不带酒祭奠他们，只是无话坐在朋友们之前。

亡国后的老赵三，蓦然念起那些死去的英勇的伙伴！留下活着的老的，只有悲愤而不能走险了，老赵三不能走险了！

那是个繁星的夜，李青山发着疯了！他的哑喉咙，使他讲话带着神秘而紧张的声色。这是第一次他们大型的集会。在赵三家里，他们像在举行什么盛大的典礼，庄严与静肃。人们感到缺乏空气一般，人们连鼻子也没有一个作响。屋子不燃灯，人们的眼睛和夜里的猫眼一般，闪闪有磷光而发绿。

王婆的尖脚，不住的踏在窗外，她安静的手下提了一只破洋灯罩，她时时准备着把玻璃灯罩摔碎。她是个守夜的老鼠，时时防备猫来。她到篱笆外绕走一蹚，站在篱笆外听一听他们的谈论高低，有没有危险性？手中的灯罩她时刻不能忘记。

屋中青山固执而且浊重的声音继续下去：

“在这半月里，我才真知道人民革命军真是不行，要干人民革命军那就必得倒霉，他们尽是些‘洋学生’，上马还得用人抬上去。他们嘴里就会狂喊‘退却’。廿八日那夜外面下小雨，我们十个同志正吃饭，饭碗被炸碎了哩！派两个出去寻炸弹的来路。大家来想一想，两个‘洋学生’跑出去，唉！丧气，被敌人追着连帽子都跑丢了，‘学生’们常常给敌人打死。……”

罗圈腿插嘴了：“革命军还不如红胡子有用？”

月光照进窗来太暗了！当时没有人能发见罗圈腿发问时是个什么奇怪的神情。

李青山又在开始：

“革命军纪律可真利害，你们懂吗？什么叫纪律？那就是规矩。规矩太紧，我们也受不了。比方吧：屯子里年青青的姑娘眼望着不准去……哈哈！我吃了一回苦，同志打了我十下枪柄哩！”

他说到这里，自己停下笑起来，但是没敢大声。他继续下去。

二里半对于这些事情始终是缺乏兴致，他在一边瞌睡，老赵三用他的烟袋锅撞一下在睡的缺乏政治思想的二里半，并且赵三大不满意起来：

“听着呀！听着，这是什么年头还睡觉？”

王婆的尖脚乱踏着地面作响一阵，人们听一听，没听到灯罩的响声，知道日本兵没有来，同时人们感到严重的气氛。青山的计划严重着发表。

李青山是个农人，他尚分不清该怎样把事弄起来，只说着：

“屯子里的小伙子招集起来，起来救国吧！革命军那一群‘学生’是不行。只有红胡子才有胆量。”

老赵三他的烟袋没有燃着，丢在炕上，急快的拍一下手他说：

“对！招集小伙子们，起名也叫革命军。”

其实赵三完全不能明白，因为他还不曾听说什么叫做革命军，他无由得到安慰，他的大手掌快乐的不停的虏着胡子。对于赵三这完全和十年前组织“镰刀会”同样兴致，也是暗室，也是静悄悄的讲话。

老赵三快乐得终夜不能睡觉，大手掌翻了个终夜。

同时站在二里半的墙外可以数清他鼾声的拍子。

乡间，日本人的毒手努力毒化农民，就说要恢复“大清国”，要做“忠臣”，“孝子”，“节妇”。可是另一方面，正相反的势力也增长着。

天一黑下来就有人越墙藏在王婆家中，那个黑胡子的人每夜来，成为王婆的熟人。在王婆家吃夜饭，那人向她说：

“你的女儿能干得很，背着步枪爬山爬得快呢！可是……已经……”

平儿蹲在炕下，他吸爹爹的烟袋。轻微的一点妒嫉横过心面。他有意弄响烟袋在门扇上，他走出去了。外面是阴沉全黑的夜，他在黑色中消灭了自己。等他忧悒着转回来时，王婆已是在垂泪的境况。

那夜老赵三回来得很晚，那是因为他逢人便讲亡国，救国，义勇军，革命军，……这一些出奇的字眼，所以弄得回来这样晚。快鸡叫的时候了！赵三的家没有鸡，全村听不见往日的鸡鸣。只有褪色的月光在窗上，“三星”不见了，知道天快明了。

他把儿子从梦中唤醒，他告诉他得意的宣传工作：东村那个寡妇怎样把孩子送回娘家预备去投义勇军。小伙子们怎样准备集合。老头子好像已在衙门里做了官员一样，摇摇摆摆着他讲话时的姿势，摇摇摆摆着他自己的心情，他整个的灵魂在阔步！

稍微沉静一刻，他问平儿：

“那个人来了没有？那个黑胡子的人？”

平儿仍回到睡中，爹爹正鼓动着生力，他却睡了！爹爹的话在他耳边，像蚊虫嗡叫一般的无意义。赵三立刻动怒起来，他觉得他光荣的事业，不能有人承受下去，感到养了这样的儿子没用，他失望。

王婆一点声息也不作出，像是在睡般地。

明朝，黑胡子的人，忽然走来，王婆又问他：

“那孩子死的时候，你到底是亲眼看见她没有？”

他弄着骗术一般：

“老太太你怎么还不明白？不是老早就对你讲么？死了就死了吧！革命就不怕死，那是露脸的死啊……比当日本狗的奴隶活着强得多哪！”

王婆常常听他们这一类人说“死”说“活”……她也想死是应该，于是安静下去，用她昨夜为着泪水所浸蚀的眼睛观察那熟人急转的面孔。终于她接受了！那所有那人从囊中取出来的小本子和小字，充满在上面像黑点一般的零散的纸张，她全接受了！另外还有发亮的小枪一支也递给王婆。那个人急忙着要走，这时王婆又不自禁的问：

“她也是枪打死的吗？”

那人开门急走出去了！因为急走，那人没有注意到王婆。

王婆往日里，她不知恐怖，常常把那一些别人带来的小本子放在厨房里。有时她竟任意丢在席子下面。今天她却减少了胆量，她想那些东西若被搜查着，日本兵的刺刀会通刺了自己。她好像觉着自己的遭遇要和女儿一样似的，尤其是手掌里的小枪。她被恫吓着慢慢颤栗起来。女儿也一定被同样的枪杀死。她终止了想，她知道当前的事情开始紧急。

赵三仓皇了脸回来，王婆没有理他走向后面柴堆那儿。柴草不似每年，那是烧空了！在一片平地上稀疏的生着马蛇菜。她开始掘地洞；听村狗狂咬，她有些心慌意乱，把镰刀头插进土去无力拔出。

她好像要倒落一般：全身受着什么压迫要把肉体解散了一般。过了一刻难忍昏迷的时间，她跑去呼唤她的老同伴。可是当走到房门又急转回来，她想起别人的训告：

——重要的事情谁也不能告诉，两口子也不能告诉。

那个黑胡子的人，向她说过的话也使她回想了一遍：

——你不要叫赵三知道，那老头子说不定和小孩子似的。

等她埋好之后，日本兵连续来过十几个。多半只戴了铜帽，连长靴都没穿就来了！人们知道他们又是在弄女人。

王婆什么观察力也失去了！不自觉地退缩在赵三的背后，就连那永久带着笑脸，常来王婆家搜查的日本官长，她也不认识了。临走时那人向王婆说“再见”，她直直迟疑着而不回答一声。

“拔”——“拔”，就是出发的意思，老婆们给男人在搜集衣裳或是鞋袜。

李青山派人到每家去寻个公鸡，没得寻到，有人提议把二里半的老山羊杀了吧！山羊正走在李青山门前，或者是歇凉，或者是它走不动了！它的一只独角塞进篱墙的缝际，小伙子们去抬它，但是无法把独角弄出。

二里半从门口经过，山羊就跟在后面回家去了！二里半说：

“你们要杀就杀吧！早晚还不是给日本子留着吗！”

李二婶子在一边说：“日本子可不要它，老得不成样。”

二里半说：“日本子不要它，老也老死了！”

人们宣誓的日子到了！没有寻到公鸡，决定拿老山羊来代替。小伙子们把山羊抬着，在杆上四脚倒挂下去，山羊不住哀叫。二里半可笑的悲哀的形色跟着山羊走来。他的跛脚仿佛是一步一步把地面踏陷。波浪状的行走，愈走愈快；他的老婆疯狂的想把他拖回去，然而不能做到，二里半惶惶的走了一路。山羊被抬过一个山腰的小曲道。山羊被升上院心铺好红布的方桌。

东村的寡妇也来了！她在桌前跪下祷告了一阵，又到桌前点着两只红蜡烛。蜡烛一点着，二里半知道快要杀羊了。

院心除了老赵三那尽是一些年青的小伙子在走转。他们袒露胸臂，强壮而且凶横。

赵三总是向那个东村的寡妇说，他一看见她便宣传她。他一遇见事情，就不像往日那样贪婪吸他的烟袋。说话表示出庄严，连胡子也不动荡一下：

“救国的日子就要来到。有血气的人不肯当亡国奴，甘愿做日本刺刀下的屈死鬼。”

赵三只知道自己是中国人。无论别人对他讲解了多少遍，他总不能明白他在中国人中是站在怎样的阶级。虽然这样，老赵三也是非常进步，他可以代表整个的村人在进步着，那就是他从前不晓得什么叫国家，从前也许忘掉了自己是那国的国民！

他不开言了！静站在院心，等待宏壮悲愤的典礼来临。

来到三十多人，带来重压的大会，可真的触到赵三了！使他的胡子也感到非常重要而不可挫碰一下。

四月里晴朗的天空从山脊流照下来，房周的大树群在正午垂曲的立在太阳下。畅明的天光与人们共同宣誓。

寡妇们和亡家的独身汉在李青山喊过口号之后完全用膝头曲倒在天光之下。羊的脊背流过天光，桌前的大红蜡烛在壮默的人头前面燃烧。李青山的大个子直立在桌前：“弟兄们！今天是什么日子！

知道吗？今天……我们去敢死……决定了……就是把我们的脑袋挂满了整个村子所有的树梢也情愿，是不是啊？……是不是……？弟兄们……？”

回声先从寡妇们传出：“是呀！千刀万剐也愿意！”

尖声刺心一般痛，尖声方锥一般落进每个人的胸膛。一阵强烈的悲酸掠过低垂的人头，苍苍然蓝天欲坠了！

老赵三立到桌子前面，他不发声，先流泪：

“国……国亡了！我……我也……老了！你们还年青，你们去救国吧！我的老骨头再……再也不中用了！我是个老亡国奴，我不会眼见你们把日本旗撕碎，等着我埋在坟里……也要把中国旗子插在坟顶，我是中国人！……我要中国旗子。我不当亡国奴，生是中国人，死是中国鬼……不……不是亡……亡国奴……”

浓重不可分解的悲酸，使树叶垂头。赵三在红蜡烛前用力鼓了桌子两下，人们一起哭向苍天了！人们一起向苍天哭泣。大群的人起着号啕！

就这样把一只匣枪装好子弹摆在众人前面。每人走到那只枪口就跪倒下去“盟誓”：

“若是心不诚，天杀我，枪杀我，枪子是有灵有圣有眼睛的啊！”

寡妇们也是盟誓。也是把枪口对准心窝说话。只有二里半在人们宣誓之后快要杀羊时他才回来。从什么地方他捉一只公鸡来！只有他没曾宣誓，对于国亡，他似乎没什么伤心，他领着山羊，就回家去。

别人的眼睛，尤其是老赵三的眼睛在骂他：

“你个老跛脚的物，你，你不想活吗？……”

十四 到都市里去

临行的前夜，金枝在水缸沿上磨剪刀，而后用剪刀撕破死去孩子的尿巾。年青的寡妇是住在妈妈家里。

“你明天一定走吗？”

在睡的身边的妈妈被灯光照醒，带着无限怜情在已决定的命运中求得安慰似的。

“我不走，过两天再走。”金枝答她。

又过了不多时老太太醒来，她再不能睡，当她看见女儿不在身边而在地心洗濯什么的时候，她坐起来问着：

“你是明天走吗？再住三两天不能够吧！”

金枝在夜里收拾东西，母亲知道她是要走。金枝说：

“娘，我走两天，就回来，娘……不要着急！”

老太太像在摸索什么，不再发声音。

太阳很高很高了，金枝尚偎在病母亲的身边，母亲说：

“要走吗？金枝！走就走吧！去赚些钱吧！娘不阻碍你。”母亲的声音有些惨然：

“可是要学好，不许跟着别人学，不许和男人打交道。”

女人们再也不怨恨丈夫。她向娘哭着：

“这不都是小日本子吗？挨千刀的小日本子！不走等死吗？”

金枝听老人讲，女人独自行路要扮个老相，或丑相，束上一条腰带她把油罐子挂在身边，盛米的小桶也挂在腰带上，包着针线和一些碎布的小包袱塞进米桶去，装做讨饭的老婆，用灰尘把脸涂得很脏并有条纹。

临走时妈妈把自己耳上的银环摘下，并且说：

“你把这个带去吧！放在包袱里，别叫人给你抢去，娘一个钱也没有，若饿肚时，你就去卖掉，买个干粮吃吧！”走出门去还听母亲说：“遇见日本子，你快伏在蒿子下。”

金枝走得很远，走下斜坡，但是娘的话仍是那样在耳边反复：“买个干粮吃。”她心中乱乱的幻想，她不知走了多远，她像从家向外逃跑一般，速步而不回头。小道也尽是生着短草，即便是短草也障碍金枝赶路的脚。

日本兵坐着马车，口里吸烟，从大道跑过。金枝有点颤抖了！她想起母亲的话，很快躺在小道旁的蒿子里。日本兵走过，她心跳着站起，她四面惶惶在望：母亲在那里？家乡离开她很远，前面又来到一个生疏的村子，使她感觉到走过无数人间。

红日快要落过天边去，人影横到地面杆子一般瘦长。踏过去一条小河桥，再没有多少路途了！

哈尔滨城渺茫中有工厂的烟囱插入云天。

金枝在河边喝水，她回头望向家乡，家乡遥远而不可见。只是高高的山头，山下辨不清是烟是树，母亲就在烟树荫中。

她对于家乡的山是那般难舍，心脏在胸中飞起了！金枝感到自己的心已被摘掉不知抛向何处！她不愿走了，强行过河桥又入小道。前面哈尔滨城在招示她，背后家山向她送别。

小道不生蒿草，日本兵来时，让她躲身到地缝中去吗？她四面寻找，为了心脏不能平衡，脸面过量的流汗，她终于被日本兵寻到：

“你的！……站住。”

金枝好比中了枪弹，滚下小沟去，日本兵走近，看一看她脏污的样子。他们和肥鸭一般，嘴里发响摆动着身子，没有理她走过去了！他们走了许久许久，她仍没起来，以后她哭着，木桶扬翻在那里，小包袱从木桶滚出。她重新走起时身影在地面越瘦越长起来，和细线似的。

金枝在夜的哈尔滨城，睡在一条小街阴沟板上。那条街是小工人和洋车夫们的街道。有小饭馆，有最下等的妓女，妓女们的大红裤子时时在小土房的门前出现。闲散的人，做出特别姿态，慢慢和大红裤子们说笑，后来走进小房去，过一会又走出来。但没有一个人理会破乱的金枝，她好像一个垃圾桶，好像一个病狗似的堆偎在那里。

这条街连警察也没有，讨饭的老婆和小饭馆的伙计吵架。

满天星火，但那都疏远了！那是与金枝绝缘的物体。半夜过后金枝身边来了一条小狗，也许小狗是个受难的小狗？这流浪的狗它进木桶去睡。金枝醒来仍没出太阳，天空许多星充塞着。

许多街头流浪人，尚挤在小饭馆门前，等候着最后的施舍。

金枝腿骨断了一般酸痛，不敢站起。最后她也挤进要饭人堆去，等了好久，伙计不见送饭出来，四月里露天睡宿打着透心的寒颤，别人看她的时候，她觉得这个样子难看，忍了饿又来在原处。

夜的街头，这是怎样的人间？金枝小声喊着娘，身体在阴沟板上不住的抽拍。绝望着，哭着，但是她和木桶里在睡的小狗一般同样不被人注意，人间好像没有他们存在。天明，她不觉得饿，只是空虚，她的头脑空空尽尽了！在街树下，一个缝补的婆子，她遇见对面去问：

“我是新来的，新从乡下来的……”

看她作窘的样子那个缝婆没理她，面色在清凉的早晨发着淡白走去。

卷尾的小狗偎依着木桶好像偎依妈妈一般，早晨小狗大约感到太寒。

小饭馆渐渐有人来往。一堆白热的馒头从窗口堆出。

“老婶娘，我新从乡下来，……我跟你去，去赚几个钱吧！”

第二次，金枝成功了，那个婆子领她走，一些搅扰的街道，发出浊气的街道，她们走过。金枝好像才明白，这里不是乡间了，这里只是生疏，隔膜，无情感。一路除了饭馆门前的鸡，鱼，和香味，其余她都没有看见似的，都没有听闻似的。

“你就这样把袜子缝起来。”

在一个挂金牌的“鸦片专卖所”的门前，金枝打开小包，用剪刀剪了块布角，缝补不认识的男人的破袜。那婆子又在教她：

“你要快缝，不管好坏，缝住，就算。”

金枝一点力量也没有，好像愿意赶快死似的，无论怎样努力眼睛也不能张开。一部汽车擦着她的身边驰过，跟着警察来了，指挥她说：

“到那边去！这里也是你们缝穷[1]的地方？”

金枝忙仰头说：“老总，我刚从乡下来，还不懂得规矩。”

在乡下叫惯了老总，她叫警察也是老总，因为她看警察也是庄严的样子，也是腰间佩枪。别人都笑她，那个警察也笑了。老缝婆又教说她：

“不要理他，也不必说话，他说你，你躲后一步就完。”

她，金枝立刻觉得自己发羞，看一看自己的衣裳也不和别人同样，她立刻讨厌从乡下带来的破罐子，用脚踢了罐子一下。

袜子补完，肚子空虚的滋味不见终止，假若得法，她要到无论什么地方去偷一点东西吃。很长时间她停住针，细看那个立在街头吃饼干的孩子，一直到孩子把饼干的最末一块送进嘴去，她仍在看。

---

1 缝穷：北方话语，以补衣服为主要工作内容的职业。

“你快缝，缝完吃午饭，……可是你吃了早饭没有？”

金枝感到过于亲热，好像要哭出来似的，她想说：

“从昨夜就没吃一点东西，连水也没喝过。”

中午来到，她们和从“鸦片馆”出来那些游魂似的人们同行着。女工店有一种特别不流通的气息，使金枝想到这又不是乡村，但是那一些停滞的眼睛，黄色脸，直到吃过饭，大家用水盆洗脸时她才注意到，全屋五丈多长，没有隔壁，墙的四周涂满了臭虫血，满墙拖长着黑色紫色的血点。一些污秽发酵的包袱围墙堆集着。这些多样的女人，好像每个患着病似的，就在包袱上枕了头讲话：

“我那家子的太太，待我不错，吃饭都是一样吃，那怕吃包子我也一样吃包子。”

别人跟住声音去羡慕她。过了一阵又是谁说她被公馆里的听差扭一下嘴巴。她说她气病了一场，接着还是不断的乱说。这一些烦烦乱乱的话金枝尚不能明白，她正在细想什么叫公馆呢？什么是太太？她用遍了思想而后问一个身边在吸烟的剪发的妇人：

“‘太太’不就是老太太吗？”

那个妇人没答她，丢下烟袋就去呕吐。她说吃饭吃了苍蝇。可是全屋通长的板炕，那一些城市的女人她们笑得使金枝生厌，她们是前仆后折的笑。她们为着笑这个乡下女人彼此兴奋得拍响着肩膀，笑得过甚的竟流起眼泪来。金枝却静静坐在一边。等夜晚睡觉时，她向初识那个老太太说：

“我看哈尔滨倒不如乡下好，乡下姊妹很和气，你看午间她们笑我拍着掌哩！”

说着她卷紧一点包袱，因为包袱里面藏着赚得的两角钱纸票，金枝枕了包袱，在都市里的臭虫堆中开始睡觉。

金枝赚钱赚得很多了！在裤腰间缝了一个小口袋，把两元钱的票子放进去，而后缝住袋口。女工店向她收费用时她同那人说：

“晚几天给不行吗？我还没赚到钱。”她无法又说：

“晚上给吧！我是新从乡下来的。”

终于那个人不走，她的手摆在金枝眼下。女人们也越集越多，把金枝围起来。她好像在耍把戏一般招来这许多观众，其中有一个三十多岁的胖子，头发完全脱掉，粉红色闪光的头皮，独超出人前，她的脖子装好颤丝一般，使闪光的头颅轻便而随意的在转，在颤，她就向金枝说：

“你快给人家！怎么你没有钱？你把钱放在什么地方我都知道。”

金枝生气，当着大众把口袋撕开，她的票子四分之三觉得是损失了！被人夺走了！她只剩五角钱。她想：

“五角钱怎样送给妈妈？两元要多少日子再赚得？”

她到街上去上工很晚。晚间一些臭虫被打破，发出袭人的臭味，金枝坐起来全身搔痒，直到搔出血来为止。

楼上她听着两个女人骂架，后来又听见女人哭，孩子也哭。

母亲病好了没有？母亲自己拾柴烧吗？下雨房子流水吗？渐渐想得恶化起来：她若死了不就是自己死在炕上无人知道吗？

金枝正在走路，脚踏车响着铃子驰过她，立刻心脏膨胀起来，好像汽车要轧上身体，她终止一切幻想了。

金枝知道怎样赚钱，她去过几次独身汉的房舍，她替人缝被，男人们问她：

“你丈夫多大岁数啊？”

“死啦！”

“你多大岁数？”

“二十七。”

一个男人拖着拖鞋，散着裤口，用他奇怪的眼睛向金枝扫了一下，奇怪的嘴唇跳动着：

“年青青的小寡妇哩！”

她不懂在意这个，缝完，带了钱走了。有一次走出门时有人喊她：

“你回来，……你回来。”

给人以奇怪感觉的急切的呼叫，金枝也懂得应该快走，不该回头。晚间睡下时，她向身边的周大娘说：

“为什么缝完，拿钱走时他们叫我？”

周大娘说：“你拿人家多少钱？”

“缝一个被子，给我五角钱。”

“怪不得他们叫你！不然为什么给你那么多钱？普通一张被两角。”

周大娘在倦乏中只告诉她一句：

“缝穷婆谁也逃不了他们的手。”

那个全秃的亮头皮的妇人在对面的长炕上类似尖巧的呼叫，她一面走到金枝头顶，好像要去抽拔金枝的头发。弄着她的胖手指：

“唉呀！我说小寡妇，你的好运气来了！那是又来财又开心。”

别人被吵醒开始骂那个秃头：

“你该死的，有本领的野兽，一百个男人也不怕，一百个男人你也不够。”

女人骂着彼此在交谈，有人在大笑，不知谁在一边重复了好几遍：

“还怕！一百个男人还不够哩！”

好像闹着的蜂群静了下去，女人们一点嗡声也停住了，她们全体到梦中去。

“还怕！一百个男人还不够哩！”不知谁，她的声音没有人接受，空洞的在屋中走了一周，最后声音消灭在白月的窗纸上。

金枝站在一家俄国点心铺的纱窗外。里面格子上各式各样的油黄色的点心，肠子，猪腿，小鸡，这些吃的东西，在那里发出油亮。最后她发现一个整个的肥胖的小猪，竖起耳朵伏在一个长盘里。小猪四围摆了一些小白菜和红辣椒。她要立刻上去连盘子都抱住，抱回家去快给母亲看。不能那样做，她又恨小日本子，若不是小日本子搅闹乡村，自家的母猪不是早生了小猪吗？“布包”在肘间渐渐脱落，她不自觉的在铺门前站不安定，行人道上人多起来，她碰撞着行人。一个漂亮的俄国女人从点心铺出来，金枝连忙注意到她透孔的鞋子下面染红的脚趾甲；女人走得很快，比男人还快，使她不能再看。

人行道上：克——克——的大响，大队的人经过，金枝一看见铜帽子就知道日本兵，日本兵使她离开点心铺快快跑走。

她遇到周大娘向她说：

“一点活计也没有，我穿这一件短衫，再没有替换的，连买几尺布钱也留不下，十天一交费用，那就是一块五角。又老，眼睛又花，缝的也慢，从没人领我到家里去缝。一个月的饭钱还是欠着，我住得年头多了！若是新来，那就非被赶出去不可。”她走一条横道又说：“新来的一个张婆，她有病都被赶走了。”

经过肉铺，金枝对肉铺也很留恋，她想买一斤肉回家也满足。母亲半年多没尝过肉味。

松花江，江水不住的流，早晨还没有游人，舟子在江沿无聊的彼此骂笑。

周大娘坐在江边。怅然了一刻，接着擦她的眼睛，眼泪是为着她末日的命运在流。江水轻轻拍着江岸。

金枝没被感动，因为她刚来到都市，她还不晓得都市。

金枝为着钱，为着生活，她小心的跟了一个独身汉去到他的房舍。刚踏进门，金枝看见那张床，就害怕，她不坐在床边，坐在椅子上先缝被褥。那个男人开始慢慢和她说话，每一句话使她心跳。可是没有什么，金枝觉得那人很同情她。接着就缝一件夹衣的袖口，夹衣是从那个人身上立刻脱下的，等到袖口缝完时，那男人从腰带间一个小口袋取出一元钱给她，那男人一面把钱送过去，一面用他短胡子的嘴向金枝扭了一下，他说：

"寡妇有谁可怜你？"

金枝是乡下女人，她还看不清那人是假意同情，她轻轻受了"可怜"字眼的感动，她心有些波荡，停在门口，想说一句感谢的话，但是她不懂说什么，终于走了！她听道旁大水壶的笛子在耳边叫，面包作坊门前取面包的车子停在道边，俄国老太太花红的头巾驰过她。

"嗳！回来……你来，还有衣裳要缝。"

那个男人涨红了脖子追在后面。等来到房中，没有事可做，那个男人像猿猴一般，袒露出多毛的胸膛，去用厚手掌闩门去了！而后他开始解他的裤子，最后他叫金枝：

"快来呀……小宝贝。"他看一看金枝吓住了，没动，"我叫你是缝裤子，你怕什么？"

缝完了，那人给她一元票，可是不把票子放到她的手里，把票子摔到床底，让她弯腰去取，又当她取得票子时夺过来让她再取一次。

金枝完全摆在男人怀中，她不是正音嘶叫：

“对不起娘呀！……对不起娘……”

她无助的嘶狂着，圆眼睛望一望锁住的门不能自开，她不能逃走，事情必然要发生。

女工店吃过晚饭，金枝好像踏着泪浪行走，她的头过分的迷昏，心脏落进污水沟中似的，她的腿骨软了，松懈了，爬上炕取她的旧鞋，和一条手巾，她要回乡，马上躺到娘身上去哭。

炕尾一个病婆，垂死时被店主赶走，她们停下那件事不去议论，金枝把她们的趣味都集中来。

“什么勾当？这样着急？”第一个是周大娘问她。

“她一定进财了！”第二个是秃头胖子猜说。

周大娘也一定知道金枝赚到钱了，因为每个新来的第一次“赚钱”都是过分的羞恨。羞恨摧毁她，忽然患着传染病一般。

“惯了就好了！那怕什么！弄钱是真的，我连金耳环都赚到手里。”

秃胖子用好心劝她，并且手在扯着耳朵。别人骂她：

“不要脸，一天就是你不要脸！”

旁边那些女人看见金枝的痛苦，就是自己的痛苦，人们慢慢四散，去睡觉了，对于这件事情并不表示新奇和注意。

金枝勇敢的走进都市，羞恨又把她赶回了乡村，在村头的大树枝上发现人头。一种感觉通过骨髓麻寒她全身的皮肤，那是怎样可怕血浸的人头！

母亲拿着金枝的一元票子，她的牙齿在嘴里埋没不住，完全外露。她一面细看票子上的花纹，一面快乐有点不能自制的说：

“来家住一夜明日就走吧！”

金枝在炕沿捶打酸痛的腿骨；母亲不注意女儿为什么不欢喜，她只跟了一张票子想到另一张，在她想许多票子不都可以到手吗？她必须鼓励女儿：

“你应该洗洗衣裳收拾一下，明天一早必得要行路的，在村子里是没有出头露面之日。”

为了心切她好像责备着女儿一般，简直对于女儿没有热情。

一扇窗子立刻打开，拿着枪的黑脸孔的人竟跳进来，踏了金枝的左腿一下。那个黑人向棚顶望了望，他熟悉的爬向棚顶去，王婆也跟着走来，她多日不见金枝而没说一句话，宛如她什么也看不见似的。一直爬上棚顶去。金枝和母亲什么也不晓得，只是爬上去。直到黄昏恶消息仍没传来，他们和爬虫样才从棚顶爬下。王婆说：“哈尔滨一定比乡下好，你再去就在那里不要回来，村子里日本子越来越恶，他们捉大肚女人，破开肚子去破‘红枪会’（义勇军的一种），活显显的小孩从肚皮流出来。为这事，李青山把两个日本子的脑袋割下挂到树上。”

金枝鼻子作出哼声：

“从前恨男人，现在恨小日本子。”最后她转到伤心的路上去，“我恨中国人呢！除外我什么也不恨。”

王婆的学识有点不如金枝了！

十五 失败的黄色药包

开拔的队伍在南山道转弯时，孩子在母亲怀中向父亲送别。行过大树道，人们滑过河边。他们的衣装和步伐看起来不像一个队伍，但衣服下藏着猛壮的心。这些心把他们带走，他们的心铜一般凝结着出发。最末一刻大山坡还未曾遮没最后的一个人，一个抱在妈妈怀中的小孩他呼叫“爹爹”。孩子的呼叫什么也没得到，父亲连手臂也没摇动一下，孩子好像把声响撞到了岩石。

女人们一进家屋，屋子好像空了！房屋好像修造在天空，素白的阳光在窗上，却不带来一点意义。她们不需要男人回来，只需要好消息。消息来时，是五天过后，老赵三赤着他显露筋骨的脚奔向李二婶子去告诉：

“听说青山他们被打散啦！”显然赵三是手足无措，他的胡子也震惊起来，似乎忙着要从他的嘴巴跳下。

“真的有人回来了吗？”

李二婶子的喉咙变做细长的管道，使声音出来做出多角形。

“真的平儿回来啦！”赵三说。

严重的夜，从天上走下。日本兵围剿打鱼村，白旗屯，和三家子……

平儿正在王寡妇家，他休息在情妇的心怀中。外面狗叫，听到日本人说话，平儿越墙逃走；他埋进一片蒿草中，蛤蟆在脚间跳。

“非拿住这小子不可，怕是他们和义勇军接连！”

在蒿草中他听清这是谁们在说：“走狗们！”

平儿也听清他的情妇被拷打：

“男人哪里去啦？——快说，再不说枪毙！”

他们不住骂：“你们这些母狗，猪养的。”

平儿完全赤身，他走了很远。他去扯衣襟拭汗，衣襟没有了，在腿上扒了一下，于是才发现自己的身影落在地面和光身的孩子一般。

二里半的麻婆子被杀。罗圈腿被杀，死了两个人，村中安息两天。第三天又是要死人的日子。日本兵满村窜走，平儿到金枝家棚顶去过夜。金枝说：

“不行呀！棚顶方才也来小鬼子翻过。”

平儿于是在田间跑着，枪弹不住向他放射，平儿的眼睛不会转弯，他听有人在近处叫：

“拿活的，拿活的。……”

他错觉的听到了一切，他遇见一扇门推进去，一个老头在烧饭，平儿快流眼泪了：

“老伯伯，救命，把我藏起来吧！快救命吧！”

老头子说：“什么事？”

“日本子捉我。”

平儿鼻子流血，好像他说到日本子才流血。他向全屋四面张望，就像连一条缝也没寻到似的，他转身要跑，老人捉住，出了后门，盛粪的长形的笼子在门旁，掀起粪笼老人说：

“你就爬进去，轻轻喘气。”

老人用粥饭涂上纸条把后门封起来，他到锅边吃饭。粪笼下的平儿听见来人和老人讲话，接着他便听到有人在弄门扇，门就要开了，自己就要被捉了！他想要从笼子跳出来，但，很快那些人，那些魔鬼去了！

平儿从安全的粪笼出来，满脸粪屑，白脸染着红血条，鼻子仍然流血，他的样子已经很可惨。

李青山这次他信任“革命军”有用，逃回村来他不同别人一样带回衰丧的样子，他在王婆家说：

“革命军所好是他不胡乱干事，他们有纪律，这回我算相信，红胡子算完蛋：自己纷争，乱撞胡撞。”

这次听众很少，人们不相信青山。村人天生容易失望，每个人容易失望。每个人觉得完了！只有老赵三，他不失望，他说：

“那么再组织起来去当革命军吧！”

王婆觉得赵三说话和孩子一般可笑。但是她没笑他。她的身边坐着戴男人帽子的当过胡子救过国的女英雄说：

“死的就丢下，那么受伤的怎样了？”

“受轻伤的不都回来了吗！受重伤那就管不了，死就是啦！”

正这时北村一个老婆婆疯了似的哭着跑来和李青山拼命。她捧住头，像捧住一块石头般地投向墙壁，嘴中发出短句：

“李青山。……仇人……我的儿子让你领走去丧命。”

人们拉开她，她有力挣扎，比一条疯牛更有力：

“就这样不行，你把我给小日本子送去吧！我要死，……到应死的时候了！……”

她就这样不住的捉她的头发，慢慢她倒下来，她换不上气来，她轻轻拍着王婆的膝盖：

“老姐姐，你也许知道我的心，十九岁守寡，守了几十年，守这个儿子；……我那些挨饿的日子呀！我跟孩子到山坡去割毛草，大雨来了，雨从山坡把娘儿两个拍滚下来，我的头，在我想是碎了，谁知道？还没死……早死早完事。”

她的眼泪一阵湿热湿透王婆的膝盖，她开始轻轻哭：“你说我还守什么？……我死了吧！有日本子等着，菱花那丫头也长不大，死了吧！”

果然死了，房梁上吊死的。三岁孩子菱花的小脖颈和祖母并排悬着，高挂起正像两条瘦鱼。

死亡率在村中又在开始快速，但是人们不怎样觉察，患着传染病一般地全乡村又在昏迷中挣扎。

“爱国军”从三家子经过，张着黄色旗，旗上有红字“爱国军”。人们有的跟着去了！他们不知道怎样爱国，爱国又有什么用处，只是他们没有饭吃啊！

李青山不去，他说那也是胡子编成的。老赵三为着“爱国军”和儿子吵架：

“我看你是应该去，在家若是传出风声去有人捉拿你。跟去混混，到最末就是杀死一个日本鬼子也上算，也出出气。年青气壮，出一口气也是好的。”

老赵三一点见识也没有，他这样盲动的说话使儿子不佩服，平儿同爹爹讲话总是把眼睛绕着圈子斜视一下，或是不调协的抖一两下肩头，这样对待他，他非常不愿意接受，有时老赵三自已想：

“老赵三怎不是个小赵三呢！”

十六 尼姑

金枝要做尼姑去。

尼姑庵红砖房子就在山尾那端。她去开门没能开，成群的麻雀在院心啄食，石阶生满绿色的苔藓，她问一个邻妇，邻妇说：

“尼姑在事变以后，就不见，听说跟造房子的木匠跑走的。”

从铁门栏看进去，房子还未上好窗子，一些长短的木块尚在院心，显然可以看见正房里，凄凉的小泥佛在坐着。

金枝看见那个女人肚子大起来，金枝告诉她说：

“这样大的肚子你还敢出来？你没听说小日本子把大肚女人弄去破‘红枪会’吗？日本子把女人肚子割开，去带着上阵，他们说红枪会什么也不怕，就怕女人；日本子叫‘红枪会’做‘铁孩子’呢！”

那个女人立刻哭起来。

“我说不嫁出去，妈妈不许，她说日本子就要姑娘，看看，这回怎么办？孩子的爹爹走就没见回来，他是去当义勇军。”

有人从庙后爬出来，金枝她们吓着跑。

“你们见了鬼吗？我是鬼吗？……”

往日美丽的年青的小伙子，和死蛇一般爬回来。五姑姑出来看见自己的男人，她想到往日受伤的马，五姑姑问他：“义勇军全散了吗？”

“全散啦！全死啦！就连我也死啦！”他用一只胳膊打着草梢轮回：

“养汉老婆，我弄得这个样子，你就一句亲热的话也没有吗？”

五姑姑垂下头，和睡了的向日葵花一般。大肚子的女人回家去了！金枝又走向那里去？她想出家庙庵早已空了！

十七 不健全的腿

“‘人民革命军’在那里？”二里半突然问起赵三说。这使赵三想：“二里半当了走狗吧？”他没对他告诉。二里半又去问青山。青山说：

“你不要问，再等几天跟着我走好了！”

二里半急迫着好像他就要跑到革命军去。青山长声告诉他：

“革命军在磐石，你去得了吗？我看你一点胆量也没有，杀一只羊都不能够。”接着他故意羞辱他似的：

“你的山羊还好啊？”

二里半为了生气，他的白眼球立刻多过黑眼球。他的热情立刻在心里结成冰。李青山不与他再多说一句，望向窗外天边的树，小声摇着头，他唱起小调来。二里半临出门，青山的女人流汗在厨房向他说：

“李大叔，吃了饭走吧！”

青山看到二里半可怜的样子，他笑说：

“回家做什么，老婆也没有了，吃了饭再说吧！”

他自己没有了家庭，他贪恋别人的家庭。当他拾起筷子时，很快一碗麦饭吃下去了，接连他又吃两大碗，别人还不吃完，他已经在抽烟了！他一点汤也没喝，只吃了饭就去抽烟。

“喝些汤，白菜汤很好。”

“不喝，老婆死了三天，三天没吃干饭哩！”二里半摇着头。

青山忙问：“你的山羊吃了干饭没有？”

二里半吃饱饭，好像一切都有希望。他没生气，照例自己笑起来。他感到满意离开青山家。在小道上不断的抽他的烟火。天色茫茫的并不引他悲哀，蛤蟆在小河边一声声的哇叫。河边的小树随了风在骚闹，他踏着往日自己的菜田，他振动着往日的心波。菜田连棵菜也不生长。

那边的人家老太太和小孩子们载起暮色来在田上匍匐。他们相遇在地端，二里半说：

“你们在掘地吗？地下可有宝物？若有我也蹲下掘吧！”

一个很小的孩子发出脆声："拾麦穗呀！"孩子似乎是快乐，老祖母在那边已叹息了：

"有宝物？……我的老天爷？孩子饿得乱叫，领他们来拾几粒麦穗，回家给他们做干粮吃。"

二里半把烟袋给老太太吸，她拿过烟袋，连擦都没有擦，就放进嘴去。显然她是熟习吸烟，并且十分需要。她把肩膀抬得高高，她紧合了眼睛，浓烟不住从嘴冒出，从鼻孔冒出。那样很危险，好像她的鼻子快要着火。

"一个月也多了，没得摸到烟袋。"

她像仍不愿意舍弃烟袋，理智勉强了她。二里半接过去把烟袋在地面响着。

人间已是那般寂寞了！天边的红霞没有鸟儿翻飞，人家的篱墙没有狗儿吠叫。

老太太从腰间慢慢取出一个纸团，纸团慢慢在手下舒展开，而后又折平。

"你回家去看看吧！老婆，孩子都死了！谁能救你，你回家去看看吧！看看就明白啦！"

她指点那张纸，好似指点符咒似的。

天更黑了！黑得和帐幕紧逼住人脸。最小的孩子，走几步，就抱住祖母的大腿，他不住的嚷着：

"奶奶，我的筐满了，我提不动呀！"

祖母为他提筐，拉着他。那几个大一些的孩子卫队似的跑在前面。到家，祖母点灯看时，满筐蒿草，蒿草从筐沿要流出来，而没有麦穗，祖母打着孩子的头笑了：

"这都是你拾得的麦穗吗？"祖母把笑脸转换哀伤的脸，她想：

“孩子还不能认识麦穗，难为了孩子！”

五月节：虽然是夏天，却像吹起秋风来。二里半熄了灯，凶壮着从屋檐出现，他提起切菜刀，在墙角，在羊棚，就是院外白树下，他也搜遍。他要使自己无牵无挂，好像非立刻杀死老羊不可。

这是二里半临行的前夜：

老羊鸣叫着回来，胡子间挂了野草，在栏棚处擦得栏棚响。二里半手中的刀，举得比头还高，他朝向栏杆走去。

菜刀飞出去，喳啦的砍倒了小树。

老羊走过来，在他的腿间搔痒。二里半许久许久的摸抚羊头，他十分羞愧：好像耶稣教徒一般向羊祷告。

清早他像对羊说话，在羊棚喃喃了一阵，关好羊栏，羊在栏中吃草。

五月节，晴明的青空。老赵三看这不像个五月节样；麦子没长起来，嗅不到麦香，家家门前没挂纸葫芦。他想这一切是变了！变得这样速！去年五月节，清清明明的，就在眼前似的，孩子们不是捕蝴蝶吗？他不是喝酒吗？

他坐在门前一棵倒折的树干上，凭吊这已失去的一切。

李青山的身子经过他，他扮成“小工”模样，赤足卷起裤口，他说给赵三：

“我走了！城里有人候着，我就要去……”

青山没提到五月节。

二里半远远跛脚奔来，他青色马一样的脸孔，好像带着笑容。他说：“你在这里坐着，我看你快要朽在这根木头上……”

二里半回头看时，被关在栏中的老羊，居然随在身后，立刻他的脸更拖长起来：

“这条老羊……替我养着吧！赵三哥！你活一天替我养一天吧！”

二里半的手，在羊毛上惜别，他流泪的手，最后一刻摸着羊毛。

他快走，跟上前面李青山去。身后老羊不住哀叫，羊的胡子慢慢在摆动……

二里半不健全的腿颠跌着颠跌着，远了！模糊了！山岗和树林，渐去渐遥。羊声在遥远处伴着老赵三茫然的嘶鸣。

一九三四，九，九日

广告副手

一

地板上细碎的木屑，油罐，颜料罐子。不流通的空气的味，刺人的散散乱乱的混杂着。

木匠穿着短袖的衬衫，摇着耳朵，胳膊上年老的筋肉，忙碌的突起，又忙碌的落下；头上流下的汗水直浸入他白色的胡子根端去。

另一个在大广告牌上涂抹着红颜料的青年，确定的不希望回答，拉起读小说的声音说：

“这就是大工厂啊！”

屋子的右半部不知是架什么机器哒哒的响。什么声音都给机器切断了！芹的叹息声听不见，老木匠咳嗽声也听不见，只是抖着他那年老快不中用的胳膊！

芹在大牌上涂了一块白色，现在她该用红色了！走到颜料罐子的堆里去寻，肩上披着两条发辫。

“这就是大工厂啊！”

“这就是大工厂啊！”

芹追紧这个反复的声音，望着那个青年正在涂抹的一片红色，她的骨肉被割的在切痛，这片红色捉人心魂的在闪着振撼的光。

“努力抹着自己的血吧！”

她说的话别人没有听见，这却不是被机器切断的，只是她没说出口来。

站在墙壁一般宽大的广告牌前，消遣似的她细数着老木匠喘着呼吸的次数！但别一方她却非消遣，实际的需要的想下去：

“我决不能涂抹自己的血，——……每月二十元。”

“我决不能涂抹自己的血，我不忍心呀！——……二十元。”

“米袋子空了！ 蓓力每月的五元稿金，现在是提前取出来用掉了！”

“可是怎么办？——……二十元……二十元……二十元……”

她爽快的拉条短凳在坐着。脑壳里的二十元，就像一架压榨机一样，一发动起来，不管自己的血，人家的血，就一起的从她的笔尖滴落到大牌子上面。

那个青年蹲着在大牌子上画。老木匠面向窗口运着他的老而快不中用的胳膊。三个昏黄的影子在墙上在牌子上慌忙的摇晃。

外面广茫的夜在展开着。前楼提琴响着，钢琴也响着。女人的笑声，经过老木匠面向的窗口，声音就终止在这暗淡的灯光里了！木匠带着胡子流着他快不中用的汗水。那个披着发辫的女人登上木凳在涂着血色。那个青年蹲在地板上也在涂着血色。琴声就像破锣似的，在他们听来，不尊贵，没有用。

“这就是大工厂啊！他妈妈的！”

这反复的话，隔一段时间又要反复一遍。好像一盘打字机似的，从那个青年的嘴里一字一字的跳出。

芹摇晃着影子，蓓力在她的心里走……

“他这回不会生气的吧！我是为着职业。”

“他一定会晓得我的。”

门扇打开走进一个鼻子上架着眼镜，手里牵着文明杖，并且上唇生着黑鼻涕似的小胡。他进来了！另一个用手帕掩着嘴的女人，也走来了！旗袍的花边闪动了一下，站在门限。

“唔，我可受不了这种气味，快走吧！”

男人正在鉴赏着大牌子上的颜色。他看着大牌子方才芹弄脏了的红条痕。他的眼眉在眼镜上面皱着，他说：

“这种红色不太显明，不太好看。”

穿旗袍的女人早已挽起他的胳膊，不许再停留一刻。

“医生不是说过吗？你头痛都是常到广告室看广告被油气熏的。以后用不着来看，总之，画不好凭钱不是什么都可以做到吗？画广告的不是和街上乞丐一样多吗？”

门扇没给关上，开着，他们走了！他们渐去渐远的话声，渺茫的可以听到：

“……女人为什么要做这种行道？真是过于笨拙了！……过于想不开了……”

那个青年摇着肩头把门关好，又摇动着肩头在说：

“叫你鉴赏着我们的血吧！就快要渲染到你们的身上了……”

他说着，并且用手拍打自己的膝盖。

芹气得喘不上气来，在木凳上痴呆茫然的立着，手里红颜色的笔溜到地板上，颜料罐子倒倾着；在将画就的大牌子上，在她的棉袍上爬着长条的红痕。

青年摇起昏黄的影子向着芹的方面：

“这可怎样办？四张大牌子明天就一起要。现在这张又弄上红色，方才进来的人就是这家影院的经理。那个女人就是他的姨太太。”

芹的影子就像钉在大牌子上似的，一动不动。她在失神的想啊：

“这真是工厂啊！方才走进来的那个小胡的男人不也和工厂主一样吗？别人，在黑暗里涂抹的血，他们却拿到光明的地方去鉴赏，玩味！”

外面广茫的夜在流。前楼又是笑声拍掌声，带着刺般传来，突刺着芹的心。

广告室里机器响着，老木匠流着汗。

老木匠的汗为谁流呢？

二

房门大开着，碗和筷子散散乱乱的摊在炉台上，屋子充满黄昏的颜色。

蓓力到报馆送稿子回来一看着门扇，他脸就带上了惊疑的色彩，他心不平静的在跳：

“腊月天还这样放空气吗？”

他进屋摸索着火柴和蜡烛。他的手惊疑的在颤动。他心假装平静无事的跳。他嘴努力平静着在喊：

“你快出来，我知道你又是藏在门后了！”

“快出来！还等我去门后拉你吗？”

脸上笑着，心里跳着，蜡油滴落了满手。他找过外屋门后没有，又到里屋门后：

“小东西，你快给我爬出来！”

他手按住门后衣挂上的衣服，不是芹。他的脸为了不可止的惊疑而愤怒，而变白。

他又带着希望寻过了床底，小厨房，最后他坐在床沿，无意识的掀着手上的蜡油，心里是这样的想：

“怎么她会带着病去画广告呢？”

蜡油一片一片的落到膝盖上，在他心上翻腾起无数悲哀的波。

拿起帽子一种悲哀勇敢的力量推着他走出房外，他的影子投向黑暗的夜里。

门在开着，墙上摇颤着空虚寂寞的憧影，蜡烛自已站在桌子上燃烧。

三

帽子在手里拿着，耳朵冻得和红辣椒一般，跑到电影院了！太太和小姐们穿着镶边的袍子从他的眼前走过，只像一块肮脏的肉，或是一个里面裹着什么龌龊东西的花包袱，无手无足的在一串串的滚。

但，这是往日的情形，现在不然了。他恨得咬得牙齿作响，他想把这一串串的包袱肚子给踢裂。

电影厂里，拍手声和笑声，从门限射出来。蓓力手里摆着帽子，努力抑止脸上急愤的表情，用着似平和的声音说：

“广告室在什么地方？”

“有什么事？”

“今天来画广告的那个女人，我找她。广告室在什么地方？”

“画广告的人都走了！门关锁了！”

“不能够，你去看看！”

“不信把钥匙给你去看。”

站在门旁那个人到里面，真的把钥匙拿给蓓力看了。钥匙是真的，蓓力到现在，把方才愤怒的方向转变了！方才的愤怒是因为芹带着病画广告，怕累得病重；现在他的愤怒是转向什么方向去了呢？不用说他心内冲着爱和忌妒两种不能混合的波浪。

他走出影院的门来，帽子还是在手里拿着，有不可释的无端的线索向他抛着：

“为什么呢？她不在家，也不在这里？”

满天都是星，各个在闪耀，但没有一个和蓓力接近的。他的耳朵，冻得硬了！他不感觉，又转向影院去，坐在大长椅上。电影厂里扰嚷着噪杂的繁声，来来去去高跟鞋子的脚，板直的男人裤腿，手杖，女人牵着的长毛狗。这一切蓓力今天没有骂他们，只是专心的在等候。他想：

“芹或者到里面看电影去了，工作完了这里看电影是方便的。”

里门开放了！走出来麻雀似的人群吱吱的闹着骚音。蓓力站起来，眼睛花了一阵在寻找芹。

芹在后院广告室里，遥远缥渺的听着这骚音了！蓓力却在前房里寻芹。

门是开着，屋子里的蜡燃烧得不能再燃烧了！尽了！蓓力从影院回来的时候，才发觉自己是忘掉把蜡吹灭就走出去。

屋子给风吹得冰冷就和一个冰窖似的。门虽是关好，门限那儿被风带进来的雪霜凛凛的仍是闪光。仅有的一支蜡烛烧尽了！蓓力只得在黑暗里摸索着想：

“一看着职业什么全忘了！开着门就跑了！”

冷气充满他的全身，充满全室，他耳朵冻得不知道痛，躬着腰，他倒在床间。屋子黑魆魆的，月光从窗子透进来，但，只是一小条，没有多大帮助。蓓力用他僵硬的手掠着头发在想。

门口间被风带进来雪的沙群，凛凛的闪着泪水般的光芒：

“看到职业，什么全忘了！开着门就跑了！可是现在为什么她不在影院呢？到什么地方去了？除开职业之外，还有别的力量躲在背后吗？”

他想到这里，猛然咒骂起自己来了：

“芹是带着病给人家画广告去，不都是为了我们没有饭吃吗？现在我倒是被别的力量扰乱了！男人为什么要生着这样出乎意外怀疑的心呢？”

四

蓓力的心软了，经过这场愤恨，他才知道芹的可爱，芹的伟大处！他又想到影院去寻芹，接她回来，伴随着她，倚着肩头，吻过她，从影院把她接回来。

这不过是一刻的想像，事实上他没那么做。

他又接着烦恼下去，他不知道是爱芹还是恨芹。他手在捶着床，脚也在捶床。乱捶乱打，他心要给烦恼涨碎了！烦恼把一切压倒。

落在门口间地板上的雪，像刀刃一样在闪着凛凛的光。

蓓力蓬着头发，眉梢直竖到伏在额前的发际，慌怔的影子从铁栏栅的大门投射出来，向着路南那个卖食物的小铺去。

五

影院门又是闹着骚音，芹同别的人，同看电影的小姐少爷们，从同一个门口挤出来，她脸色也是红红，别人香粉的气味也传染到她的身上。

她同别人走着一样畅快的步子，她在摇动肩头，谁也不知道她是给看电影的人画广告的女工。街旁没有衣食的老人，他知道凡是看电影的大概都是小姐或太太；所以他开始向着这个女工张着向小姐们索钱的手，摆着向小姐们索钱的姿势。手在颤动，板起脸上可怜的笑容，眼睛含着眼泪，嗓子暗哑，声音在抖颤。

可怜的老人，只好再用他同样的声音，走向别一群太太，小姐，或绅士般装束的人们面前。

在老头子只看芹的脸红着，衣服发散着香气，他却不知道衣服的香味是别人传染过来的。脸红是在广告室里被油气和不流通的空气熏的。

芹心跳，她一看高悬在街上共用的大钟快八点了！她怕蓓力在家又要生气，她慌忙的摇着身子走，她肚子不痛了！什么病也跑开。

她又想蓓力不会生气的，她知道蓓力平时是十分爱她。她兴奋得有些多事起来。往日躲在楼顶的星星，现在都被她发见了！红色的，黄色的，白色的，但在星星的背后似乎埋着这样的意义：

“这回总算不至于没有柈子烧了。米袋子会涨起，我们的肚子也不用忧虑了！屋子可以烧得暖一点，脚也不至于再冻破下去，到月底取钱的时候，可以给蓓力买一件较厚的毛衣。腊月天只穿一件夹外套是不行呢！”

她脚虽是冻短，走路有些歪斜，但，这是往日的情形，现在她理由充足的在摇着肩头走。

在铁栅栏的大门前，蓓力和芹相遇了。蓓力的脸，没有表情，就像没看着芹似的，蓬着头发走向路南小铺去。

芹方才的理由到现在变成了不中用。她脸上也没有表情，跟住蓓力走进小铺去；蓓力从袖口取出玻璃杯来，放在柜台上，并且手指着摆格子上的大玻璃瓶。

芹抢着他的手指说：

“你不要喝酒！”

纯理智的这话没有一点感情。没有感情的话谁肯听呢？

蓓力买了两毛钱酒，两支蜡烛。

一进门，摸着黑，他把酒喝了一半，趁着蓓力点蜡的机会，芹把杯子举起，剩余的一半便吞下她的肚里去。

蓓力坐下，把酒杯高举，喝一口是空杯，他望着芹的脸遥远并隔离的笑了笑！因为酒，他脸变得通红，又因为出去，手拿着帽子，耳朵更红。

蓓力和芹隔着桌子坐着，蜡烛在桌上站立，一个影子落在东墙；一个影子落在西墙，两个影子相隔的摇幌呀。

蓓力没有感情地笑着说：

“你看的是什么影片呀？”

芹恐惶的睁大了眼睛，她的嗓子浸进眼泪去，喑哑着说：

“我什么都不能讲给你，你这话是根据什么来路呢？”

蓓力还用着他同样的笑脸说：

“当我七点钟到影院去寻你，广告室的门都锁了！”

芹的眼泪似乎充满了嗓子，又充满了眼眶，用她暗哑的声音解辩：

“我什么时候看的电影？你想我能把你留家，自己坐在那里看电影吗？我是一直画到现在呀！”

蓓力平时爱芹的心现在没有了！他不管芹的声音暗哑，追根，确定的用手作着绝对的手式说：

“你还有什么可说？锁门的钥匙都拿给我看了！”

芹的理由没有用了！急得像个小孩子似的摇着头，瞪着眼，脸色急得发青，酒力冲上来，脸色发着红。

蓓力还像有话要说似的，但是他肚子里的酒，像要起火似的烧着，酒的力量叫他把衣服脱得一件不留，光着脚在地板上走来走去。一会他又把衣裳，裤子，袜子一件一件的摊在地板上，最后他坐在衣服上，用被风带进来的霜雪擦着他中了酒通红的脚，嘴在唱着说：

“真凉快呀！我爱的芹呀！你不来洗个澡吗？”

他躺在地板上了，手捉抓着前胸，嘴里在唱，同时作呕。

他又歪斜的站起，把屋门打开立时又关上了！他嚷着中国人送灶王爷的声调：“灶王爷开着门上西天！”

他看看芹也躺在地板上了，在下意识里他爱着芹，把他摊在地板上的衣服，都掀起来给芹盖好。他用手把芹的眼睛张开说：

“小妹妹，你睁开眼睛看看，把我的衣服脱得一件不留给你盖上，怕你着凉，你还去画广告吗？”

芹舌头短，不能说话。

蓓力反复的问她，她不能说话，蓓力持着酒气，孩子般的恼了！把衣裳又一件件的从芹的身上取下来，重铺到地板上，和方才一样，用霜雪洗着脚，蜡烛昏黄的影子，和醉了酒的人一致的摇荡。夜深寂静的声音在飘漾着。蓓力被酒醉得用下意识在唱：

“看着职业，开着门就跑了！”

“连我也不要了！”

“连我也不要了！——开着门就跑了……”

六

第二天蓓力病了！冻病了！芹耐着肚子痛从床上起来，蓓力问她：

“你为什么还起得这样早？”

芹回答：

“我去买柈子！”

在这话后面，却是躲着别的意思：

“四个大牌子怕是画不出来，要早去一点。”

芹肚子痛得不能直腰，走出大门口去，一会柈子送来了！她在找钱，蓓力的几个衣袋找遍了！她惊恐的问蓓力：

“昨天的五角钱呢？”

蓓力想起来了：

“昨晚买酒的五角钱都给了小铺了！”

送柈子的人在门外等着，芹出去，低着头说：“一时找不到钱，下午或是明天来拿好吗？”

那个人带着不愿意的脸色，掮起柈子来走了。芹是眼看着柈子被人掮走了！

七

正是九钟一刻，蓓力的朋友（画广告的那个青年）来了！他说："昨夜大牌子上弄的那条红痕被经理看见了！他说芹当广告副手不行，另找来一个别的人。"[1]

1 该篇创作日期，首刊何处不详，收入五画印刷社（哈尔滨）一九三三年十月初版《跋涉》。

看风筝

一

拖着鞋，头上没有帽子，鼻涕在胡须上结起网罗似的冰条来，纵横的网罗着胡须。在夜间，在冰雪闪着光芒的时候，老人依着街头电线杆，他的黑色影子缠住电杆。他在想着这样的事：

“穷人活着没有用，不如死了！”

老人的女儿三天前死了，死在工厂里。

老人希望得几个赡养费，他奔波了三天了！拖着鞋奔波，夜间也是奔波，他到工厂，从工厂又要到工厂主家去。他三天没有吃饭，实在不能再走了！他不觉得冷，因为他整个的灵魂在缠住他的女儿，已死了的女儿。

半夜了！老人才一步一挨的把自己运到家门，这是一件多么不容易的事：胡须颤抖，他走起路来谁看着都要联想起被大风吹摇就要坍塌的土墙，或是房屋。眼望砖瓦四下分离的游动起来。老人在冰天雪地里，在夜间没人走的道路上筛着他的胡须，筛着全身在游离的筋肉。

他走着，他的灵魂也像解了体的房屋一样，一面在走，一面摊落。

老人自己把身子再运到炕上，然后他喘着牛马似的呼吸，他全身的肉体摊落尽了，为了他的女儿而摊落尽的，因为在他女儿的背后埋着这样的事：

“女儿死了！自己不能作工，赡养费没有，儿子出外三年不见回来。”

老人哭了！他想着他的女儿哭，但哭的却不是他的女儿，是哭着他女儿死了以后的事。

屋子里没有灯火，黑暗是一个大轮廓，没有线条，也没有颜色的大轮廓。老人的眼泪在他有皱纹的脸上爬，横顺的在黑暗里爬，他的眼泪变成了无数的爬虫了，个个从老人的内心出发。

外面的风在嚎叫夹着冬天枯树的声音。风卷起地上的积雪，扑向窗纸打来，唰唰的响。

二

刘成在他父亲给人做雇农的时候，他在中学里读过书，不到毕业他就混进某个团体了！他到农村去过。不知他潜伏着什么作用，他也曾进过工厂。后来他没有踪影了！三年没有踪影。关于他妹妹的死，他不知道，关于他父亲的流浪，他不知道，同时他父亲也不知道他的流浪。

刘成下狱的第三个年头被释放出来，他依然是一个没有感情的人，他的脸色还是和从前一样，冷静、沉着。他内心从没有念及他父亲一次过。不是没念及，因为他有无数的父亲，一切受难者的父亲他都当作他的父亲，他一想到这些父亲，只有走向一条路，一条根本的路。

他明白他自己的感情，他有一个定义：热情一到用得着的时候，就非冷静不可，所以冷静是有用的热情。

这是他被释放的第三天了！看起来只是额际的皱纹算是入狱的痕迹，别的没有两样。当他在农村和农民们谈话的时候，比从前似乎更有力，更坚决，他的手高举起来又落下去，这大概是表示压榨的意思，也有时把手从低处用着猛力抬到高处，这大概是表示不受压迫的意思。

每个字从他的嘴里跳出来，就和石子一样坚实并且钢硬，这石子也一个一个投进农民的脑袋里，也是永久不化的石子。

坐在马棚旁边开着衣钮的老农妇，她发起从没有这样愉快的笑，她触了她的男人李福一下，用着例外的声音边说边笑：

“我做了一辈子牛马，哈哈！那时候可该作人了！我做牛马做够了！”

老农妇在说末尾这句话时，也许她是想起了生在农村最痛苦的事。她顿时脸色都跟着不笑了！冷落下去。

别的人都大笑一阵，带着奚落的意思大笑，妇人们借着机会似的向老农妇奚落去：

“老婆婆从来是规矩的，笑话我们年青多嘴，老婆婆这是为了什么呢？”

过了一个时间安静下去。刘成还是把手一举一落的说下去，马在马棚里吃草的声音，夹杂着鼻子声在响，其余都在安静里浸沉着。只是刘成的谈话沉重的字眼连绵的从他齿间往外挤。不知什么话把农民们击打着了！男人们在抹眼睛，女人们却响着鼻子。和在马棚里吃草的马一样。

人们散去了，院子里的蚊虫四下的飞，结团的飞，天空有圆圆的月，这是一个夏天的夜，这是刘成出狱三天在乡村的第一夜。

三

刘成当夜是住在农妇王大婶的家里，王大婶的男人和刘成谈着话，桌上的油灯暗得昏黄，坐在炕沿他们说着，不绝的在说，直到最后才停止，直到王大婶的男人说出这样的话来："啊！刘成这个名字。东村住着孤独的老人常提到这个名字，你可认识吗？"

刘成他不回答，也不问下去，只是眼光和不会转弯的箭一样，对准什么东西似的在放射，在一分钟内他的脸色变了又转！

王大婶抱着孩子，在考察刘成的脸色，她在下断语：

"一定是他爹爹，我听老人坐在树荫常提到这个名字，并且每当他提到的时候，他是伤着心。"

王大婶男人的袖子在摇振，院心蚊虫的群给他冲散了！圆月在天空随着他跑。他跑向一家脊背弯曲的草房去，在没有纸的窗棂上鼓打，急剧的鼓打。睡在月光里整个东村的夜被他惊醒了！睡在篱笆下的狗，和鸡雀吵叫。

老人睡在土炕的一端，把自己的帽子包着破鞋当作枕头，身下铺着的是一条麻袋。满炕是干稻草，这就是老人的财产，其余什么是不属于他的。他照顾自己，保护自己。月光映满了窗棂，人的枕头上，胡须上……

睡在土炕的另一端也是一个老人，他俩是同一阶级，因为他也是枕着破鞋睡，他们在朦胧的月影中，直和两捆干草或是两个粪堆一样，他们睡着，在梦中他们的灵魂是彼此看守着。窗棂上残破的窗纸在作响。

其中的一个老人的神经被鼓打醒了！他坐起来，抖擞着他满身的月光，抖擞着满身的窗棂，他不睁眼睛，把胡须抬得高高的盲目的问：

“什么勾当？”

“刘成不是你的儿吗？他今夜住在我家。”老人听了这话，他的胡须在蹀躞。三年前离家的儿子，在眼前飞转。他心里生了无数的蝴蝶，白色的空中翻着金色闪着光的翅膀在空中飘着飞。此刻凡是在他耳边的空气，都变成大的小的音波，他能看见这音波，又能听见这音波。平日不会动的村庄和草堆现在都在活动，沿着旁边的大树，他在梦中走着。向着王大婶的家里，向着他儿子方向走。老人像一个要会见妈妈的小孩子一样，被一种感情追逐在大路上跑，但他不是孩子，他蹀躞着胡须，他的腿笨重，他有满脸的皱纹。

老人又联想到女儿死的事情，工厂怎样的不给恤金，他怎样的飘流到乡间，乡间更艰苦，他想到饿和冻的滋味。他需要躺在他妈妈怀里哭诉。可是他去会见儿子。

老人像拾得意外的东西，珍珠似的东西，一种极度的欣欢使他恐惧。他体验着惊险，走在去会见儿子的路上。

王大婶的男人在老人旁边走，看着自家的短墙处有个人的影像，模糊不清，走近一点只见那里有人在摆手。再走近点：知道是王大婶在那里摆手。

老人追着他希望的梦，抬举他兴奋的腿，一心要去会见儿子，其余的什么，他不能觉察。王大婶的男人跑了几步，王大婶对他皱竖眼眉低声慌张的说："那个人走了！抢着走了！"

老人还是追着他的梦向前走，向王大婶的篱笆走，老人带着一颗充血的心来会见他的儿子。

四

刘成抢着走了！还不待他父亲走来他先跑了！他父亲充了血的心给他摔碎了！他是一个野兽，是一条狼，一条没有心肠的狼。

刘成不管他父亲，他怕他父亲，为的是把整个的心，整个的身体献给众人。他没有家，什么也没有，他为着农人，工人，为着这样的阶级而下过狱。

五

半年过后，大领袖被捕的消息传来了！也就是刘成被捕的消息传来了！乡间也传来了！那是一个初春正月的早晨，乡村里的土场上，小孩子们群集着，天空里飘起颜色鲜明的风筝来，三个五个，近处飘着大的风筝远处飘着小的风筝，孩子们在拍手，在笑。老人——刘成的父亲也在土场上依着拐杖同孩子们看风筝。就是这个时候消息传来了！

刘成被捕的消息传到老人的耳边了！

一九三三，六，九

弃儿

一

水就像远天一样，没有边际的漂漾着。一片片的日光，在水面上浮动着大人、小孩和包裹青绿颜色。安静的不慌忙的小船朝向同一的方向走去，一个接着一个……

一个肚子圆得馒头般的女人，独自的在窗口望着。她的眼睛就如块黑炭，不能发光，又暗淡，又无光，嘴张着，胳膊横在窗沿上，没有目的地望着。

有人打门，什么人将走进来呢？那脸色苍苍，好像盛满面粉的布袋一样，被人掷了进来的一个面影。这个人开始谈话了："你倒是怎么样呢？才几个钟头水就涨得这样高，你不看见么？一定得有条办法 ，太不成事了？七个月了，共欠了四百块钱。王先生是不能回来的。男人不在，当然要向女人算账……现在一定不能再没有办法了。"正一正帽头，抖一抖衣袖，他的衣裳又像一条被倒空了的布袋，平板地，没有皱纹，只是眼眉往高处抬了抬。

女人带着她的肚子，同样的脸上没有表情，嘴唇动了动："明天就有办法。"她望着店主脚在衣襟下迈着八字形的步子，鸭子样的走出屋门去。

她的肚子不像馒头，简直是小盆被扣在她肚皮上，虽是长衫怎样宽大，小盆还是分明的显露着。

倒在床上，她的肚子也被带到床上，望着棚顶，由马路间小河流水反照的水光，不定形的乱摇，又夹着从窗口不时冲进来嘈杂的声音。什么包袱落水啦！孩子掉下阴沟啦！接续的，连绵的这种声音不断起来。这种声音对她似两堵南北不同方向立着的墙壁一样，中间没有连锁。

"我怎么办呢？没有家，没有朋友，我走向那里去呢？只有一个新认识的人，他也是没有家呵！外面的水又这样大，那个狗东西又来要房费，我没有。"她似乎非想下去不可，像外边的大水一样，不可抑止的想："初来这里还是飞着雪的时候，现在是落雨的时候了。刚来这里肚子是平平的，现在却变得这样了。"她手续摸着肚子，仰望天棚的水影，被褥间汗油的气味，在发散着。

二

天黑了，旅馆的主人和客人都纷扰的提着箱子，拉着小孩走了。就是昨天早晨楼下为了避水而搬到楼上的人们，也都走了。骚扰的声音也跟随的走了。这里只是空空的楼房，一间挨紧一间，关着门，门里的帘子默默的静静的透垂着，从嵌着玻璃的地方透出来。只有楼下的一家小贩，一个旅馆的杂役和一个病了的妇人男人伴着留在这里。满楼的窗子散乱乱的开张和关闭，地板上的尘土地毡似的摊着。这里荒凉得就如兵已开走的营垒，什么全是散散乱乱得可怜。

水的稀薄的气味在空中流荡，沉静的黄昏在空中流荡，不知谁家的小猪被丢在这里，在水中哭喊着绝望的来往的尖叫。水在它的身边一个连环跟着一个连环的转，猪被围在水的连环里，就如一头苍蝇或是一头蚊虫被缠入蜘蛛的网罗似的，越挣扎，越感觉网罗是无边际的大。小猪横卧在板排上，它只当遇了救，安静的，眼睛在放希望的光。猪眼睛流出希望的光和人们想吃猪肉的希望绞缠在一起，形成了一条不可知的绳。

猪被运到那边的一家屋子里去。

黄昏慢慢的耗，耗向黑沉沉的像山谷，像壑沟一样的夜里去。两侧楼房高大空洞就是峭壁，这里的水就是山涧。

依着窗口的女人，每日她烦得像数着发丝一般的心，现在都躲开她了，被这里的深山给吓跑了。方才眼望着小猪被运走的事，现在也不伤着她的心了，只觉得背上有些阴冷。当她踏着地板的尘土走进单身房的时候，她的腿便是用两条木做的假腿，不然就是别的腿强接在自己的身上，没有感觉，不方便。

整夜她都是听到街上的水流唱着胜利的歌。

三

每天在马路上乘着车的人们现在是改乘船了。马路变成小河，空气变成蓝色，而脆弱的洋车夫们往日他是拖着车，现在是拖船。他们流下的汗水不是同往日一样吗？带有咸和酸笨重的气味。

松花江决堤三天了，满街行走大船和小船，用箱子当船的也有，用板子当船的也有，许多救济船在嚷，手中摇摆黄色旗子。

住在二层楼上那个女人，被只船载着经过几条窄狭的用楼房砌成河岸的小河，开始向无际限闪着金色光波的大海奔去。她呼吸着这无际限的空气，她第一次与室窗以外的太阳接触。江堤沉落到水底去了，沿路的小房将睡在水底，人们在房顶蹲着。小汽船江鹰般的飞来了，又飞过去了，留下排成蛇阵的弯弯曲曲的波浪在翻卷。那个女人的小船行近波浪，船沿和浪相接触着摩擦着。船在浪中打转，全船的人脸上没有颜色的惊恐。她尖叫了一声，跳起来，想要离开这个漂荡的船，走上陆地去。但是陆地在那里？

满船都坐着人，都坐着生疏的人。什么不生疏呢？她用两个惊恐忧郁，手指四张的手摸抚着突出来的自己的肚子。天空生疏，太阳生疏，水面吹来的风夹带水的气味也生疏。只有自己的肚子接近，不辽远，但对自己又有什么用处呢？

那个波浪是过去了，她的手指还是四处张着，不能合拢。“今夜将住在非家吗？为什么蓓力不来接我，走岔路了吗？假设方才翻倒过去不是什么全完了吗？也不用想这些了。”

六七个月不到街面，她的眼睛缭乱，耳中的受音器也不服支配了，什么都不清楚。在她心里只感觉热闹。同时她也分明的考察对面驶来的每个船只，有没有来接她的蓓力，虽然她的眼睛是怎样缭乱。

她嘴张着，眼睛瞪着，远天和太阳辽阔的照耀。

四

一家楼梯间站着一个女人，屋里抱小孩的老婆婆猜问着：你是芹吗？

芹开始同主妇谈着话，坐在圈椅间，她冬天的棉鞋，显然被那个主妇看得清楚呢！主妇开始说："蓓力去伴你来，不看见吗？那一定是走了岔路。"一条视线直迫着芹的全身而泻流过来，芹的全身每个细胞都在发汗，紧张、急躁，她愤恨自己为什么不迟来些，那就免得蓓力到那里连个影儿都不见，空虚的转了来。

芹到窗口吸些凉爽的空气，她破旧褴衫的襟角在缠着她的膝盖跳舞。当蓓力同芹登上细碎的月影在水池边绕着的时候，那已是当日的夜，公园里只有蚊虫嗡嗡的飞。他们相依着，前路似乎给蚊虫遮断了，冲穿蚊虫的阵，冲穿大树的林，经过两道桥梁，他们在亭子里坐下，影子相依在栏杆上。

高高的大树，树梢相结，像一个用纱制成的大伞，在遮着月亮。风吹来大伞摇摆，下面洒着细碎的月光，春天出游少女一般的疯狂呵！蓓力的心里和芹的心里都有一个同样的激动，并且这个激动又是同样的秘密。

五

芹住在旅馆，孤独的心境不知都被赶到什么地方了。就是蓓力昨夜整夜不睡的痛苦，也不知被赶到什么地方了？

他为了新识的爱人芹，痛苦了一夜，本想在决堤第二天就去接芹到非家来，他像一个破大摇篮一样，什么也盛不住，衣袋里连一毛钱也没有。去当掉自己流着棉花的破被吗？那里肯要呢？他开始把他最好的一件制服从床板底下拿出来，拍打着尘土。他想这回一定能当一元钱的，五角钱给她买吃的送去，剩下的五角伴她乘船出来用作船费，自己尽可不必坐船去，不是在太阳岛也学了几招游泳吗？现在真的有用了。他腋夹着这件友人送给的旧制服，就如夹着珍珠似的，脸色兴奋。一家当铺的金字招牌，混杂着商店的招牌，饭馆的招牌。在这招牌的林里，他是认清那一家是当铺了，他欢笑着，他的脸欢笑着。当铺门关了，人们嚷着正阳河开口了。回来倒在板床上，床板硬得和一张石片。他恨自己了，昨天到芹那里去，为什么把裤带子丢了。就是游泳着去，也不必把裤带子解下抛在路旁，为什么那样兴奋呢？蓓力心如此想，手就在腰间摸着新买的这条皮带。他把皮带抽下来，鞭打着自己。为什么要用去五角钱呢！只要有五角钱，用手提着裤子，不也是可以把自己的爱人伴出来吗？整夜他都是在这块石片的床板上煎熬着。

六

他住在一家饭馆的后房，他看着棚顶在飞的蝇群，壁间跋走的潮虫，他听着烧菜铁勺的声音，刀砍着肉的声音，前房食堂间酒杯声，舞女们伴着舞衣摩擦声，门外叫化子乞讨声，像箭一般的，像天空繁星一般的，穿过嵌着玻璃的窗子，一棵棵的刺进蓓力的心去。他眼睛放射红光，半点不躲避。安静的蓓力不声响的接受着。他懦弱吗？他不知痛苦吗？天空在闪烁的繁星，都晓得蓓力是在怎么存心。

就像两个从前线退回来的兵士，一离开前线，前线的炮火也跟着离开了，蓓力和芹只顾坐在大伞下，听风声和树叶们的叹息。

蓓力的眼睛实在不能睁开了。为了躲避芹的觉察，还几次的给自己作着掩护："今晨起得早一点，眼睛有些发干。"芹像明白蓓力的用意一样，芹又给蓓力作着掩护的掩护："那么我们回去睡觉吧。"

公园门前横着小水沟，跳过水沟来，斜对的那条街就是非家了。他们向非家走去。

地面上旅行的两条长长的影子，在浸渐的消泯。就像两条刚被主人收留下的野狗一样，只是吃饭和睡觉才回到主人家里，其余尽是在街头跑着蹲着。

蓓力同他新识的爱人芹，在友人家中已是一个星期过了。这一个星期无声无味的飞过去。街口覆放着一只小船，他们整天坐在船板上。公园也被水淹没了，实在无处可去，左右的街巷也被水淹没了，他们两颗相爱的心也像有水在追赶着似的。一天比一天接近感到拥挤了。两颗心膨胀着，也正和松花江一样，想寻个决堤的处口冲出去。这不是想，只是需要。

一天跟着一天寻找，可是左右布的密阵也一天天的高，一天天的厚，两颗不得散步的心，只得在他们两个相合的手掌中狂跳着。

七

蓓力也不住在饭馆的后房了，同样是住在非家，他和芹也是同样的离着。每天早起，不是蓓力到内房去推醒芹，就是芹早些起来，偷偷的用手指接触着蓓力的脚趾。他的脚每天都是抬到藤椅的扶手上面，弯弯的伸着。蓓力是专为芹来接触而预备着这个姿势吗？还是藤椅短放不开他的腿呢？他的脚被捏得作痛，醒转来。身子就是一条弯着腰的长虾，从藤椅间钻了出来，藤椅就像一只虾笼似的被蓓力丢在那里了。他用手揉擦着眼睛，什么都不清楚，两只鸭子形的小脚，伏在地板上，也像被惊醒的鸭子般的不知方向。鱼白的天色，从玻璃窗透进来，朦胧的在窗帘上惺忪着睡眼。

芹的肚子越胀越大了！由一个小盆变成一个大盆，由一个不活动的物件，变成一个活动的物件。她在床上睡不着，蚊虫在她的腿上走着玩，肚子里的物件在肚皮里走着玩，她简直变成个大马戏场了，什么全在这个场面上要起来。

下床去拖着那双瘦猫般的棉鞋，她到外房去，蓓力又照样的变作一条弯着腰的长虾，钻进虾笼去了。芹唤醒他，把腿给他看，芹腿上的小包都连成排了。若不是蚊虫咬的，一定会错认石阶上的苔藓生在她的腿上了。蓓力用手抚摸着，眉头皱着，他又向她笑了笑，他的心是怎样的刺痛呵！芹全然不晓得这一个，以为蓓力是带着某种笑意向她煽动一样。她手指投过去，生在自己肚皮里的小物件也给忘掉了，只是示意一般的捏紧蓓力的脚趾，她心尽力的跳着。

内房里的英夫人提着小荣到厨房去，小荣先看着这两个虾来了，大嚷着推给她妈妈看。英夫人的眼睛不知放出什么样的光，故意的问：“你们两个用手握住脚，这是东洋式的握手礼还是西洋式的？”

四岁的小荣姑娘也学起妈妈的腔调，就像嘲笑而不当嘲笑的唱着：“这是东洋式的还是西洋式的呢？”

芹和蓓力的眼睛，都像老虎的眼睛在照耀着。

蓓力的眼睛不知为了什么变成金钢石的了！又发光，又坚硬。

芹近几天尽看到这样的眼睛，他们整天的跑着，一直跑了十多天了！有时就连蓓力出办一点事，她就要像一条尾巴似的跟着蓓力。只是最近才算是有了半个职业——替非做一点事。

中央大街的水退去，撑船的人也不见了。蓓力挽着芹的手，芹的棉鞋在褪了色蓝衫下浮动。又加上肚子特别发育，中央大街的人们，都看得清楚。蓓力白色篮球鞋子，一对小灰猪似的在马路上走。

非从那边来了！大概是下班回来，眼睛镶着眼镜向他们打了个招呼走过去，一个短小的影子消失了。

晚间当芹和英夫人坐在屋里的时候，英夫人摇着头，脸上表演着不统一的笑，尽量的把声音委婉，向芹不知说了些什么。大概是白天被非看到芹和蓓力在中央大街走的事情。

芹和蓓力照样在街上绕了一周，蓓力还是和每天一样要挽着她跑。芹不知为了什么，两条腿不愿意活动，心又不耐烦！两星期前住在旅馆的心情又将萌动起来，她心上的烟雾刚退去，不久又像给罩上了。她手玩弄着蓓力的衣扣，眼睛垂着，头低下去：“我真不知这是什么意思，我们衣裳褴褛，就连在街上走的资格也没有了！”

蓓力不明白这话是对谁发的，他迟钝而又灵巧的问：“怎么？”

芹在学话说：“英说：‘你们不要在街上走去，在家里可以随便，街上的人太多，很不好看呢！人家讲究着很不好听！你们不知道吗？在这街上我们认识许多朋友，谁都知道你们是住在我家的，假设你们若是不住在我家，好看与不好看，我都不管的。’”芹在玩弄着衣扣。

蓓力的眼睛又在放射金钢石般的光，他的心就像被玩弄着的衣扣一样，在焦烦着。他把拳头握得紧紧的，向着自己的头部打去。芹给他拦住了：“我们不是分明的晓得这是怎样一种友情？穷人不许有爱。”

他把拳头仍是握得紧紧的，他说的话就像从唇间撕下来的一样：

“穷人恋爱，富人是常常笑话的。穷人也会学着富人笑话穷人么？”他的拳头向着一切人打去，他的眼睛冒火。当时蓓力挽起芹的胳膊来，真像一只被提的手杖，经过大街，穿过活动着的人林，芹被提上楼去。

在过道间，蚊虫的群扰攘着。芹一看到蚊虫，她腿上的苔藓立地会发着刺心的痒。窗口间的天色水般的清，风也像芹般的凉，凉水般的风像浇在她的心里一样，她在发抖。蓓力看到她在发抖，也只有看着而已！就连蓓力自己也没件夹衣可穿呀！

八

关于英夫人的讲话，蓓力向非提问的时候，非并不知道英为什么要说这些。非只是惊奇，与非简直是不发生关系，蓓力的脸红了，他的心忏悔。

“富人穷人，穷人不许恋爱？”

方才他们心中的焦烦退了去，坐在街头的木凳上。她若感到凉，只有一个方法，她把头埋在蓓力上衣的前襟里。

公园被水淹没以后，只有一个红电灯在那个无人的地方自己燃烧。秋天的夜里，红灯在密结的树梢上面，树梢沉沉的，好像在静止的海上面发现了萤火虫似的，他们笑着，跳着，拍着手，每夜都是来向着这萤火虫在叫跳一回……

她现在不拍手了，只是按着肚子，蓓力把她扶回去。当上楼梯的时候，她的眼泪被抛落在黑暗里。

九

非对芹和蓓力有点两样，上次英夫人的讲话，可以证明是非说的。

非搬走了，这里的房子留给他岳母住，被褥全拿走了。芹在土炕上，枕着包袱睡。在土炕上睡了仅仅是两夜，她肚子疼得厉害。她卧在土炕上，蓓力也不出街了，他蹲在地板上，下颚枕炕沿，守着她。这是两个雏鸽，两个被折了巢窠的雏鸽。只有这两个鸽子才会互相了解，真的帮助，因为饥寒迫在他们身上是同样的份量。

芹肚子疼得更厉害了，在土炕上滚成个泥人了。蓓力没有戴帽子，跑下楼去，外边是落着阴冷的秋雨。两点钟过了蓓力不见回来，芹在土炕上继续自己滚的工作。外面的雨落得大了！三点钟也过了，蓓力还是不回来，芹只想撕破自己的肚子，外面的雨声她听不到了。

十

蓓力在小树下跑，雨在天空跑，铺着石头的路，雨的线在上面翻飞，雨就像要把石头压碎似的，石头又非反抗到底不可。穿过一条街，又一条街，穿过一片雨又一片雨，他衣袋里仍然是空着，被雨淋得他就和水鹅同样。

走进大门了，他的心飞上楼去，在抚慰着芹，这是谁也看不见的事。芹野兽疯狂般的尖叫声，从窗口射下来，经过成排的雨线，压倒雨的响声，却实实在在，牢牢固固，箭般的插在蓓力的心上了。

蓓力带着这只箭追上楼去，他以为芹是完了，是在发着最后的嘶叫。芹肚子疼得半昏了，她无知觉的拉住蓓力的手，她在土炕抓的泥土和蓓力带的雨水相合。

蓓力的脸色惨白，他又把方才向非借的一元车钱送芹入医院的影子想了一遍：“慢慢有办法。过几天，不忙。”他又想，“这是朋友应该说的话吗？我明白了，我和非经济不平等，不能算是朋友。”

任是芹怎样嚎叫，他最终离开她下楼去了，雨是淘天的落下来。

十一

芹肚子痛得不知人事，在土炕上滚得不成人样了，脸和白纸一个样。痛得稍轻些，她爬下地来，想喝一杯水。茶杯刚拿在手里，又痛得不能耐了，杯子摔到地板上，杯子碎了。那个黄脸大眼睛非的岳母跟着声响走进来，嘴里罗嗦起：“也太不成样子了，我们这里倒不是开的旅馆，随便谁都住在这里。”

芹听不清谁在说话，把肚子压在炕上，要把小物件从肚皮挤出来，这种痛法简直是绞着肠子，肠子像被抽断一样。她流着汗，也流着眼泪。

十二

芹像鬼一个样，在马车上囚着，经过公园，经过公园的马戏场，走黑暗的途径。蓓力紧抱住她。现在她对蓓力只有厌烦，对于街上的每个行人都只有厌烦。她扯着头发，在蓓力的怀中挣扎。她恨不能一步飞到医院，但是，马却不愿意前进，在水中一劲打旋转。蓓力开始惊惶，他说话的声音和平时两种：“这里的水特别深呵！走下阴沟去，危险。”他跳下水去，拉着马勒，在水里前进着。

芹十分无能的卧在车里，好像一个龃龉的包袱或是一个垃圾箱。

这一幅沉痛的悲壮的受压迫的人物映画，在明月下，在秋光里，渲染得更加悲壮，更加沉痛了。

铁栏栅的门关闭着，门口没有电灯，黑森森的，大概医院是关了门了。蓓力前去打门，芹的心希望和失望在绞跳着。

十三

马车又把她载回来了，又经过公园，又经过马戏场，芹肚子痛得像轻了一点。她看到马戏场的大象，笨重的在玩着自己的鼻子，分明清晰的她又有心思向蓓力寻话说：“你看见大象笨得真巧。”

蓓力一天没得吃饭，现在他看芹像小孩子似的开着心，他心里又是笑又是气。

车回到原处了，蓓力尽他所有借到的五角钱给了车夫。蓓力就像疾风暴雨里的白菜一样，风雨过了，他又扶着芹，踏上楼梯。他心里想着：“医生方才看过了，不是还得一月后才到日子吗？那时候一定能想法借到十五元住院费。”

蓓力才想起来，给芹把破被子铺在炕上。她倒在被上，手指在整着蓬乱的头发。蓓力要脱下湿透的鞋子，吻了她一下，到外房去了。

又有一阵呻吟声蓓力听到了，赶到内房去，蓓力第一条视线射到芹的身上，芹的脸已是惨白得和铅锅一样。他明白她的肚子不痛是心理作用，尽力相信方才医生谈的再过一个月那也说不准，是错误。

十四

他不借，也不打算，他明白现代的一切事情惟有蛮横，用不到讲道理。所以第二次他把芹送到医院的时候，虽然他是没有住院费，芹结果是强住到医院里。

在三等产妇室，芹迷沉的睡了两天了，总是梦着马车在水里打转的事情。半醒来的时候，急得汗水染透了衾枕。

她身体过于疲乏。精神也随之疲乏，对于什么事情都不大关心。对于蓓力，对于全世界的一切，全是一样。蓓力来时，坐在小凳上谈几句不关紧要的话。他一走，芹又合拢起眼睛来。

三天了，芹夜间不能睡着，奶子胀得硬，里面像盛满了什么似的，只听她嚷着奶子痛，但没听她询过关于孩子的话。

产妇室里摆着五张大床，睡着三个产妇，邻边空着五张小床。看护妇给推过一个来，靠近挨着窗口的那个产妇，又一个挨近别一个产妇。她们听到推小床的声音，把头露出被子外面，脸上都带着不可抑止、新奇的笑容，就好像看到自己的小娃在床里睡着的小脸一样。她们并不向看护妇问一句话，怕羞似的脸红着，只是默默的在预备热情，期待她们亲手造成的小动物与自己第一次见面。

第三个床看护妇推向芹的方向走来，芹的心开始跳动，就像个意外的消息传了来。手在摇动：“不要！不……不要……我不要呀！”她的声音里，母子之情就像一条不能折断的钢丝被她折断了，她满身在抖颤。

十五

满墙泻着秋夜的月光，夜深，人静，只是隔壁小孩子在那边哭着。

孩子生下来哭了五天了，躺在冰凉的板床上。涨水后的蚊虫成群片的从气窗挤进来，在小孩的脸上身上爬行。她全身冰冰，她整天整夜的哭。冷吗？饿吗？生下来就没有妈妈的孩子谁去管她呢？

月光照了满墙，墙上闪着一个影子，影子抖颤着。芹挨下床去，脸伏在有月光的墙上："小宝宝，不要哭了妈妈不是来抱你吗？冻得这样冰呵，我可怜的孩子！"

孩子咳嗽的声音，把芹伏在壁上的脸移动了，她跳上床去，她扯着自己的头发，用拳头痛打自己的头盖。真个自私的东西，成千成万的小孩在哭，怎么就听不见呢？成千成万的小孩饿死了，怎么看不见呢？比小孩更有用的大人也都饿死了，自己也快饿死了，这都看不见！真是个自私的东西！

睡熟的芹在梦里又活动着，芹梦着蓓力到床边抱起她就跑了，跳过墙壁，院费也没交，孩子也不要了。听说后来小孩给院长做了丫环，被院长打死了。

孩子在隔壁还是哭着，哭得时间太长了，那孩子作呕，芹被惊醒，慌张的迷惑的赶下床去。她以为院长在杀害她的孩子，只见影子在壁上一闪，她昏倒了。

秋天的夜在寂寞的流，每个房间泻着雪白的月光，墙壁这边地板上倒着妈妈的身体，那边的孩子在哭着妈妈。只隔一道墙壁，母子之情就永久相隔了。

十六

身穿白长衫三十多岁的女人，她黄脸上涂着白粉，粉下隐现黄黑的斑点。坐在芹的床沿，女人烦絮的向芹问些琐碎的话，别的产妇凄然的在静听。

芹一看见她们这种脸，就像针一样在突刺着自己的心。“请抱去吧，不要再说别的话了。”她把头用被蒙起，她再不能抑止，这是什么眼泪呢？在被里横流。

那两个产妇受了感动似的，也用手抹着眼睛，坐在床沿的女人说：“谁的孩子，谁也舍不得，我不能做这母子两离的事。”女人的身子扭了一扭。

芹像被什么人要挟似的，把头上的被掀开，面上笑着，眼泪和笑容凝结的笑着：“我舍得，小孩子没有用处，你把她抱去吧。”

小孩子在隔壁睡，一点都不知道，亲生她的妈妈把她给别人了。

那个女人站起来到隔壁去了，看护妇向那个女人在讲，一面流泪：“小孩子生下来六天了，连妈妈的面都没得见，整天整夜的哭，喂她牛奶她不吃，他妈妈的奶胀得痛都挤扔了。唉，不知为什么！听说孩子的爸爸还很有钱呢！这个女人真怪，连有钱的丈夫都不愿嫁。”

那个女人同情着。看护妇说：“这小脸多么冷清，真是个生下来就招人可怜的孩子。”小孩子被她们摸索醒了，她的面贴到别人的手掌，以为是妈妈的手掌，她撒怨的哭了起来。

过了半个钟头，小孩将来的妈妈，夹着红包袱满脸欢喜的踏上医院的石阶。

包袱里的小被褥给孩子包好，经过穿道，经过产妇室的门前，经过产妇室的妈妈，小孩跟着生人走了，走下石阶了。

产妇室里的妈妈什么也没看见，只听一阵噪杂的声音呵！

十七

当芹告诉蓓力孩子给人家抱去了的时候，她刚强的沉毅的眼睛把蓓力给瞪住了，他只是安定的听着："这回我们没有挂碍了。丢掉一个小孩，是有多数小孩要获救的目的，现在当前的问题就是住院费。"

蓓力握紧芹的手，他想："芹是个时代的女人，真想得开，一定是我将来忠实的伙伴！"他的血在沸腾。

每天当蓓力走出医院时，庶务都是向他问院费，蓓力早就放下没有院费的决心了，所以他第二次又夹着那件制服到当铺去，预备芹出院的车钱。

他的制服早就被老鼠在床下给咬破了，现在就连这件可希望的制服，也没有希望了。

蓓力为了五角钱，开始奔波。

十八

芹住在医院快是三个星期了！同室的产妇，来一个住一个星期抱着小孩走了，现在仅留她一个人在产妇室里，院长不向她要院费了，只希望她出院好了。但是她出院没有车钱，没有夹衣，最要紧的她没有钱租房子。

芹一个人住在产妇室里，整夜的幽静，只有她一个人享受窗上大树招摇细碎的月影，满墙走着，满地走着。她想起来母亲死去的时候，自己还是小孩子，睡在祖父的身旁，不也是在夜里，看着窗口的树影么？现在祖父走进坟墓去了，自己离家乡已三年了，时间一过什么事情都消灭了。

窗外的树风唱着幽静的曲子，芹听到隔院的鸡鸣声了。

十九

产妇们都是抱着小孩坐着汽车或是马车一个个出院了，现在芹也出院了。她没有小孩也没有汽车，只有眼前的一条大街要她走，就像一片荒田要她开拔一样。

蓓力好像个助手似的在眼前引导着。

他们这一双影子，一双刚强的影子，又开始向人林里去迈进。

一九三三，四，十八

太太与西瓜

五小姐在街上转了三个圈子，想走进电影院去，可是这是最末的一张免票了，从手包中取出来看了又看，仍然是放进手包中。

现在她是回到家里，坐在门前的软椅上，幻想着她新制的那件衣服。

门栏处有个人影，还不真切，四小姐坐在一边的长椅上咕哝着："没有脸的，总来有什么事？"

一个大西瓜，淡绿色的，听差的抱着来到眼前了。四小姐假装不笑，其实早已笑了："为什么要买，这个，很贵呢！"

心里是想，为什么不买两个。

四小姐把瓜接过来，吩咐使女小红道："刀在厨房里磨一磨。"

淡绿色的西瓜抱进屋去，四小姐是照样的像抱着别人给送来的礼物那样笑着，满屋是烟火味。妈妈从一个小灯旁边支起身来摇了摇手，四小姐当然用不着想，把西瓜抱出房来。她像患着什么慢性病似的，身子瘦小得不能再瘦，被个大西瓜累得可怜，脸儿发红，嘴唇却白。她又坐在门前的长椅上。

五小姐暂先把新制的衣裳停止了幻想，把那个同玩的男人送给的电影免票忘下，红宝石的戒指在西瓜上闪光："小红，把刀拿来呀！"

小红在那里喂猫，喂那个天生就是性情冷酷黑色的猫，她没有听见谁在呼喊她。

"你，你耳聋死……"

"不是呀，刘行长的三太太，男人被银行辞了职，那次来抽着烟就不起来，妈妈怕她吃了西瓜又要抽烟。"四小姐忙说着，小红这次勉强算是没有挨骂。

西瓜想放在身后，四小姐为了慌张没有躲藏方便，那个女客人走出来看着西瓜了。妈妈说着："不要吃西瓜再走吗？"

小姐们也站起来，笑着把客人送走。

她们这回该集拢到厅堂分食西瓜来，第一声五小姐便嚷着："我不吃这样的东西，黄瓜也不如。"

抛到地板上，小红去拾。

太太下着命令叫小红去到冰箱里取那个更大的田科员送来的那个。

她们的架子是送来的礼物摆起来的！她们借着别人来养自己的脾气。做小姐非常容易，做太太也没有难处。

小红去取那个更大的去，已经拾到手的西瓜被叱呵，舍不得的又丢在地板上。

站在门栏处送来礼物的人也在苦恼着。

"为我找了十元一月薪金厨夫的职业，上手就消费了三元。"

但是他还没听见五小姐说的"黄瓜也不如"呢！[1]

---

1 署名悄吟，刊于1933年8月4日长春《大同报》副刊《大同俱乐部》（长春）。

手

在我们的同学中，从来没有见过这样的手：蓝的，黑的，又好像紫的；从指甲一直变色到手腕以上。

她初来的几天，我们叫她“怪物”。下课以后大家在地板上跑着也总是绕着她。关于她的手，但也没有一个人去问过。

教师在点名，使我们越忍越忍不住了，非笑不可了：

“李洁！”

“到。”

“张楚芳！”

“到。”

“徐桂真！”

“到。”

迅速而有规律性的站起来一个，又坐下去一个。但每次一喊到王亚明的地方，就要费一些时间了。

“王亚明，王亚明……叫到你啦！”别的同学有时要催促她，于是她才站起来，把两只青手垂得很直，肩头落下去，面向着棚顶说：

“到，到，到。”

不管同学们怎样笑她，她一点也不感到慌乱，仍旧弄着椅子响，庄严的，似乎费掉了几分钟才坐下去。

有一天上英文课的时候，英文教师笑得把眼镜脱下来在擦着眼睛：

“你下次不要再答‘黑耳’了，就答‘到’吧！”

全班的同学都在笑，把地板擦得很响。

第二天的英文课，又喊到王亚明时，我们又听到了“黑耳——黑——耳。”

“你从前学过英文没有？”英文教师把眼镜移动了一下。

“不就是那英国话吗？学是学过的，是个麻子脸先生教的……铅笔叫‘喷丝儿’，钢笔叫‘盆’。可是没学过‘黑耳’。”

“here 就是‘这里’的意思，你读：here！ here！”

“喜儿！喜儿。”她又读起“喜儿”来了。这样的怪读法，全课堂都笑得颤栗起来。可是王亚明，她自己却安然的坐下去，青色的手开始翻转着书页。并且低声读了起来：

“华提……贼死……阿儿……”

数学课上，她读起算题来也和读文章一样：

“$2X + Y =$……$X^2=$……”

午餐的桌上，那青色的手已经抓到了馒头，她还想着“地理”课本：“墨西哥产白银……云南……唔，云南的大理石。”

夜里她躲在厕所里边读书，天将明的时候，她就坐在楼梯口。只要有一点光亮的地方，我常遇到过她。有一天落着大雪的早晨，窗外的树枝挂着白绒似的穗头，在宿舍的那边，长筒过道的尽头，窗台上似乎有人睡在那里了。

“谁呢？这地方多么凉！”我的皮鞋拍打着地板，发出一种空洞洞的嗡声，因是星期日的早晨，全个学校出现在特有的安宁里。一部分的同学在化着妆；一部分的同学还睡在眠床上。

还没走到她的旁边，我看到那摊在膝头上的书页被风翻动着。

“这是谁呢？礼拜日还这样用功！”正要唤醒她，忽然看到那青色的手了。

“王亚明，哎……醒醒吧……”我还没有直接招呼过她的名字，感到生涩和直硬。

“喝喝……睡着啦！”她每逢说话总是开始钝重的笑笑。

“华提……贼死，右……爱……”她还没找到书上的字就读起来。

“华提……贼死，这英国话，真难……不像咱们中国字：什么字旁，什么字头……这个：委曲拐弯的，好像长虫爬在脑子里，越爬越糊涂，越爬越记不住。英文先生也说不难，不难，我看你们也不难。我的脑筋笨，乡下人的脑筋没有你们那样灵活。我的父亲还不如我，他说他年青的时候，就记他这个‘王’字，记了半顿饭的工夫还没记住。右……爱……右……阿儿……”说完一句话，在末尾不相干的她又读起单字来。

风车哗啦，哗啦的响在壁上，通气窗时时有小的雪片飞进来，在窗台上结着些水珠。

她的眼睛完全爬满着红丝条；贪婪，把持，和那青色的手一样在争取她不能满足的愿望。

在角落里，在只有一点灯光的地方我都看到过她，好像老鼠在啮嚼什么东西似的。

她的父亲第一次来看她的时候，说她胖了：

“妈的，吃胖了，这里吃的比自家吃的好，是不是？好好干吧！干下三年来，不成圣人吧！也总算明白明白人情大道理。”在课堂上，一个星期之内人们都是学着王亚明的父亲。第二次，她的父亲又来看她，她向她父亲要一双手套：

“就把我这副给你吧！书，好好念书，要一副手套还没有吗？等一等，不用忙……要戴就先戴这副，开春啦！我又不常出什么门，明子，上冬咱们再买，是不是？明子！”在“接见室”的门口嚷嚷着，四周已经是围满着同学，于是他又喊着明子明子的又说了一些事情：

“三妹妹到二姨家去串门啦，去啦两三天啦！小肥猪每天又多加两把豆子，胖得那样你没看见，耳朵都挣挣起来了，……姐姐又来家腌了两罐子咸葱……”

正讲得他流汗的时候，女校长穿着人群站到前面去：

“请到接见室里面坐吧——”

“不用了，不用了，耽搁工夫，我也是不行的，我还就要去赶火车……赶回去，家里一群孩子，放不下心……”他把皮帽子放在手上，向校长点着头，头上冒着气，他就推开门出去了。好像校长把他赶走似的。可是他又转回身来，把手套脱下来。

“爹，你戴着吧，我戴手套本来是没用的。”

她的父亲也是青色的手，比王亚明的手更大更黑。

在阅报室里，王亚明问我：

“你说，是吗？到接见室去坐下谈话就要钱的吗？”

“那里要钱！要的什么钱！”

“你小点声说，叫她们听见，她们又谈笑话了。”她用手掌指点着我读着的报纸，“我父亲说的，他说接见室里摆着茶壶和茶碗，若进去，怕是校役就给倒茶了，倒茶就要钱了。我说不要，他可是不信，他说连小店房进去喝一碗水也多少得赏点钱，何况学堂呢？你想学堂是多么大的地方！”

校长已说过她几次：

“你的手，就洗不净了吗？多加点肥皂！好好洗洗，用热水烫一烫。早操的时候，在操场上竖起来的几百条手臂都是白的，就是你，特别呀！真特别。”女校长用她贫血的和化石一般透明的手指去触动王亚明青色的手，看那样子，她好像是害怕，好像微微有点抑止着呼吸，就如同让她去接触黑色的已经死掉的鸟类似的：“是褪得很多了，手心可以看到皮肤了。比你来的时候强得多，那时候，那简直是铁手……你的功课赶得上了吗？多用点功，以后，早操你就不用上，学校的墙很低，春天里散步的外国人又多，他们常常停在墙外看的。等你的手褪掉颜色再上早操吧！”校长告诉她，停止了她的早操。

“我已经向父亲要到了手套，戴起手套来不就看不见了吗？”打开了书箱，取出她父亲的手套来。

校长笑得发着咳嗽，那贫血的面孔立刻旋动着红的颜色：“不必了！既然是不整齐，戴手套也是不整齐。”

假山上面的雪消融了去，校役把铃子也打得似乎更响些，窗前的杨树抽着芽，操场好像冒着烟似的，被太阳蒸发着。上早操的时候，那指挥官的口笛振鸣得也远了，和窗外树丛中的人家起着回应。

我们在跑在跳，和群鸟似的在噪杂。带着糖质的空气迷漫着我们，从树梢上面吹下来的风混和着嫩芽的香味。被冬天枷锁了的灵魂和被束掩的棉花一样舒展开来。

正当早操刚收场的时候，忽然听到楼窗口有人在招呼什么，那声音被空气负载着向天空响去似的：

“好和暖的太阳！你们热了吧？你们……”在抽芽的杨树后面，那窗口站着王亚明。

等杨树已经长了绿叶，满院结成了荫影的时候，王亚明却渐渐变成了干缩，眼睛的边缘发着绿色，耳朵也似乎薄了一些，至于她的肩头一点也不再显出蛮野和强壮。当她偶然出现在树荫下，那开始陷下的胸部使我立刻从她想到了生肺病的人。

“我的功课，校长还说跟不上，倒也是跟不上，到年底若再跟不上，喝喝！真会留级的吗？”她讲话虽然仍和从前一样“喝喝”的，但她的手却开始畏缩起来，左手背在背后，右手在衣襟下面突出个小丘。

我们从来没有看到她哭过，大风在窗外倒拔着杨树的那天，她背向着教室，也背向着我们，对着窗外的大风哭了，那是那些参观的人走了以后的事情，她用那已经开始在褪着色的青手捧着眼泪。

“还哭！还哭什么？来了参观的人，还不躲开。你自已看看，谁像你这样特别！两只蓝手还不说，你看看，你这件上衣，快变成灰的了！别人都是蓝上衣，那有你这样特别，太旧的衣裳颜色是不整齐的……不能因为你一个人而破坏了制服的规律性……”她一面嘴唇与嘴唇切合着，一面用她惨白的手指去撕着王亚明的领口：“我是叫你下楼，等参观的走了再上来，谁叫你就站在过道呢？在过道，你想想：他们看不到你吗？你倒戴起了这样大的一付手套……”

说到“手套”的地方，校长的黑色漆皮鞋，那亮晶的鞋尖去踢了一下已经落到地板上的一只：

“你觉得你戴上了手套站在这地方就十分好了吗？这叫什么玩艺？”她又在手套上踏了一下，她看到那和马车夫一样肥大的手套，抑止不住的笑出声来了。

王亚明哭了这一次，好像风声都停止了，她还没有停止。

暑假以后，她又来了。夏末简直和秋天一样凉爽，黄昏以前的太阳染在马路上使那些铺路的石块都变成了朱红色。我们集着群在校门里的山丁树下吃着山丁。就是这时候，王亚明坐着的马车从“喇嘛台”那边哗啦，哗啦的跑来了。只要马车一停下，那就全然寂静下去。她的父亲搬着行李，她抱着面盆和一些零碎。走上台阶来了，我们并不立刻为她闪开，有的说着：“来啦！”“你来啦！”有的完全向她张着嘴。

等她父亲腰带上挂着的白毛巾一抖动一抖动的走上了台阶，就有人在说：

“怎么！在家住了一个暑假，她的手又黑了呢？那不是和铁一样了吗？”

秋季以后，宿舍搬家的那天，我才真正注意到这铁手：我似乎已经睡着了，但能听到隔壁在吵叫着：

“我不要她，我不和她并床……”

“我也不和她并床。”

我再细听了一些时候，就什么也听不清了，只听到嗡嗡的笑声和绞成一团的吵嚷。夜里我偶然起来到过道去喝了一次水。长椅上睡着一个人，立刻就被我认出来，那是王亚明。两只黑手遮着脸孔，被子一半脱落在地板上，一半挂在她的脚上。我想她一定又是借着过道的灯光在夜里读书，可是她的旁边也没有什么书本，并且她的包袱和一些零碎就在地板上围绕着她。

第二天的夜晚，校长走在王亚明的前面，一面走一面响着鼻子，她穿着床位，她用她的细手推动那一些连成排的铺平的白床单：

“这里，这里的一排七张床，只睡八个人，六张床还睡九个呢！”

她翻着那被子，把它排开一点，让王亚明把被子就夹在这地方。

王亚明的被子展开了，为着高兴的缘故，她还一边铺着床铺，一边嘴里似乎打着哨子，我还从没听到过这个，在女学校里边，没有人用嘴打过哨子。

她已经铺好了，她坐在床上张着嘴，把下颚微微向前抬起一点，像是安然和舒畅在镇压着她似的。校长已经下楼了，或者已经离开了宿舍，回家去了。但，舍监这老太太，鞋子在地板上擦擦着，头发完全失掉了光泽，她跑来跑去：

“我说，这也不行……不讲卫生，身上生着虫类，什么人还不想躲开她呢？”她又向角落里走了几步，我看到她的白眼球好像对着我似的：“看这被子吧！你们去嗅一嗅，隔着二尺远都有气味了……挨着她睡着，滑稽不滑稽！谁知道……虫类不会爬了满身吗？去看看，那棉花都黑得什么样子啦！”

舍监常常讲她自己的事情，她的丈夫在日本留学的时候，她也在日本，也算是留学。同学们问她：

“学的什么呢？”

“不用专学什么！在日本说日本话，看看日本风俗，这不也是留学吗？”她说话总离不了“不卫生，滑稽不滑稽……肮脏”，她叫虱子特别要叫虫类。

“人肮脏手也肮脏。”她的肩头很宽，说着肮脏她把肩头故意抬高了一下，她像寒风忽然吹到她似的，她跑出去了。

“这样的学生，我看校长可真是……可真是多余要……”打过熄灯铃之后，舍监还在过道里和别的一些同学在讲说着。

第三天夜晚，王亚明又提着包袱，卷着行李，前面又是走着白脸的校长。

“我们不要，我们的人数够啦！”

校长的指甲还没接触到她们的被边时，她们就嚷了起来，并且换了一排床铺也是嚷了起来：

“我们的人数也够啦！还多了呢！六张床，九个人，还能再加了吗？”

“一二三四……”校长开始计算：“不够，还可以再加一个，四张床，应该六个人，你们只有五个……来！王亚明！”

“不，那是留给我妹妹的，她明天就来……”那个同学跑过去，把被子用手按住。

最后，校长把她带到别的宿舍去了。

“她有虱子，我不挨着她……”

“我也不挨着她……”

“王亚明的被子没有被里，棉花贴着身子睡，不信，校长看看！”

后来她们就开着玩笑，至于说出害怕王亚明的黑手而不敢接近她。

以后，这黑手人就睡在过道的长椅上。我起得早的时候，就遇到她在卷着行李，并且提着行李下楼去。我有时也在地下“储藏室”遇到她，那当然是夜晚，所以她和我谈话的时候，我都是看看墙上的影子，她搔着头发的手，那影子印在墙上也和头发一样颜色。

“惯了，椅子也一样睡，就是地板也一样，睡觉的地方，就是睡觉，管什么好歹！念书是要紧的……我的英文，不知在考试的时候，马先生能给我多少分数？不够六十分，年底要留级的吗？”

“不要紧，一门不能够留级。”我说。

“爹爹可是说啦！三年毕业，再多半年，他也不能供给我学费……这英国话，我的舌头可真转不过弯来。喝喝……”

全宿舍的人都在厌烦她，虽然她是住在过道里。因为她夜里总是咳嗽着……同时在宿舍里边她开始用颜料染着袜子和上衣。

“衣裳旧了，染染差不多和新的一样。比方：夏季制服，染成灰色就可以当秋季制服穿……比方：买白袜子，把它染成黑色，这都可以……”

“为什么你不买黑袜子呢？”我问她。

“黑袜子，他们是用机器染的，矾太多……不结实，一穿就破的……还是咱们自己家染的好……一双袜子好几毛钱……破了就破了还得了吗？”

礼拜六的晚上，同学们用小铁锅煮着鸡子。每个礼拜六差不多总是这样，她们要动手烧一点东西来吃。从小铁锅煮好的鸡子，我也看到的，是黑的，我以为那是中了毒。那端着鸡子的同学，几乎把眼镜咆哮得掉落下来：

“谁干的好事！谁？这是谁？”

王亚明把面孔向着她们来到了厨房，她拥挤着别人，嘴里喝喝的：

“是我，我不知道这锅还有人用，我用它煮了两双袜子……喝喝……我去……”

“你去干什么？你去……”

“我去洗洗它！”

“染臭袜子的锅还能煮鸡子吃！还要它？”铁锅就当着众人在地板上光朗，光朗的跳着，人咆哮着，戴眼镜的同学把黑色的鸡子好像抛着石头似的用力抛在地上。

人们都散开的时候，王亚明一边拾着地板上的鸡子，一边在自己说着话：

“哟！染了两双新袜子，铁锅就不要了！新袜子怎么会臭呢？”

冬天，落雪的夜里，从学校出发到宿舍去，所经过的小街完全被雪片占据了。我们向前冲着，扑着，若遇到大风，我们就风雪中打着转，倒退着走，或者是横着走。清早，照例又要从宿舍出发，在十二月里，每个人的脚都冻木了，虽然是跑着也要冻木的。所以我们咒诅和怨恨，甚至于有的同学已经在骂着，骂着校长是“混蛋”，不应该把宿舍离开学校这样远，不应该在天还不亮就让学生们从宿舍出发。

有些天，在路上我单独的遇到王亚明。远处的天空和远处的雪都在闪着光，月亮使得我和她踏着影子前进。大街和小街都看不见行人。风吹着路旁的树枝在发响，也时时听到路旁的玻璃窗被雪扫着在呻叫。我和她谈话的声音，被零度以下的气温所反应也增加了硬度。等我们的嘴唇也和我们的腿部一样感到了不灵活，这时候，我们总是终止了谈话，只听着脚下被踏着的雪，乍乍乍的响。

手在按着门铃，腿好像就要自己脱离开，膝盖向前时时要跪了下去似的。

我记不得那一个早晨，腋下带着还没有读过的小说，走出了宿舍，我转过身去，把栏栅门拉紧。但心上总有些恐惧，越看远处模糊不清的房子，越听后面在扫着的风雪，就越害怕起来。星光是那样微小，月亮也许落下去了，也许被灰色的和土色的云彩所遮蔽。

走过一丈远，又像增加了一丈似的，希望有一个过路的人出现，但又害怕那过路人，因为在没有月亮的夜里，只能听到声音而看不见人，等一看见人影那就从地面突然长了起来似的。

我踏上了学校门前的石阶，心脏仍在发热，我在按铃的手，似乎已经失去了力量。突然石阶又有一个人走上来了：

“谁？谁？”

“我！是我。”

“你就走在我的后面吗？”因为一路上我并没听到有另外的脚

步声，这使我更害怕起来。

“不，我没走在你的后面，我来了好半天了。校役他是不给开门的，我招呼了不知道多大工夫了。”

“你没按过铃吗？”

“按铃没有用，喝喝，校役开了灯，来到门口，隔着玻璃向外看看……可是到底他不给开。”

里边的灯亮起来，一边骂着似的光朗朗朗的把门给闪开了：

“半夜三更叫门……该考背榜不是一样考背榜吗？”

“干什么？你说什么？”我这话还没有说出来，校役就改变了态度：

“萧先生，您叫门叫了好半天了吧？”

我和王亚明一直走进了地下室，她咳嗽着，她的脸苍黄得几乎是打着皱纹似的颤索了一些时候。被风吹得而挂下来的眼泪还停留在脸上她就打开了课本。

“校役为什么不给你开门？”我问。

“谁知道？他说来得太早，让我回去，后来他又说校长的命令。”

“你等了多少时候了？”

“不算多大工夫，等一会，就等一会，一顿饭这个样子。喝喝……”

她读书的样子完全和刚来的时候不一样，那喉咙渐渐窄小了似的，只是喃喃着，并且那两边摇动的肩头也显着紧缩和偏狭，背脊已经弓了起来，胸部却平了下去。

我读着小说，很小的声音读着，怕是搅扰了她；但这是第一次，我不知道为什么这只是第一次？

她问我读的什么小说，读没读过《三国演义》？有时她也拿到手里看看书面，或是翻翻书页。“像你们多聪明！功课连看也不看，到考试的时候也一点不怕。我就不行，也想歇一会，看看别的书……可是那就不成了……”

有一个星期日，宿舍里面空朗的，我就大声读着《屠场》上正是女工马利亚昏倒在雪地上的那段，我一面看着窗外的雪地一面读着，觉得很感动。王亚明站在我的背后，我一点也不知道。

“你有什么看过的书，也借给我一本，下雪天气，实在沉闷，本地又没有亲戚，上街又没有什么买的，又要花车钱……”

“你父亲很久不来看你了吗？”我以为她是想家了。

“那能来！火车钱，一来回就是两元多……再说家里也没有人……”

我就把《屠场》放在她的手上，因为我已经读过了。

她笑着，“喝喝”着，她把床沿颤了两下，她开始研究着那书的封面。等她走出去时，我听在过道里她也学着我把那书开头的第一句读得很响。

以后，我又不记得是那一天，也许又是什么假日，总之，宿舍是空朗朗的，一直到月亮已经照上窗子，全宿舍依然被剩在寂静中。我听到床头上有沙沙的声音，好像什么人在我的床头摸索着，我仰过头去，在月光下我看到了是王亚明的黑手，并且把我借给她的那本书放在我的旁边。

我问她：“看得有趣吗？好吗？”

起初，她并不回答我，后来她把脸孔用手掩住，她的头发也像在抖着似的。她说：

“好。”

我听她的声音也像在抖着，于是我坐了起来。她却逃开了，用着那和头发一样颜色的手横在脸上。

过道的长廊空朗朗的，我看着沉在月光里的地板的花纹。

“马利亚，真像有这个人一样，她倒在雪地上，我想她没有死吧！她不会死吧……那医生知道她是没有钱的人，就不给她看病……喝喝！”很高的声音她笑了，借着笑的抖动眼泪才滚落下来：“我也去请过医生，我母亲生病的时候，你看那医生他来吗？他先向我要马车钱，我说钱在家里，先坐车来吧！人要不行了……你看他来吗？他站在院心问我：‘你家是干什么的？你家开‘染缸房’（染衣店）吗？’不知为什么，一告诉他是开‘染缸房’的，他就拉开门进屋去了……我等他，他没有出来，我又去敲门，他在门里面说：‘不能去看这病，你回去吧！’我回来了……”她又擦了擦眼睛才说下去，“从这时候我就照顾着两个弟弟和两个妹妹。爹爹染黑的和蓝的，姐姐染红的……姐姐定亲的那年，上冬的时候，她的婆婆从乡下来住在我们家里，一看到姐姐她就说：‘唉呀！那杀人的手！’从这起，爹爹就说不许某个人专染红的；某个人专染蓝的，我的手是黑的，细看才带点紫色，那两个妹妹也都和我一样。”

“你的妹妹没有读书？”

“没有，我将来教她们，可是我也不知道我读得好不好，读不好连妹妹都对不起……染一匹布多不过三毛钱……一个月能有几匹布来染呢？衣裳每件一毛钱，又不论大小，送来染的都是大衣裳居多……去掉火柴钱，去掉颜料钱……那不是吗！我的学费……把他们在家吃咸盐的钱都给我拿来啦……我那能不用心念书，我那能？”她又去摸触那本书。

我仍然看着地板上的花纹，我想她的眼泪比我的同情高贵得多。

还不到放寒假时，王亚明在一天的早晨，整理着手提箱和零碎，她的行李已经束得很紧，立在墙根的地方。

并没有人和她去告别，也没有人和她说一声再见。我们从宿舍出发，一个一个的经过夜里王亚明睡觉的长椅，她向我们每个人笑着，同时也好像从窗口在望着远方。我们使过道起着沉重的骚音，我们下着楼梯，经过了院宇，在栏栅门口，王亚明也赶到了，并且呼喘，并且张着嘴：

“我的父亲还没有来，多学一点钟是一点钟……”她向着大家在说话一样。

这最后的每一点钟都使她流着汗，在英文课上她忙着用小册子记下来黑板上所有的生字。同时读着，同时连教师随手写的已经是不必要的读过的熟字她也记了下来，在第二点钟“地理”课上她又费着气力模仿着黑板上教师画的地图，她在小册子上也画了起来……好像所有这最末一天经过她的思想都重要起来，都必得留下一个痕迹。

在下课的时间，我看了她的小册子，那完全记错了：英文字母，有的脱落一个，有的她多加上一个……她的心情已经慌乱了。

夜里，她的父亲也没有来接她，她又在那长椅上展了被褥。只有这一次，她睡得这样早，睡得超过平常以上的安然。头发接近着被边，肩头随着呼吸放宽了一些。今天她的左右并不摆着书本。

早晨，太阳停在颤抖的挂着雪的树枝上面，鸟雀刚出巢的时候，她的父亲来了。停在楼梯口，他放下肩上背来的大毡靴，他用围着脖子的白毛巾掳去胡须上的冰溜：

“你落了榜吗？你……”冰溜在楼梯上溶成小小的水珠。

“没有，还没考试，校长告诉我，说我不用考啦，不能及格的……”

她的父亲站在楼梯口，把脸向着墙壁，腰间挂着的白手巾动也不动。

行李拖到楼梯口了，王亚明又去提着手提箱，抱着面盆和一些零碎，她把大手套还给她的父亲。

“我不要，你戴吧！”她父亲的毡靴一移动就在地板上压了几个泥圈圈。

因为是早晨，来围观的同学们很少。王亚明就在轻微的笑声里边戴起了手套。

“穿上毡靴吧！书没念好，别再冻掉了两只脚。”她的父亲把两只靴子相连的皮条解开。

靴子一直掩过了她的膝盖，她和一个赶马车的人一样，头部也用白色的绒布包起。

“再来，把书回家好好读读再来。喝……喝。”不知道她向谁在说着。当她又提起了手提箱，她问她的父亲：

“叫来的马车就在门外吗？”

“马车，什么马车？走着上站吧……我背着行李……”

王亚明的毡靴在楼梯上扑扑的拍着，父亲走在前面，变了颜色的手抓着行李的角落。

那被朝阳拖得苗长的影子，跳动着在人的前面先爬上了木栅门。从窗子看去，人也好像和影子一般轻浮，只能看到他们，而听不到关于他们的一点声音。

出了木栅门，他们就向着远方，向着迷漫着朝阳的方向走去。

雪地好像碎玻璃似的，越远那闪光就越刚强。我一直看到那远处的雪地刺痛了我的眼睛。

一九三六，三月

牛车上

金花菜在三月的末梢就开遍了溪边。我们的车子在朝阳里轧着山下的红绿颜色的小草，走出了外祖父的村梢。

车夫是远族上的舅父，他打着鞭子，但那不是打在牛的背上，只是鞭梢在空中绕来绕去。

“想睡了吗？车刚走出村子呢！喝点梅子汤吧！等过了前面的那道溪水再睡。”外祖父家的女佣人，是到城里去看她的儿子的。

“什么溪水，刚才不是过的吗？”从外祖父家带回来的黄猫也好像要在我的膝头上睡觉了。

“后塘溪。”她说。

“什么后塘溪？”我并没有注意她，因为外祖父家留在我们的后面，什么也看不见了，只有村梢上庙堂前的红旗杆还露着两个金顶。

“喝一碗梅子汤吧，提一提精神。”她已经端了一杯深黄色的梅子汤在手里，一边又去盖着瓶口。

“我不提，提什么精神，你自己提吧！”

他们都笑了起来，车夫立刻把鞭子抽响了一下。

“你这姑娘……玩皮，巧舌头……我……我……”他从车辕转过身来，伸手要抓我的头发。

我缩着肩头跑到车尾上去。村里的孩子没有不怕他的，说他当过兵，说他捏人的耳朵也很痛。

五云嫂下车去给我采了这样的花，又采了那样的花，旷野上的风吹得更强些，所以她的头巾好像是在飘着。因为乡村留给我尚没有忘却的记忆，我时时把她的头巾看成乌鸦或是鹊雀。她几乎是跳着，几乎和孩子一样。回到车上，她就唱着各种花朵的名字，我从来没看到过她像这样放肆一般地欢喜。

车夫也在前面哼着低粗的声音，但那分不清是什么词句。那短小的烟管顺着风时时送着烟氛，我们的路途刚一开始，希望和期待都还离得很远。

我终于睡了，不知是过了后塘溪，是什么地方，我醒过一次，模模糊糊的好像那管鸭的孩子仍和我打着招呼，也看到了坐在牛背上的小根和我告别的情景……也好像外祖父拉住我的手又在说：“回家告诉你爷爷，秋凉的时候让他来乡下走走……你就说你老爷腌的鹌鹑和顶好的高粱酒等着他来一块喝呢……你就说我动不了，若不然，这两年，我总也去……”

唤醒我的不是什么人，而是那空空响的车轮。我醒来，第一下看到的是那黄牛自己走在大道上，车夫并不坐在车辕。在我寻找的时候，他被我发现在车尾上，手上的鞭子被他的烟管代替着，左手不住的在擦着下颚，他的眼睛顺着地平线望着辽阔的远方。

我寻找黄猫的时候，黄猫坐到五云嫂的膝头上去了，并且她还抚摸猫的尾巴。我看看她的蓝布头巾已经盖过了眉头，鼻子上显明的皱纹因为挂了尘土，更显明起来。

他们并没有注意到我的醒转。

“到第三年他就不来信啦！你们这当兵的人……”

我就问她：“你丈夫也是当兵的吗？”

赶车的舅舅，抓了我的辫发，把我向后拉了一下。

“那么以后……就总也没有信来？”他问她。

“你听我说呀！八月节刚过……可记不得那一年啦，吃完了早饭，我就在门前喂猪，一边啌啌的敲着槽子，一边嗃唠嗃唠的叫着猪……那里听得着呢？南村王家的二姑娘喊着：‘五云嫂，五云嫂……’一边跑着一边喊：‘我娘说，许是五云哥给你捎来的信！’真是，在我眼前的真是一封信，等我把信拿到手哇！看看……我不知为什么就止不住心酸起来……他还活着吗！他……眼泪就掉在那红签条上，我就用手去擦，一擦这红圈子就印到白的上面去。把猪食就丢在院心……进屋换了件干净衣裳。我就赶紧跑，跑到南村的学房。见了学房的先生，我一面笑着就一面流着眼泪……我说：‘是外头人来的信，请先生看看……一年来的没来过一个字。’学房先生接到手里一看，就说不是我的。那信我就丢在学房里跑回来啦……猪也没有喂，鸡也没有上架，我就躺在炕上啦……好几天，我像失了魂似的。”

“从此就没有来信？”

“没有。”她打开了梅子汤的瓶口，喝了一碗，又喝一碗。

“你们这当兵的人，只说三年二载……可是回来……回来个什么呢！回来个魂灵给人看看吧……”

“什么？”车夫说：“莫不是阵亡在外吗……”

“是，就算吧！音信皆无过了一年多。”

“是阵亡？”车夫从车上跳下去，拿了鞭子，在空中抽了两下，似乎是什么爆裂的声音。

“还问什么……这当兵的人真是凶多吉少。”她折皱的嘴唇好像撕裂了的绸片似的，显着轻浮和单薄。

车子一过黄村，太阳就开始斜了下去，青青的麦田上飞着鹊雀。

“五云哥阵亡的时候，你哭吗？”我一面捉弄着黄猫的尾巴，一面看着她。但她没有睬我，自己在整理着头巾。

等车夫颠跳着来在了车尾，扶了车栏，他一跳就坐在了车辕，在他没有抽烟之前，他的厚嘴唇好像关紧了的瓶口似的严密。

五云嫂的说话，好像落着小雨似的，我又顺着车栏睡下了。

等我再醒来，车子停在一个小村头的井口边，牛在饮着水，五云嫂也许是哭过，她陷下的眼睛高起来了，并且眼角的皱纹也张开来。车夫从井口搅了一桶水提到车子旁边：

“不喝点吗？清凉清凉……”

“不喝。”她说。

“喝点吧，不喝就是用凉水洗洗脸也是好的。”他从腰带上取下手巾来，浸了浸水：“揩一揩！尘土迷了眼睛……”

当兵的人，怎么也会替人拿手巾？我感到了惊奇。我知道的当兵的人就会打仗，就会打女人，就会捏孩子们的耳朵。

“那年冬天，我去赶年市……我到城里去卖猪鬃，我在年市上喊着：‘好硬的猪鬃来……好长的猪鬃来……’后一年，我好像把他爹忘下啦……心上也不牵挂……想想那没有个好，这些年，人还会活着！到秋天，我也到田上去割高粱，看我这手，也吃过气力……春天就带着孩子去做长工，两个月三个月的就把家拆了。冬天又把家归拢起来。什么牛毛啦……猪毛啦……还有些收拾来的鸟雀的毛。冬天就在家里收拾，收拾干净啦呀……就选一个暖和的天气进城去卖。若有顺便进城去的车呢！把秃子也就带着……那一次没有带秃子。偏偏天气又不好，天天下清雪，年市上不怎么热闹；没有几捆猪鬃也总卖不完。一早就蹲在市上，一直蹲到太阳偏西。在十字街口，一家大买卖的墙头上贴着一张大纸，人们来来往往的在那里看，像是从一早那张纸就贴出来了！也许是晌午贴的……有的还一边看，一边念出来几句。我不懂得那一套……人们说是：‘告示，告示’可是告的什么，我也不懂那一套……‘告示’倒知道是官家的事情，与我们做小民的有什么长短！可不知为什么看的人就那么多……听说么，是捉逃兵的‘告示’……又听说么……又听说么……几天就要送到县城来枪毙……”

“那一年？民国十年枪毙逃兵二十多个的那回事吗？”车夫把卷起的衣袖在下意识里把它放下来，又用手扫着下颚。

“我不知道那叫什么年……反正枪毙不枪毙与我何干，反正我的猪鬃卖不完就不走运气……”她把手掌互相擦了一会，猛然，像是拍着蚊虫似的，凭空打了一下：

“有人念着逃兵的名字……我看着那穿黑马褂的人……我就说：‘你再念一遍！’起先猪毛还拿在我的手上……我听到了姜五云姜五云的；好像那名字响了好几遍……我过了一些时候才想要呕吐……喉管里像有什么腥气的东西喷上来，我想咽下去……又咽不下去……眼睛冒着火苗……那些看‘告示’的人往上挤着，我就退在了旁边，我再上前去看看，腿就不做主啦！看‘告示’的人越多，我就退下来了！越退越远啦……”

她的前额和鼻头都流下汗来。

“跟了车，回到乡里，就快半夜了。一下车的时候，我才想起了猪毛……那里还记得起猪毛……耳朵和两张木片似的啦……包头巾也许是掉在路上，也许是掉在城里……”

她把头巾掀起来，两个耳朵的下梢完全丢失了。

“看看，这是当兵的老婆……”

这回她把头巾束得更紧了一些，所以随着她的讲话那头巾的角部也起着小小的跳动。

“五云倒还活着，我就想看看他，也算夫妇一回……”

“……二月里，我就背着秃子，今天进城，明天进城……‘告示’听说又贴过了几回，我不去看那玩艺儿，我到衙门去问，他们说：‘这里不管这事。’让我到兵营里去……我从小就怕见官……乡下孩子，没有见过。那些带刀挂枪的，我一看到就发颤……去吧！反正他们也不是见人就杀……后来常常去问，也就不怕了。反正一家三口，已经有一口拿在他们的手心里……他们告诉我，逃兵还没有送过来。我说什么时候才送过来呢？他们说：‘再过一个月吧！’……等我一回到乡下就听说逃兵已从什么县城，那是什么县城？到今天我也记不住那是什么县城……就是听说送过来啦就是啦…… 都说若不快点去看，人可就没有了。我再背着秃子，再进城……去问问兵营的人说：‘好心急，你还要问个百八十回。不知道，也许就不送过来的。’……有一天，我看着一个大官，坐着马车，叮冬叮冬的响着铃子，从营房走出来了……我把秃子放在地上，我就跑过去，正好马车是向着这边来的，我就跪下了，也不怕马蹄就踏在我的头上。

“‘大老爷，我的丈夫……姜五……’我还没有说出来，就觉得肩膀上很沉重……那赶马车的把我往后面推倒了，好像跌了跤似的我爬在道边去。只看到那赶马车的也戴着兵帽子。

“我站起来，把秃子又背在背上……营房的前边，就是一条河，一个下半天都在河边上看着河水。有些钓鱼的，也有些洗衣裳的。远一点，在那河湾上，那水就深了，看着那浪头一排排的从眼前过去。不知道几百条浪头都坐着看过去了。我想把秃子放到河边上，我一跳就下去吧！留他一条小命，他一哭就会有人把他收了去。

“我拍着那小胸脯，我好像说：‘秃儿，睡吧。’我还摸摸那圆圆的耳朵，那孩子的耳朵，真是，长得肥满，和他爹的一模一样，一看到那孩子的耳朵，就看到他爹了。”

她为了赞美而笑了笑。

“我又拍着那小胸脯，我又说：‘睡吧！秃儿。’我想起了，我还有几吊钱，也放在孩子的胸脯里吧！正在伸，伸手去放……放的时节……孩子睁开眼睛了……又加上一只风船转过河湾来，船上的孩子喊妈的声音我一听到，我就从沙滩上面……把秃子抱抱在……怀里了……”

她用包头巾像是紧了紧她的喉咙，随着她的手，眼泪就流了下来。

“还是……还是背着他回家吧！那怕讨饭，也是有个亲娘……亲娘的好……”

那蓝色头巾的角部，也随着她的下颚颤抖了起来。

我们车子的前面正过着一堆羊群，放羊的孩子口里响着用柳条做成的叫子，野地在斜过去的太阳里边分不出什么是花，什么是草了！只是混混黄黄的一片。

车夫跟着车子走在旁边，把鞭梢在地上荡起着一条条的烟尘。

“……一直到五月，营房的人才说：‘就要来的，就要来的。’

“……五月的末梢，一只大轮船就停在了营房门前的河沿上。不知怎么这样多的人！比七月十五看河灯的人还多……”

她的两只袖子在招摇着。

“逃兵的家属，站在右边……我也站过去，走过一个带兵帽子的人，还每个人给挂了一张牌子……谁知道，我也不认识那字……

“要搭跳板的时候，就来了一群兵队，把我们这些挂牌子的……就圈了起来……‘离开河沿远点，远点……’他们用枪把手把我们赶到离开那轮船有三四丈远……站在我旁边的，一个白胡子的老头，他一只手下提着一个包裹，我问他：‘老伯，为啥还带来这东西？’……‘哼！不！……我有一个儿子和一个侄子……一人一包……回阴曹地府，不穿洁净衣裳是不上高的。……’

“跳板搭起来了……一看跳板搭起来就有哭的……我是不哭，我把脚跟立得稳稳当当的，眼睛往船上看着……可是，总不见出来……过了一会，一个兵官，挎着洋刀，手扶着栏杆说：‘让家属们再往后退退……就要下船……’听着‘嗑唠’一声，那些兵队又用枪把手把我们向后赶了过去，一直赶上了道旁的豆田，我们就站在豆秧上，跳板又呼隆隆的搭起了一块……走下来了，一个兵官领头……那脚镣子，哗啦哗啦的……我还记得，第一个还是个小矮个……走下来五六个啦……没有一个像秃子他爹宽宽肩膀的，是真的，很难看……两条胳臂直伸伸的……我看了半天工夫才看出手上都是带了铐子的。旁边的人越哭，我就格外更安静。我只把眼睛看着那跳板……我要问问他爹‘为啥当兵不好好当，要当逃兵……你看看，你的儿子，对得起吗？’

“二十来个，我不知道那个是他爹，远看都是那么个样儿。一个青年的媳妇……还穿了件绿衣裳，发疯了似的，穿开了兵队抢过去了……当兵的那肯叫她过去……就把她抓回来，她就在地上打滚，她喊：‘当了兵还不到三个月呀……还不到……’两个兵队的人，就把她抬回来，那头发都披散开啦。又过了一袋烟的工夫，才把我们这些挂牌子的人带过去……越走越近了，越近也就越看不清楚那个是秃子他爹……眼睛起了白濛……又加上别人都呜呜喃喃的，哭得我多少也有点心慌……

“还有的嘴上抽着烟卷，还有的骂着……就是笑的也有。当兵的这种人……不怪说，当兵的不惜命……

“我看看，真是没有秃子他爹，哼！这可怪事……我一回身就把一个兵官的皮带抓住：‘姜五云呢？’‘他是你的什么人？’‘是我的丈夫。’我把秃子可就放在地上啦……放在地上那不做美的就哭起来，我拍的一声，给秃子一个嘴巴……接着我就打了那兵官：‘你们把人消灭到什么地方去啦？’

“‘好的……好家伙……够朋友……’那些逃兵们就连起声来跺着脚喊。兵官看看这情形赶快叫当兵的把我拖开啦……他们说：‘不只姜五云一个人，还有两个没有送过来，明后天，下一班船就送来……逃兵里他们三个是头目。’

“我背着孩子就离开了河沿，我就挂着牌子走下去了，我一路走，一路两条腿发颤。奔来看热闹的人满街满道啦……我走过了营房的背后，兵营的墙根下坐着那提着两个包裹的老头，他的包裹只剩了一个。我说：‘老伯，你的儿子也没来吗？’我一问他，他就把背脊弓了起来，用手把胡子放在嘴唇上，咬着胡子就哭啦！

“他还说：‘因为是头目，就当地正法了咧！’当时我还不知道这‘正法’是什么……”

她再说下去，那是完全不相接连的话头。

“又过三年，秃子八岁的那年，把他送进了豆腐房……就是这样：一年我来看他两回。二年回家一趟……回来也就是十天半月的……”

车夫离开车子，在小毛道上走着，两只手放在背后，太阳从横面把他拖成一条长影，他每走一步，那影子就分成了一个叉形。

“我也有家小……”他的话从嘴唇上流了下来似的，好像他对着旷野说的一般。

“哟！”五云嫂把头巾放松了些。

“什么！”她鼻子上的折皱纠动了一些时候：“可是真的……兵不当啦也不回家……”

“哼！回家！就背着两条腿回家？”车夫把肥厚的手揩扭着自己的鼻子笑了。

“这几年，还没多少赚几个？”

“都是想赚几个呀！才当逃兵去啦！”他把腰带更束紧了一些。

我加了一件绵衣，五云嫂披了一张毯子。

“嗯！还有三里路……这若是套的马……嗯！一颠搭就到啦！牛就不行，这牲口性子没紧没慢，上阵打仗，牛就不行……”车夫从草包取出绵袄来，那绵袄顺着风飞着草末，他就穿上了。

黄昏的风，却是和二月里的一样。车夫在车尾上打开了外祖父给祖父带来的酒坛。

“喝吧！半路开酒坛，穷人好赌钱……喝上两杯……”他喝了几杯之后，把胸膛就完全露在外面。他一面啮嚼着肉干，一边嘴上起着泡沫。风从他的嘴边走过时，他唇上的泡沫也宏大了一些。

我们将奔到的那座城，在一种灰色的气候里，只能够辨别那不是旷野，也不是山岗，又不是海边，又不是树林……

车子越往前进，城座看来越退越远。脸孔上和手上，都有一种粘粘的感觉……再往前看。连道路也看不到尽头……

车夫收拾了酒坛，拾起了鞭子……这时候，牛角也模糊了去。

“你从出来就没回过家？家也不来信？”五云嫂的问话，车夫一定没有听到，他打着口哨，招呼着牛。后来他跳下车去，跟着牛在前面走着。

对面走过一辆空车，车辕上挂着红色的灯笼。

“大雾！”

“好大的雾！”车夫彼此招呼着。

“三月里大雾……不是兵灾，就是荒年……”

两个车子又过去了。

一九三六年

家族以外的人

我蹲在树上，渐渐有点害怕，太阳也落下去了；树叶的声响也唰唰的了；墙外街道上走着的行人也都和影子似的黑丛丛的；院里房屋的门窗变成黑洞了。并且野猫在我旁边的墙头上跑着叫着。

我从树上溜下来，虽然后门是开着的，但我不敢进去，我要看看母亲睡了还是没有睡？还没经过她的窗口，我就听到了席子的声音:

“小死鬼……你还敢回来！”

我折回去，就顺着厢房的墙根又溜走了。

在院心空场上的草丛里边站了一些时候，连自己也没有注意到我是折碎了一些草叶咬在嘴里。白天那些所熟识的虫子，也都停止了鸣叫，在夜里叫的是另外一些虫子，它们的声音沉静，清脆而悠长。那埋着我的高草，和我的头顶一平，它们平滑，它们在我的耳边唱着那么微细的小歌，使我不能相信倒是听到还是没有听到。

“去吧……去……跳跳攒攒的……谁喜欢你……”

有二伯回来了，那喊狗的声音一直继续到厢房的那面。

我听到有二伯那拍响着的失掉了后跟的鞋子的声音，又听到厢房门扇的响声。

“妈睡了没睡呢？”我推着草叶，走出了草丛。

有二伯住着的厢房，纸窗好像闪着火光似的明亮。我推开门，就站在门口。

“还没睡？”

我说：“没睡。”

他在灶口烧着火，火叉的尖端插着玉米。

“你还没有吃饭？”我问他。

“吃什……么……饭？谁给留饭！”

我说：“我也没吃呢！”

“不吃，怎么不吃？你是家里人哪……”他的脖子比平日喝过酒之后更红，并且那脉管和那正在烧着的小树枝差不多。

“去吧……睡睡……觉去吧！”好像不是对我说似的。

“我也没吃饭呢！”我看着已经开始发黄的玉米。

“不吃饭，干什么来的……”

“我妈打我……”

“打你！为什么打你？”

孩子的心上所感到的温暖是和大人不同的，我要哭了，我看着他嘴角上流下来的笑痕。只有他才是偏着我这方面的人，他比妈妈还好。立刻我后悔起来，我觉得我的手在他身旁抓起一些柴草来，抓得很紧，并且许多时候没有把手松开，我的眼睛不敢再看到他的脸上去，只看到他腰带的地方和那脚边的火堆。我想说：

“二伯……再下雨时我不说你‘下雨冒泡，王八戴草帽’啦……”

“你妈打你……我看该打……”

“怎么……”我说：“你看……她不让我吃饭！”

“不让你吃饭……你这孩子也太好去啦……”

“你看，我在树上蹲着，她拿火叉子往下叉我……你看……把胳臂都给叉破皮啦……”我把手里的柴草放下，一只手卷着袖子给他看。

“叉破皮……为啥叉的呢……还有个缘由没有呢？”

“因为拿了馒头。”

“还说呢……有出息！我没见过七八岁的姑娘还偷东西……还从家里偷东西往外边送！”他把玉米从叉子上拔下来了。

火堆仍没有灭；他的胡子在玉米上，我看得很清楚是扫来扫去的。

“就拿三个……没多拿……”

“嗯！”把眼睛斜着看我一下，想要说什么，但又没有说。只是胡子在玉米上像小刷子似的来往着。

“我也没吃饭呢！”我咬着指甲。

“不吃……你愿意不吃……你是家里人！”好像抛给狗吃的东西一样，他把半段玉米打在我的脚上。

有一天，我看到母亲的头发在枕头上已经蓬乱起来，我知道她是睡熟了，我就从木格子下面提着鸡蛋筐子跑了。

那些邻居家的孩子就等在后院的空磨房里边。我顺着墙根走了回来的时候，安全，毫没有意外，我轻轻的招呼他们一声，他们就从窗口把篮子提了进去，其中有一个比我们大一些的，叫他小哥哥的，他一看见鸡蛋就抬一抬肩膀，伸一下舌头。小哑巴姑娘，她还为了特殊的得意啊啊了两声。

“嗳！小点声……花姐她妈剥她的皮呀……”

把窗子关了，就在碾盘上开始烧起火来，树枝和干草的烟围蒸腾了起来；老鼠在碾盘底下跑来跑去；风车站在墙角的地方，那大轮子上边盖着蛛网，罗柜旁边余留下来的谷类的粉末，那上面挂着许多种类虫子的皮壳。

“咱们来分分吧……一人几个，自家烧自家的。”

火苗旺盛起来了，伙伴们的脸孔，完全照红了。

“烧吧！放上去吧……一人三个……”

“可是多一个给谁呢？”

“给哑巴吧！”

她接过去，啊啊的。

“小点声，别吵！别把到肚的东西吵没啦。”

“多吃一个鸡蛋……下回别用手指画着骂人啦！啊！哑巴？”

蛋皮开始发黄的时候，我们为着这心上的满足，几乎要冒险叫喊了。

“唉呀！快要吃啦！”

“预备着吧，说熟就快的……”

“我的鸡蛋比你们的全大……像个大鸭蛋……”

“别叫……别叫。花姐她妈这半天一定睡醒啦……”

窗外有哽哽的声音，我们知道是大白狗在扒着墙皮的泥土。但同时似乎听到了母亲的声音。

母亲终于在叫我了！鸡蛋开始爆裂的时候，母亲的喊声也在尖利的刺着纸窗了。

等她停止了喊声，我才慢慢从窗子跳出去，我走得很慢，好像没有睡醒的样子。等我站到她面前的那一刻，无论如何再也压制不住那种心跳。

“妈！叫我干什么？”我一定惨白了脸。

“等一会……”她回身去找什么东西的样子。

我想她一定去拿什么东西来打我，我想要逃，但我又强制着忍耐了一刻。

“去把这孩子也带去玩……”把小妹妹放在我的怀中。

我几乎要抱不动她了，我流了汗。

“去吧！还站在这干什么……”其实磨房的声音，一点也传不到母亲这里来，她到镜子前面去梳她的头发。

我绕了一个圈子，在磨房的前面，那锁着的门边告诉了他们：

“没有事……不要紧……妈什么也不知道。”

我离开那门前，走了几步，就有一种异样的香味扑了来，并且飘满了院子。等我把小妹妹放在炕上，这种气味就满屋都是了。

“这是谁家炒鸡蛋，炒得这样香……”母亲很高的鼻子在镜子里使我有点害怕。

“不是炒鸡蛋……明明是烧的，哈！这蛋皮味，谁家……呆老婆烧鸡蛋……五里香。”

“许是吴大婶她们家？”我说这话的时候，隔着菜园子看到磨房的窗口冒着烟。

等我跑回了磨房，火完全灭了。我站在他们当中，他们几乎是摸着我的头发。

“我妈说谁家烧鸡蛋呢？谁家烧鸡蛋呢？我就告诉她，许是吴大婶她们家。哈！这是吴大婶？这是一群小鬼……”

我们就开朗的笑着。站在碾盘上往下跳着，甚至于多事起来，他们就在磨房里捉耗子。因为我告诉他们，我妈抱着小妹妹出去串门去了。

“什么人啊！”我们知道是有二伯在敲着窗棂。

“要进来，你就爬上来！还招呼什么？”我们之中有人回答他。

起初，他什么也没有看到，他站在窗口，摆着手。后来他说：

“看吧！”他把鼻子用力抽了两下：“一定有点故事……那来的这种气味？”

他开始爬到窗台上面来，他那短小健康的身子从窗台跳进来时，好像一张磨盘滚了下来似的，土地发着响。他围着磨盘走了两圈。他上唇的红色的小胡为着鼻子时时抽动的缘故，像是一条秋天里的毛虫在他的唇上不住的滚动。

“你们烧火吗？看这碾盘上的灰……花子……这又是你领头！我要不告诉你妈的……整天家领一群野孩子来作祸……”他要爬上窗口去了，可是他看到了那只筐子：“这是什么人提出来的呢？这不是咱家装鸡蛋的吗？花子……你不定又偷了什么东西……你妈没看见！”

他提着筐子走的时候，我们还嘲笑着他的草帽。“像个小瓦盆……像个小水桶……”

但夜里，我是挨打了。我伏在窗台上用舌尖舐着自己的眼泪。

“有二伯……有老虎……什么东西……坏老头子……”我一边哭着一边咒诅着他。

但过不多久，我又把他忘记了，我和许多孩子们一道去抽开了他的腰带，或是用杆子从后面掀掉了他的没有边沿的草帽。我们嘲笑他和嘲笑院心的大白狗一样。

秋末：我们寂寞了一个长久的时间。

那些空房子里充满了冷风和黑暗；长在空场上的高草，干败了而倒了下来；房后菜园上的各种秧棵完全挂满了白霜；老榆树在墙根边仍旧随风摇摆它那还没有落完的叶子；天空是发灰色的，云彩也失去了形状，有时带来了雨点，有时又带来了细雪。

我为着一种疲倦，也为着一点新的发现，我登着箱子和柜子，爬上了装旧东西的屋子的棚顶。

那上面，黑暗，有一种完全不可知的感觉，我摸到了一个小木箱，来捧着它，来到棚顶洞口的地方，借着洞口的光亮，看到木箱是锁着一个发光的小铁锁，我把它在耳边摇了摇，又用手掌拍一拍……那里面冬郎冬郎的响着。

我很失望，因为我打不开这箱子，我又把它送了回去。于是我又往更深和更黑的角落处去探爬。因为我不能站起来走，这黑洞洞的地方一点也不规则，走在上面时时有跌倒的可能。所以在爬着的当儿，手指所触到的东西，可以随时把它们摸一摸。当我摸到了一个小琉璃罐，我又回到了亮光的地方……我该多么高兴，那里面完全是黑枣，我一点也没有再迟疑，就抱着这宝物下来了，脚尖刚接触到那箱子的盖顶，我又和小蛇一样把自已落下去的身子缩了回来，我又在棚顶蹲了好些时候。

我看着有二伯打开了就是我上来的时候登着的那个箱子。我看着他开了很多时候，他用牙齿咬着他手里的那块小东西……他歪着头，咬得咯啦啦的发响，咬了之后又放在手里扭着它，而后又把它触到箱子上去试一试。最后一次那箱子上的铜锁发着弹响的时候，我才知道他扭着的是一断铁丝。他把帽子脱下来，把那块盘卷的小东西就压在帽顶里面。

他把箱子翻了好几次：红色的椅垫了，蓝色粗布的绣花围裙……女人的绣花鞋子……还有一团滚乱的花色的线，在箱子底上还躺着一只湛黄的铜酒壶。

后来他伸出那布满了筋络的两臂，震撼着那箱子。

我想他可不是把这箱子搬开！搬开我可怎么下去？

他抱起好几次，又放下好几次，我几乎要招呼住他。

等一会，他从身上解下腰带来了，他弯下腰去，把腰带横在地上，一张一张的把椅垫子堆起来，压到腰带上去，而后打着结，椅垫子被束起来了。他喘着呼喘，试着去提一提。

他怎么还不快点出去呢？我想到了哑巴，也想到了别人，好像他们就在我的眼前吃着这东西似的使我得意。

“啊哈……这些……这些都是油乌乌的黑枣……”

我要向他们说的话都已想好了。

同时这些枣在我的眼睛里闪光，并且很滑，又好像已经在我的喉咙里上下的跳着。

他并没有把箱子搬开，他是开始锁着它。他把铜酒壶立在箱子的盖上，而后他出去了。

我把身子用力去拖长，使两个脚掌完全牢牢实实的踏到了箱子，因为过于用力抱着那琉璃罐，胸脯感到了发痛。

有二伯又走来了，他先提起门旁的椅垫子，而后又来拿箱盖上的铜酒壶，等他把铜酒壶压在肚子上面，他才看到墙角站着的是我。

他立刻就笑了，我还从来没有看到过他笑得这样过分，把牙齿完全露在外面，嘴唇像是缺少了一个边。

“你不说么？”他的头顶站着无数很大的汗珠。

“说什么……”

“不说，好孩子……”他拍着我的头顶。

“那么，你让我把这个琉璃罐拿出去？”

“拿吧！”

他一点也没有看到我，我另外又在门旁的筐子里抓了五个馒头跑了。

等母亲说丢了东西的那天，我也站到她的旁边去。

我说："那我也不知道。"

"这可怪啦……明明是锁着……可那儿来的钥匙呢？"母亲的尖尖的下颚是向着家里的别的人说的。后来那歪脖的年青的厨夫也说：

"哼！这是谁呢？"

我又说："那我也不知道。"

可是我脑子上走着的，是有二伯怎样用腰带捆了那些椅垫子，怎样把铜酒壶压在肚子上，并且那酒壶就贴着肉的。并且有二伯好像在我的身体里边咬着那铁丝咖郎郎的响着似的。我的耳朵一阵阵的发烧，我把眼睛闭了一会。可是一睁开眼睛，我就向着那敞开的箱子又说：

"那我也不知道。"

后来我竟说出了："那我可没看见。"

等母亲找来一条铁丝，试着怎样可以做成钥匙，她扭了一些时候，那铁丝并没有扭弯。

"不对的……要用牙咬，就这样……一咬……再一扭……再一咬……"很危险，舌头若一滑转的时候，就要说了出来。我看见我的手已经在作着式子。

我开始把嘴唇咬得很紧，把手臂放在背后在看着他们。

"这可怪啦……这东西，又不是小东西……怎么能从院子走得出？除非是晚上……可是晚上就是来贼也偷不出去的……"母亲很尖的下颚使我害怕，她说的时候，用手推了推旁边的那张窗子：

“是啊！这东西是从前门走的，你们看……这窗子一夏就没有打开过……你们看……这还是去年秋天糊的窗缝子。”

“别绊脚！过去……”她用手推着我。

她又把这屋子的四边都看了看。

“不信……这东西去路也没有几条……我也能摸到一点边……不信……看着吧……这也不行啦。春天丢了一个铜火锅……说是放忘了地方啦……说是慢慢找，又是……也许借出去啦！那有那么一回事……早还了输赢账啦……当他家里人看待……还说不拿他当家里人看待，好哇……慢慢把房梁也拆走啦……”

“啊……啊！”那厨夫抓住了自己的围裙，擦着嘴角。那歪了的脖子和一根蜡签似的，好像就要折断下来。

母亲和别人完全走完了时，他还站在那个地方。晚饭的桌上，厨夫问着有二伯：

“都说你不吃羊肉，那么羊肠你吃不吃呢？”

“羊肠也是不能吃。”他看着他自己的饭碗说。

“我说，有二爷，这炒辣椒里边，可就有一段羊肠，我可告诉你！”

“怎么早不说，这……这……这……”他把筷子放下来，他运动着又要红起来的脖颈，把头掉转过去，转得很慢，看起来就和用手去转动一只瓦盆那样迟滞。

“有二是个粗人，一辈子……什么都吃……就……是……不吃……这……羊……身上……的……不戴……羊……皮帽……子……不穿……羊……皮……衣裳……”他一个字一个字平板的说下去：

“下回……他说……杨安……你炒什么……不管菜汤里头……若有那羊身上的呀……先告诉我一声……有二不是那嘴馋的人！吃

不吃不要紧……就是吃口咸菜……我也不吃那……羊……身……上……的……”

“可是有二爷，我问你一件事……你喝酒用什么酒壶喝呢？非用铜酒壶不可？”杨厨子的下巴举得很高。

“什么酒壶……还不一样……”他又放下了筷子，把旁边的锡酒壶格格的蹲了两下：“这不是吗？……锡酒壶……喝的是酒……酒好……就不在壶上……哼！也不……年青的时候，就总爱……这个……锡酒壶……把它擦得闪光湛亮……”

“我说有二爷……铜酒壶好不好呢？”

“怎么不好……一擦比什么都亮堂……”

“对了，还是铜酒壶好喔……哈……哈哈……”厨子笑了起来。他笑得在给我装饭的时候，几乎是抢掉了我的饭碗。

母亲把下唇拉长着，她的舌头往外边吹一点风，有几颗饭拉落在我的手上。

“哼！杨安……你笑我……不吃……羊肉，那真是吃不得.比方，我三个月就……没有了娘……羊奶把我长大的……若不是……还活了六十多岁……”

杨安拍着膝盖：“你真算是个有良心的人，为人没作过昧良心的事？是不是？我说，有二爷……”

“你们年青人，不信这话……这都不好……人要知道自家的来路……不好反回头去倒咬一口……人要知恩报恩……说书讲古上都说……比方羊……就是我的娘……不是……不是……我可活六十多岁？”他挺直了背脊，把那盘羊肠炒辣椒用筷子推开了一点。

吃完了饭，他退了出去，手里拿着那没有边沿的草帽。沿着砖路，他走下去了，那泥污的，好像两块朽木头似的……他的脚后跟随着那挂在脚尖上的鞋片在砖路上拖拖着而那头顶就完全像个小锅似的冒着气。

母亲跟那厨夫在起着高笑。

“铜酒壶……啊哈……还有椅垫子呢……问问他……他知道不知道？”杨厨夫，他的脖子上的那块疤痕，我看也大了一些。

我有点害怕母亲，她的完全露着骨节的手指，把一条很胖的鸡腿送到嘴上去，撕着，并且还露着牙齿。

又是一回母亲打我，我又跑到树上去，因为树枝完全没有了叶子，母亲向我飞来的小石子差不多每颗都像小钻子似的刺痛着我的全身。

“你再往上爬……再往上爬……拿杆子把你绞下来。”

母亲说着的时候，我觉得抱在胸前的那树干有些颤了，因为我已经爬到了顶梢，差不多就要爬到枝子上去了。

“你这小贴树皮，你这小妖精……我可真就算治不了你……”她就在树下徘徊着……许多工夫没有向我打着石子。

许多天，我没有上树，这感觉很新奇，我向四面望着，觉得只有我才比一切高了一点，街道上走着的人，车，附近的房子都在我的下面，就连后街上卖豆芽菜的那家的幌杆，我也和它一般高了。

“小死鬼……你滚下来不滚下来呀……”母亲说着“小死鬼”的时候，就好像叫着我的名字那般平常。

“啊！怎样的？”只要她没有牢牢实实的抓到我，我总不十分怕她。

她一没有留心，我就从树干跑到墙头上去：“啊哈……看我站在什么地方？”

“好孩子啊……要站到老爷庙的旗杆上去啦……”回答着我的，不是母亲，是站在墙外的一个人。

“快下来……墙头不都是踏堆了吗？我去叫你妈来打你。”是有二伯。

“我下不来啦，你看，这不是吗？我妈在树根下等着我……”

“等你干什么？”他从墙下的板门走了进来。

“等着打我！”

“为啥打你？”

“尿了裤子。”

“还说呢……还有脸？七八岁的姑娘……尿裤子……滚下来？墙头踏坏啦！”他好像一只猪在叫唤着。

“把她抓下来……今天我让她认识认识我！”

母亲说着的时候，有二伯就开始卷着裤脚。

我想：这是做什么呢？

“好！小花子，你看着……这还无法无天啦呢……你可等着……”

等我看见他真的爬上了那最低级的树叉，我开始要流出眼泪来，喉管感到特别发涨。

“我要……我要说……我要说……”

母亲好像没有听懂我的话，可是有二伯没有再进一步，他就蹲在那很粗的树叉上：

“下来……好孩子……不碍事的，你妈打不着你，快下来，明天吃完早饭二伯领你上公园……省得在家里她们打你……”

他抱着我，从墙头上把我抱到树上，又从树上把我抱下来。

我一边抹着眼泪一边听着他说：

“好孩子……明天咱们上公园。”

第二天早晨，我就等在大门洞里边，可是等到他走过我的时候，

他也并不向我说一声:“走吧!”我从身后赶了上去,我拉住他的腰带:

“你不说今天领我上公园吗?”

“上什么公园……去玩去吧!去吧……”只看着前面的道路,他并不看着我。昨天说的话好像不是他。

后来我就挂在他的腰带上,他摇着身子,他好像摆着贴在他身上的虫子似的摆脱着我。

“那我要说,我说铜酒壶……”

他向四边看了看,好像是叹着气:

“走吧?绊脚星……”

一路上他也不看我,不管我怎样看中了那商店窗子里摆着的小橡皮人,我也不能多看一会,因为一转眼……他就走远了。等走在公园门外的板桥上,我就跑在他的前面。

“到了!到了啊……”我张开了两只胳臂,几乎自己要飞起来那么轻快。

没有叶子的树,公园里面的凉亭,都在我的前面招呼着我。一走进公园去,那跑马戏的锣鼓的声音,就震着我的耳朵,几乎把耳朵震聋了的样子,我有点不辨方向了。我拉着有二伯烟荷包上的小圆葫芦向前走。经过白色布棚的时候,我听到里面喊着:

“怕不怕?”

“不怕。”

“敢不敢?”

“敢哪……”

不知道有二伯要走到什么地方去?

棚棚戏,西洋景……耍猴的……耍熊瞎子的……唱木偶戏的。这一些我们都走过来了,再往那边去,就什么也看不见了。并且地上的落叶也厚了起来，树叶子完全盖着我们在走着的路径。

“二伯！我们不看跑马戏的？”

我把烟荷包上的小圆葫芦放开，我和他距离开一点，我看着他的脸色：

“那里头有老虎……老虎我看过。我还没有看过大象。人家说这伙马戏班子是有三匹象：一匹大的两匹小的，大的……大的……人家说，那鼻子，就只一根鼻子比咱家烧火的叉子还长……”

他的脸色完全没有变动。我从他的左边跑到他的右边。又从右边跑到左边：

“是不是呢？有二伯，你说是不是……你也没看见过？”

因为我是倒退着走，被一条露在地面上的树根绊倒了。

“好好走！”他也并没有拉我。

我自己起来了。

公园的末角上，有一座茶亭，我想他到这个地方来，他是渴了！但他没有走进茶亭去，在茶亭后边，有和房子差不多，是席子搭起来的小房。

他把我领进去了，那里边黑洞洞的，最里边站着一个人，比画着，还打着什么竹板，有二伯一进门，就靠边坐在长板凳上，我就站在他的膝盖前，我的腿站得麻木了的时候，我也不能懂得那人是在干什么？他还和姑娘似的带着一条辫子，他把腿伸开了一只，像打拳的样子，又缩了回来，又把一只手往外推着……就这样走了一圈，接着又“叭”打了一下竹板。唱戏不像唱戏，耍猴不像耍猴，好像卖膏药的，可是我也看不见有人买膏药。

后来我就不向前边看，而向四面看，一个小孩也没有。前面的板凳一空下来，有二伯就带着我升到前面去，我也坐下来，但我坐不住，我总想看那大象。

“二伯，咱们看大象去吧，不看这个。”

他说：“别闹，别闹，好好听……”

“听什么，那是什么？”

“他说的是关公斩蔡阳……”

“什么关公哇？”

“关老爷，你没去过关老爷庙吗？”

我想起来了，关老爷庙里，关老爷骑着红色的马。

“对吧！关老爷骑着红色……”

“你听着……”他把我的话截断了。

我听了一会还是不懂，于是我转过身来，面向后坐着，还有一个瞎子，他的每一个眼球上盖着一个白泡。还有一个一条腿的人，手里还拿着木杖。坐在我旁边的人，那人的手包了起来，用一条布带挂到脖子上去。

等我听到“叭叭叭”的响了一阵竹板之后，有二伯还流了几颗眼泪。

我是一定要看大象的，回来的时候再经过白布棚我就站着不动了。

“要看，吃完晌饭再来看……”有二伯离开我慢慢的走着：“回去，回去吃完晌饭再来看。”

“不吗！饭我不吃，我不饿，看了再回去。”我拉住他的烟荷包。

“人家不让进，要买‘票’的，你没看见……那不是把门的人吗？”

“那咱们不好也买‘票！’”

“哪来的钱……买‘票’两个人要好几十吊钱。”

“我看见啦，你有钱，刚才在那棚子里你不是还给那个人钱来吗？”我贴到他的身上去。

“那才给几个铜钱！多啦没有，你二伯多啦没有。”

“我不信，我看有一大堆！”我跷着脚尖！掀开了他的衣襟，把手探进他的衣兜里去。

“是吧！多啦没有吧！你二伯多啦没有，没有进财的道……也就是个月七成的看个小牌，赢两吊……可是输的时候也不少。哼哼。”他看着拿在我手里的五六个铜元。

“信了吧！孩子，你二伯多啦没有……不能有……”一边走下了木桥，他一边说着。

那马戏班子的喊声还是那么热烈的在我们的背后反复着。

有二伯在木桥下那围着一群孩子，抽签子的地方也替我抛上两个铜元去。

我一伸手就在铁丝上拉下一张纸条来，纸条在水碗里面立刻变出一个通红的“五”字。

“是个几？”

“那不明明是个五吗？”我用肘部击撞着他。

“我那认得呀！你二伯一个字也不识，一天书也没念过。”

回来的路上，我就不断的吃着这五个糖球。

第二次，我看到有二伯偷东西，好像是第二年的夏天，因为那马蛇菜的花，开得过于鲜红，院心空场上的高草，长得比我的年龄还快，它超过我了，那草场上的蜂子，蜻蜓，还更来了一些不知名的小虫，也来了一些特殊的草种，它们还会开着花，淡紫色的，一串一串的，站在草场中，它们还特别的高，所以那花穗和小旗子一样动荡在草场上。

吃完了午饭，我是什么也不做，专等着小朋友们来，可是他们一个也不来。于是我就跑到粮食房子去，因为母亲在清早端了一个方盘走进去过。我想那方盘中……哼……一定是有点什么东西?

母亲把方盘藏得很巧妙，也不把它放在米柜上，也不放在粮食仓子上，她把它用绳子吊在房梁上了。我正在看着那奇怪的方盘的时候，我听到板仓里好像有耗子，也或者墙里面有耗子……总之，我是听到了一点响动……过了一会竟有了喘气的声音，我想不会是黄鼠狼子?我有点害怕，就故意用手拍着板仓，拍了两下，听听就什么也没有了……可是很快又有什么东西在喘气……咝咝的……好像肺管里面起着泡沫。

这次我有点暴躁:

“去!什么东西……”

有二伯的胸部和他红色的脖子从板仓伸出来一段……当时，我疑心我也许是在看着木偶戏!但那顶窗透进来的太阳证明给我，被那金红色液体的东西染着的正是有二伯尖长的突出的鼻子……他的胸膛在白色的单衫下面不能够再压制得住，好像小波浪似的在雨点里面任意的跳着。

他一点声音也没有作，只是站着，站着……他完全和一只受惊的公羊那般愚傻!

我和小朋友们，捉着甲虫，捕着蜻蜓，我们做这种事情，永不会厌倦。野草，野花，野的虫子，它们完全经营在我们的手里，从早晨到黄昏。

假若是个晴好的夜，我就单独留在草丛里边，那里有闪光的甲虫，有虫子低微的吟鸣，有高草摇着的夜影。

有时我竟压倒了高草，躺在上面，我爱那天空，我爱那星子……听人说过的海洋，我想也就和这天空差不多了。

晚饭的时候，我抱着一些装满了虫子的盒子，从草丛回来，经过粮食房子的旁边，使我惊奇的是有二伯还站在那里，破了的窗洞口露着他发青的嘴角和灰白的眼圈。

“院子里没有人吗？”好像是生病的人喑哑的喉咙。

“有！我妈在台阶上抽烟。”

“去吧！”

他完全没有笑容，他苍白，那头发好像墙头上跑着的野猫的毛皮。

饭桌上，有二伯的位置，那木凳上蹲着一匹小花狗。它戏耍着的时候，那卷尾巴和那铜铃完全引人可爱。

母亲投了一块肉给它。歪脖的厨子从汤锅里取出一块很大的骨头来……花狗跳到地上去，追了那骨头发了狂，那铜铃暴躁起来……

小妹妹笑得用筷子打着碗边，厨夫拉起围裙来擦着眼睛，母亲却把汤碗倒翻在桌子上了。

“快拿……快拿抹布来，快……流下来啦……”她用手按着嘴，可是总有些饭粒喷出来。

厨夫收拾桌子的时候，就点起煤油灯来，我面向着菜园坐在门槛上，从门道流出来的黄色的灯光当中，砌着我圆圆的头部和肩膀，我时时举动着手，揩着额头的汗水，每揩了一下，那影子也学着我揩了一下。透过我单衫的晚风，像是青蓝色的河水似的清凉……后街，粮米店的胡琴的声音也响了起来，幽远的回音，东边也在叫着，西边也在叫着……日里黄色的花变成白色的了，红色的花，变成黑色的了。

火一样红的马蛇菜的花也变成黑色的了。同时，那盘结着墙根的野马蛇菜的小花，就完全看不见了。

有二伯也许就踏着那些小花走去的，因为他太接近了墙根，我看着他……看着他……他走出了菜园的板门。

他一点也不知道，我从后面跟了上去。因为我觉得奇怪，他偷这东西做什么呢？也不好吃，也不好玩。

我追到了板门，他已经过了桥，奔向着东边的高冈。高冈上的去路，宽宏而明亮。两边排着的门楼在月亮下面，我把它们当成庙堂一般想像。

有二伯的背上那圆圆的小袋子我还看得见的时候，远处，在他的前方，就起着狗叫了。

第三次我看见他偷东西，也许是第四次……但这也就是最后的一次。

他掮了大澡盆从菜园的边上横穿了过去，一些龙头花被他撞掉下来。这次好像他一点也不害怕，那白洋铁的澡盆刚郎刚郎的埋没着他的头部在呻叫。

并且好像大块的白银似的，那闪光照耀得我很害怕，我靠到墙根上去，我几乎是发呆的站着。

我想：母亲抓到了他，是不是会打他呢？同时我又起了一种佩服他的心情："我将来也敢和他这样偷东西吗？"

但我又想：我是不偷这东西的，偷这东西干什么呢？这样大，放到那里母亲也会捉到的。

但有二伯却顶着它，像是故事里银色的大蛇似的走去了。

以后，我就没有看到他再偷过。但我又看到了别样的事情，那更危险，而且又常常发生。比方我在高草中正捏住了蜻蜓的尾巴……鼓冬……板墙上有一块大石头似的抛了过来，蜻蜓无疑的是飞了。比方夜里，我就不敢再沿着那道板墙去捉蟋蟀，因为不知什么时候有二伯会从墙顶落下来。

丢了澡盆之后，母亲把三道门都下了锁。

所以小朋友们之中，我的蟋蟀捉得最少。因此我就怨恨有二伯：

“你总是跳墙，跳墙……人家蟋蟀都不能捉了！”

“不跳墙……说得好，有谁给开门呢？”他的脖子挺得很直。

“杨厨子开吧……”

“杨……厨子……哼……你们是家里人……支使得动他……你二伯……”

“你不会喊！叫他……叫他听不着，你就不会打门……”我的两只手，向两边摆着。

“哼……打门……”他的眼睛用力往低处看去。

“打门再听不着，你不会用脚踢……”

“踢……锁上啦……踢他干什么！”

“那你就非跳墙不可，是不是？跳也不轻轻跳，跳得那样吓人？”

“怎么轻轻的？”

“像我跳墙的时候，谁也听不着，落下来的时候，是蹲着……两只膀子张开……”我平地就跳了一下给他看。

“小的时候是行啊……老了，不行啦！骨头都硬啦！你二伯比你大六十岁，那儿还比得了？”

他嘴角上流下来一点点的笑来。右手拿抓着烟荷包，左手摸着站在旁边的大白狗的耳朵……狗的舌头舐着他。

可是我总也不相信，怎么骨头还会硬与不硬？骨头不就是骨头吗？猪骨头我也咬不动，羊骨头我也咬不动，怎么我的骨头就和有二伯的骨头不一样？

所以，以后我拾到了骨头，就常常彼此把它们磕一磕。遇到同伴比我大几岁的，或是小一岁的，我都要和他们试试，怎样试呢？撞一撞拳头的骨节，倒是软多少硬多少？但总也觉不出来。若用力些就撞得很痛。第一次来撞的是哑巴——管事的女儿。起先她不肯，我就告诉她：

“你比我小一岁，来试试，人小骨头是软的，看看你软不软？”

当时，她的骨节就红了，我想：她的一定比我软。可是，看看自己的也红了。

有一次，有二伯从板墙上掉下来，他摔破了鼻子。

“哼！没加小心……一只腿下来……一只腿挂在墙上……哼！闹个大头朝下……”

他好像在嘲笑着他自己，并不用衣襟或是什么揩去那血。看起来，在流血的似乎不是他自己的鼻子，他挺着很直的背脊走向厢房去，血条一面走着一面更多的画着他的前襟。已经染了血的手是垂着，而不去按住鼻子。

厨夫歪着脖子站在院心，他说：

“有二爷，你这血真新鲜……我看你多摔两个也不要紧……”

“哼！小伙子，谁也从年青过过！就不用挖苦……慢慢就有啦……”他的嘴还在血条里面笑着。

过一会，有二伯裸着胸脯和肩头，站在厢房门口，鼻子孔塞着两块小东西，他喊着：

“老杨……杨安……有单褂子借给穿穿……明天这件干啦！就把你的脱下来……我那件掉啦膀子。夹的送去做，还没倒出工夫去拿……”他手里抖着那件洗过的衣裳。

“你说什么？”杨安几乎是喊着：“你送去做的夹衣裳还没倒出工夫去拿？有二爷真是忙人！衣服做都做好啦……拿一趟就没有工夫去拿……有二爷真是二爷，将来要用个跟班的啦……”

我爬着梯子，上了厢房的房顶，听着街上是有打架的，上去看一看。房顶上的风很大，我打着颤子下来了。有二伯还赤着臂膀站在檐下。那件湿的衣裳在绳子上拍拍的被风吹着。

点灯的时候，我进屋去加了件衣裳，很例外我看到有二伯单独的坐在饭桌的屋子里喝酒，并且更奇怪的是杨厨子给他盛着汤。

“我各自盛吧！你去歇歇吧……”有二伯和杨安争夺着汤盆里的勺子。

我走去看看，酒壶旁边的小碟子里还有两片肉。

有二伯穿着杨安的小黑马褂，腰带几乎是束到胸脯上去。他从来不穿这样小的衣裳，我看他不像个有二伯，像谁呢？也说不出来？他嘴在嚼着东西，鼻子上的小塞还会动着。

本来只有父亲晚上回来的时候，才单独的坐在洋灯下吃饭。在有二伯，就很新奇，所以我站着看了一会。

杨安像个弯腰的瘦甲虫，他跑到客室的门口去……

“快看看……”他歪着脖子:“都说他不吃羊肉……不吃羊肉……肚子太小，怕是胀破了……三大碗羊汤喝完啦……完啦……哈哈哈……”他小声的笑着，做着手势，放下了门帘。

又一次，完全不是羊肉汤……而是牛肉汤……可是当有二伯拿起了勺子，杨安就说：

“羊肉汤……”

他就把勺子放下了，用筷子夹着盘子里的炒茄子，杨安又告诉他:

“羊肝炒茄子。”

他把筷子去洗了洗，他自己到碗橱去拿出了一碟酱咸菜，他还没有拿到桌子上，杨安又说：

“羊……”他说不下去了。

“羊什么呢……”有二伯看着他：

“羊……羊……唔……是咸菜呀……嗯！咸菜里边说干净也不干净……”

“怎么不干净？”

“用切羊肉的刀切的咸菜。”

“我说杨安，你可不能这样……”有二伯离着桌子很远，就把碟子摔了上去，桌面过于光滑，小碟在上面呱呱的跑着，撞在另一个盘子上才停住。

“你杨安……可不用欺生……姓姜的家里没有你……你和我也是一样，是个外棵秧！年青人好好学……怪模怪样的……将来还要有个后成……”

“呃呀呀！后成！就算绝后一辈子吧……不吃羊肠……麻花铺子炸面鱼，假腥气……不吃羊肠，可吃羊肉……别装扮着啦……”杨安的脖子因为生气直了一点。

“兔羔子……你他妈……阳气什么？”有二伯站起来向前走去。

“有二爷，不要动那样大的气……气大伤身不养家……我说，咱爷俩都是跑腿子……说个笑话……开个心……”厨子嗷嗷的笑着：“那里有羊肠呢……说着玩……你看你就不得了啦……”

好像站在公园里的石人似的，有二伯站在地心。

“……别的我不生气……闹笑话，也不怕闹……可是我就忌讳这羊……这不是好闹笑话的……前年我不知道，吃过一回……后来知道啦，病啦半个多月……后来这脖上生了一块疮算是好啦……吃一回羊肉倒不算什么……就是心里头放不下，就好像背了自己的良心……背良心的事不做……做了那后悔是受不住的。有二不吃羊肉也就是为的这个……”喝了一口冷水之后，他还是抽烟。

别人一个一个的开始离开了桌子……

从此有二伯的鼻子常常塞着小塞,后来又说腰痛,后来又说腿痛。他走过院心，不像从前那么挺直，有时身子向一边歪着，有时用手拉住自己的腰带……大白狗跟着他前后的跳着的时候，他躲闪着它：

“去吧……去吧！”他把手梢缩在袖子里面,用袖口向后扫摆着。

但，他开始诅骂更小的东西，比方一块砖头打在他的脚上，他就坐下来，用手按住那砖头，好像他疑心那砖头会自己走到他脚上来的一样。若当鸟雀们飞着时，有什么脏污的东西落在他的袖子或是什么地方，他就一面抖掉它，一面对着那已经飞过去的小东西讲着话：

“这东西……啊哈！会找地方，往袖子上掉……你也是个瞎眼睛，掉，就往那个穿绸穿缎的身上掉！往我这掉也是白……穷跑腿子……”

他擦净了袖子，又向他头顶上那块天空看了一会，才重新走路。

板墙下的蟋蟀没有了，有二伯也好像不再跳板墙了。早晨厨子挑水的时候，他就跟着水桶通过板门去，而后向着井沿走，就坐在井沿旁的空着的碾盘上。差不多每天我拿了钥匙放小朋友们进来时，他总是在碾盘上招呼着：

“花子……等一等你二伯……”我看他像鸭子在走路似的。“你二伯真是不行了……眼看着……眼看着孩子们往这面来，可是你二伯就追不上……”

他一进了板门，又坐在门边的木樽上。他的一只脚穿着袜子，另一只的脚趾捆了一段麻绳，他把麻绳抖开，在小布片下面，那肿胀的脚趾上还腐了一小块。好像茄子似的脚趾，他又把它包扎起来。

“今年的运气十分不好……小毛病紧着添……”他取下来咬在嘴上的麻绳。

以后当我放小朋友进来的时候，不是有二伯招呼着我，而是我招呼着他。因为关了门，他再走到门口，给他开门的人也还是我。

在碾盘上不但坐着，他后来就常常睡觉，他睡得就像完全没有了感觉似的，有一个花鸭子伸着脖颈啄着他的脚心，可是他没有醒，他还是把脚伸在原来的地方。碾盘在太阳下闪着光，他像是睡在圆镜子上边。

我们这些孩子们抛着石子和飞着沙土，我们从板门冲出来，跑到井沿上去，因为井沿上有更多的石子，我把我的衣袋装满了它们，我就蹲在碾盘后和他们作战，石子在碾盘上“叭”，“叭”，好像还冒着一道烟。

有二伯，闭着眼睛，忽然抓了他的烟袋。

“王八蛋，干什么……还敢来……还敢上……”

他打着他的左边和右边，等我们都集拢来看他的时候，他才坐起来。

“……妈的……做了一个梦……那条道上的狗真多……连小狗崽也上来啦……让我几烟袋锅子就全数打了回去……”他揉一揉手骨节，嘴角上流下笑来：“妈的……真是那么个滋味……做梦狗咬啦呢……醒啦还有点疼……”明明是我们打来的石子，他说是小狗崽，我们都为这事吃惊而得意。跑开了，好像散开的鸡群，吵叫着，展着翅膀。

他打着呵欠：“呵……呵呵……”在我们背后像小驴子似的叫着。

我们回头看他，他和要吞食什么一样，向着太阳张着嘴。

那下着毛毛雨的早晨，有二伯就坐到碾盘上去了。杨安担着水桶从板门来来往往的走了好几回……杨安锁着板门的时候，他就说：

“有二爷子这几天可真变样……那神气，我看几天就得进庙啦……”

我从板缝往西边看看，看不清是有二伯，好像小草堆似的，在雨里边浇着。

“有二伯……吃饭啦！”我试着喊了一声。

回答我的，只是我自己的回响：“呜呜”的在我的背后传来。

“有二伯，吃饭啦！”这次把嘴唇对准了板缝。

可是回答我的又是“呜呜”。

下雨的天气永远和夜晚一样，到处好像空瓶子似的，随时被吹着随时发着响。

“不用理他……”母亲在开窗子：“他是找死……你爸爸这几天就想收拾他呢……”

我知道这“收拾”是什么意思：打孩子们叫“打”，打大人就叫“收拾”。

我看到一次，因为看纸牌的事情，有二伯被管事的“收拾”了一回。可是父亲，我还没有看见过，母亲向杨厨子说：

“这几年来，他爸爸不屑理他……总也没在他身上动过手……可是他的骄毛越长越长……贱骨头，非得收拾不可……若不然……他就不自在。”

母亲越说“收拾”我就越有点害怕，在什么地方“收拾”呢？在院心，管事的那回可不是在院心，是在厢房的炕上。那么这回也要在厢房里！是不是要拿着烧火的叉子？那回管事的可是拿着。我又想起来小哑巴，小哑巴让他们踏了一脚，手指差一点没有踏断。到现在那小手指还不是弯着吗？

有二伯一面敲着门一面说着：

“大白……大白……你是没心肝的……你早晚……”等大白狗从板墙跳出去，他又说：“去……去……”

“开门！没有人吗？”

我要跑去的时候，母亲按住了我的头顶：“不用你显勤快！让他站一会吧，不是吃他饭长的……”

那声音越来越大了，真是好像用脚踢着。

“没有人吗？”每个字的声音完全喊得一平。

“人倒是有，倒不是侍候你的……你这份老爷子不中用……”母亲的说话，不知有二伯听到没有听到？

但那板门暴乱起来：

“死绝了吗？人都死绝啦……”

“你可不用假装疯魔……有二，你骂谁呀……对不住你吗？”母亲在厨房里叫着：“你的后半辈吃谁的饭来的……你想想，睡不着觉思量思量……有骨头，别吃人家的饭？讨饭吃，还嫌酸……”

并没有回答的声音，板墙隆隆的响着，等我们看到他，他已经是站在墙这边了。

“我……我说……四妹子……你二哥说的是杨安，家里人……我是不说的……你二哥，没能耐不是假的，可是吃这碗饭，你可也不用委曲……”我奇怪要打架的时候，他还笑着：“有四兄弟在……算账咱们和四兄弟算……”

“四兄弟……四兄弟屑得跟你算……”母亲向后推着我。

“不屑得跟你二哥算……哼！那天咱们就算算看……那天四兄弟不上学堂……咱们就算算看……”他哼哼的，好像水洗过的小瓦盆似的没有边沿的草帽切着他的前额。

他走过的院心上，一个一个的留下了泥窝。

“这死鬼……也不死……脚烂啦！还一样会跳墙……”母亲像是故意让他听到。

“我说四妹子……你们说的是你二哥……哼哼……你们能说出口来？我死……人不好那样，谁都是爹娘养的，吃饭长的……”他拉开了厢房的门扇，就和拉着一片石头似的那样用力，但他并不走进去。“你二哥，在你家住了三十多年……那一点对不住你们；拍拍良心……一根草棍也没给你们糟踏过……唉……四妹子……这年头……没处说去……没处说去……人心看不见……”

我拿着满手的柿子，在院心滑着跳着跑到厢房去，有二伯在烤着一个温暖的火堆，他坐得那么刚直，和门旁那只空着的大坛子一样。

“滚……鬼头鬼脑的……干什么事？你们家里头尽是些耗子。”我站在门口还没有进去，他就这样的骂着我。

我想：可真是，不怪杨厨子说，有二伯真有点变了。他骂人也骂得那么奇怪，尽是些我不懂的话，“耗子”，“耗子”与我有什么关系！说它干什么？

我还是站在门边，他又说：

“王八羔子……兔羔子……穷命……狗命……不是人……在人里头缺点什么……”他说的是一套一套的，我一点也记不住。

我也学着他，把鞋脱下来，两个鞋底相对起来，坐在下面。

“这你孩子……人家什么样，你也什么样！看着葫芦就画瓢……那好的……新新的鞋子就坐……”他的眼睛就像坛子上没有烧好的小坑似的向着我。

“那你怎么坐呢！”我把手伸到火上去。

“你二伯坐……你看看你二伯这鞋……坐不坐都是一样，不能要啦！穿啦它二年整。”把鞋从身下抽出来，向着火看了许多工夫。他忽然又生起气来……

“你们……这都是天堂的呀……你二伯像你那大……没穿过

鞋……那来的鞋呢？放猪去，拿着个小鞭子就走……一天跟着太阳出去……又跟着太阳回来……带着两个饭团就算是晌饭……你看看你们……馒头干粮，满院子滚！我若一扫院子就准能捡着几个……你二伯小时候连馒头边都……都摸不着哇！如今……连大白狗都不去吃啦……”

他的这些话若不去打断他，他就会永久说下去：从幼小说到长大，再说到锅台上的瓦盆……再从瓦盆回到他幼年吃过的那个饭团上去。我知道他又是这一套，很使我起反感，我讨厌他，我就把红柿子放在火上去烧着，看一看烧熟是个什么样？

“去去……那有你这样的孩子呢？人家烘点火暖暖……你也必得弄灭它……去，上一边去烧去……”他看着火堆喊着。

我穿上鞋就跑了，房门是开着，所以那骂的声音很大：

“鬼头鬼脑的，干些什么事？你们家里……尽是些耗子……”

有二伯和后园里的老茄子一样，是灰白了，然而老茄子一天比一天静默下去，好像完全任凭了命运。可是有二伯从东墙骂到西墙，从扫地的扫帚骂到水桶……而后他骂着他自己的草帽……

“……王八蛋……这是什么东西……去你的吧……没有人心！夏不遮凉冬不抗寒……”

后来他还是把草帽戴上，跟着杨厨子的水桶走到井沿上去，他并不坐到石碾上，跟着水桶又回来了。

“王八蛋……你还算个牲口……你黑心啦……”他看看墙根的猪说。

他一转身又看到了一群鸭子：

“那天都杀了你们……一天到晚呱呱的……他妈的若是个人，也是个闲人。都杀了你们……别享福……吃得溜溜胖……溜溜肥……”

后园里的葵花子，完全成熟了，那过重的头柄几乎折断了它自己的身子。玉米有的只带了叶子站在那里，有的还挂着稀少的玉米棒。黄瓜老在架上了，赫黄色的，麻裂了皮，有的束上了红色的带子，母亲规定了它们：来年作为种子。葵花子也是一样，在它们的颈间也有的是挂了红布条。只有已经发了灰白的老茄子还都自由的吊在枝棵上，因为它们的内面，完全是黑色的子粒，孩子们既然不吃它，厨子也总不采它。

只有红柿子，红得更快，一个跟着一个，一堆跟着一堆。好像捣衣裳的声音，从四面八方传来了一样。

有二伯在一个清凉的早晨，和那捣衣裳的声音一道倒在院心了。

我们这些孩子们围绕着他，邻人们也围绕着他。但当他爬起来的时候，邻人们又都向他让开了路。

他跑过去，又倒下来了。父亲好像什么也没做，只在有二伯的头上拍了一下。

照这样做了好几次，有二伯只是和一条卷虫似的滚着。

父亲却和一部机器似的那么灵巧。他读书看报时的眼镜也还戴着，他叉着腿，有二伯来了的时候，我看见他的白绸衫的襟角很和谐的抖了一下。

“有二……你这小子混蛋……一天到晚，你骂什么……有吃有喝，你还要挣命……你个祖宗的！”

有二伯什么声音也没有。倒了的时候，他想法子爬起来，爬起来，他就向前走着，走到父亲的地方，他又倒了下来。

等他再倒了下来的时候，邻人们也不去围绕着他。母亲始终是站在台阶上。杨安在柴堆旁边，胸前立着竹帚……邻家的老祖母在板门外被风吹着她头上的蓝色的花。还有管事的……还有小哑巴……还有我不认识的人，他们都靠到墙根上去。

到后来有二伯枕着他自己的血，不再起来了，脚趾上扎着的那块麻绳脱落在旁边，烟荷包上的小圆葫芦，只留了一些片沫在他的左近。鸡叫着，但是跑得那么远……只有鸭子来啄食那地上的血液。

我看到一个绿头顶的鸭子和一个花脖子的。

冬天一来了的时候，那榆树的叶子，连一棵也不能够存在，因为是一棵孤树，所有从四面来的风，都摇得到它。所以每夜听着火炉盖上茶壶咝咝的声音的时候，我就从后窗看着那棵大树，白的，穿起了鹅毛似的……连那顶小的枝子也胖了一些。太阳来了的时候，榆树也会闪光，和闪光的房顶，闪光的地面一样。

起初，我们是玩着堆雪人，后来就厌倦了，改为拖狗爬犁了，大白狗的脖子上每天束着绳子，杨安给我们做起来的爬犁。起初，大白狗完全不走正路，它往狗窝里面跑，往厨房里面跑。我们打着它，终于使它习惯下来，但也常常兜着圈子，把我们全数扣在雪地上。它每这样做了一次，我们就一天不许它吃东西，嘴上给它挂了龙头。

但这它又受不惯，总是闹着，叫着……用腿抓着雪地，所以我们把它束到马桩子上。

不知为什么？有二伯把它解了下来，他的手又颤颤得那么厉害。

而后他把狗牵到厢房里去，好像牵着一匹小马一样……

过了一会出来了，白狗的背上压着不少东西：草帽顶，铜水壶，豆油灯碗，方枕头，团蒲扇……小圆筐……好像一辆搬家的小车。

有二伯则挟着他的棉被。

“二伯！你要回家吗？”

他总常说“走走”。我想“走”就是回家的意思。

“你二伯……嗯……”那被子流下来的棉花一块一块的沾污了雪地，黑灰似的在雪地上滚着。

还没走到板门，白狗就停下了，并且打着，他有些牵不住它了。

“你不走吗？你……大白……”

我取来钥匙给他开了门。

在井沿的地方，狗背上的东西，就全都弄翻了。在石碾上摆着小圆筐和铜茶壶这一切。

“有二伯……你回家吗？”若是不回家为什么带着这些东西呢！

“嗯……你二伯……”

白狗跑得很远的了。

“这儿不是你二伯的家，你二伯别处也没有家。”

“来……”他招呼着大白狗：“不让你背东西……就来吧……”

他好像要去抱那狗似的张开了两臂。

“我要等到开春……就不行……”他拿起了铜水壶和别的一切。

我想他是一定要走了。

我看着远处白雪里边的大门。

但他转回身去，又向着板门走了回来，他走动的时候，好像肩上担着水桶的人一样，东边摇着，西边摇着。

“二伯，你是忘下了什么东西？”

但回答着我的，只有水壶盖上的铜环……咯铃铃咯铃铃……

他是去牵大白狗吧？对这件事我很感到趣味，所以我抛弃了小朋友们，跟在有二伯的背后。

走到厢房门口，他就进去了，戴着龙头的白狗，他像没有看见它。

他是忘下了什么东西？

但他什么也不去拿，坐在炕沿上，那所有的全套的零碎完全照样在背上和胸上压着他。

他开始说话的时候，连自己也不能知道我是已经向着他的旁边走去。“花子！你关上门……来……”他按着从身上退下来的东西……“你来看看！”

我看到的是些什么呢？

掀起席子来，他抓了一把：

“就是这个……”而后他把谷粒抛到地上：“这不明明是往外撵我吗……腰疼……腿疼没有人看见……这炕暖倒记住啦！说是没有米吃，这谷子又潮湿……垫在这炕下炀几天……十几天啦……一寸多厚……烧点火还能热上来……哎！……想是等到开春……这衣裳不抗风……”

他拿起扫帚来，扫着窗棂上的霜雪，又扫着墙壁：

“这是些什么？吃糖可就不用花钱？”

随后他烧起火来，柴草就着在灶口外边，他的胡子上小白冰溜变成了水，而我的眼睛流着泪……那烟遮没了他和我。

他说他七岁上被狼咬了一口，八岁上被驴子踢掉一个脚趾……我问他：

“老虎，真的，山上的你看见过吗？”

他说：“那倒没有。”

我又问他：“大象你看见过吗？”

而他就不说到这上面来。他说他放牛放了几年，放猪放了几年……

“你二伯三个月没有娘……六个月没有爹……在叔叔家里住到整整七岁，就像你这么大……”

“像我这么大怎么的呢？”他不说到狼和虎我就不愿意听。

“像你那么大就给人家放猪去啦吧……”

“狼咬你就是像我那大咬的？咬完啦，你还敢再上山不敢啦……”

“不敢，哼……在自家里是孩子……在别人就当大人看……不敢……不敢……回家去……你二伯也是怕呀……为此哭过一些……好打也挨过一些……”

我再问他：“狼就咬过一回？”

他就不说狼，而说一些别的：又是那年他给人家当过喂马的……又是我爷爷怎么把他领到家里来的……又是什么五月里樱桃开花啦……又是：“你二伯前些年也想给你娶个二大娘……”

我知道他又是从前那一套，我冲开了门站在院心去了。被烟所伤痛的眼睛什么也不能看了，只是流着泪……

但有二伯摊在火堆旁边，幽幽的起着哭声……

我走向上房去了，太阳晒着我，还有别的白色的闪光，它们都来包围了我；或是在前面迎接着，或是从后面追赶着。我站在台阶上，向四面看看，那么多纯白而闪光的房顶！那么多闪光的树枝！它们好像白石雕成的珊瑚树似的站在一些房子中间。

有二伯的哭声更高了的时候，我就对着这眼前的一切更爱：它们多么接近，比方雪地是踏在我的脚下，那些房顶和树枝就是我的邻家，太阳虽然远一点，然而也来照在我的头上。

春天，我进了附近的小学校。

有二伯从此也就不见了。

九月四日，一九三六年，东京。

王四的故事

红眼睛的，走路时总爱把下巴抬得很高的王四，只要他一走进院门来，那沿路的草茎或是孩子们丢下来的玩物，就塞满了他的两只手。有时他把拾到了的铜元塞到耳洞里：

“他妈的……是谁的呀？快来拿去！若不快些来，它就要攒到我的耳朵不出来啦……”他一面摇着那尖顶的草帽一边蹲下来。

孩子们抢着铜元的时候，撕痛了他的耳朵。

“啊哈！这些小东西们，他妈的，不拾起来，谁也不要，看成一块烂泥土，拾起来，就都来啦！你也要，他也要……好像一块金宝啦。……”

他仍把下巴抬得很高，走进厨房去。他住在主人家里十年或者也超出了。但在他的感觉上，他一走进这厨房就好像走进他自己的家里那么一种感觉，也好像这厨房在他管理之下不止十年或二十年，已经觉察不出这厨房是被他管理的意思，已经是他的所有了！这厨房，就好像从主人的手里割给了他似的。

……碗橱的二层格上扣着几只碗和几只盘子，三重格上就完全是蓝花的大海碗了。至于最下一层，那些瓦盆，那一个破了一个边，那一个盆底出了一道纹，他都记得清清楚楚。

有时候吃完晚饭在他洗碗的时候，他就把灯灭掉，他说是可以省下一些灯油。别人若问他：

“不能把家具碰碎啦？”

他就说：

“也不就是一个碗橱吗？好大一块事情……碗橱里那个角落爬着个蟑螂，伸手就摸到……那是有方向的，有尺寸的……耳朵一听吗！就知道多远了。”

他的生活就和溪水上的波浪一样：安然，平静，有规律。主人好像在几年前已经不叫他“王四”了。叫他“四先生”，从这以后，他就把自己看成和主人家的人差不多了。

但，在吃饭的时候，总是最末他一个人吃，支取工钱的时候，总是必须拿着手折[1]。有一次他对少主人说：

“我看手折 ……也用不着了吧！这些年……还用画什么押？都是一家人一样，谁还信不着谁……”

他的提议并没有被人接受。再支工钱时，仍是拿着手折。

“唉……这东西，放放倒不占地方，就是……哼……就是这东西不同别的，是银钱上的……挂心是真的。”

他展开了行李，他看看四面有没有人，他的样子简直像在偷东西。

“哼！好啦！”他自己说，一面用手压住褥子的一角，虽然手

1 手折：同“手褶”，旧时记账的折子。

折还没有完全放好，但他的习惯是这样，到夜深，再取出来，把它换个地方，常常是塞在枕头里边。十几年他都是这样保护着他的手折。手折也换过了两三个，因为都是画满了押，盖满了图章。

另外一次，他又去支取工钱，少主人说：

“王老四……真是上了年纪……眼睛也花了，你看，你把这押画在什么地方去了呢？画到线外去呢！画到上次支钱的地方去啦……”

王四拿起手折来，一看到那已经歪到一边去的押号，他就哈哈的张着嘴：“他妈……”他刚想要说，可是想到这是和少主人说话，于是停住了。他站在少主人的一边，想了一些时候，把视线经过了鼻子之后，四面扫了一下，难以确定他是在看什么：“‘王老四’……不是多少年就‘四先生’了吗？怎么又‘王老四’呢？”

他走进厨房去，坐在长桌的一头，一面喝着烧酒，一面想着：“这可不对……”他随手把青辣椒在酱碗里触了触：“他妈的……”好像他骂着的时候顺便就把辣椒吃下去了。

多吃了几盅烧酒的缘故，他觉得碗橱也好像换了地方，米缸……水桶……甚至连房梁上终年挂着的那块腊肉也像变小了一些。他说：“不好……少主人也怕变了心肠……今年一定有变。”于是又看了看手折：

“若把手折丢了，我看事情可就不好办！没有支过来的……那些前几年就没有支清的工钱就要……我看就要算不清。”这次他没有把手折塞进枕头去，就放在腰带上的荷包里了。

王四好像真的老了，院子里的细草，他不看见，下雨时，就在院心孩子们的车子他也不管了。夜里很早他就睡下，早晨又起得很晚。牵牛花的影子，被太阳一个一个的印在纸窗上。他想得很远，他想到了十多年在山上伐木头的时候……他就像又看到那白杨倒下来一样……哗哗的……也好像听到了锯齿的声音。他又想到在渔船上当水手的时候：那桅杆……那标杆上挂着的大鱼……真是银鱼一样，“他妈的……”他伸手去摸，只是手背在眼前划了一下，什么也没有摸到。他又接着想：十五岁离开家的那年……在半路上遇到了野狗的那回事……他摸一摸小腿：“他妈的。这疤……”他确实的感觉到手下的疤了。

他常常检点着自己的东西，应该不要的，就把它丢掉……破毯子和一双破毡鞋他向换破东西的人换了几块糖球来分给孩子们吃了。

他在扫院子时候，遇到了棍棒之类，他就拿在手里试一试结实不结实……有时他竟把棍子扛在肩上试一试挑着行李可够长短？若遇到绳子之类，也总把它挂在腰带上。

他一看那厨房里的东西，总不像原来的位置，他就不愿意再看下去似的。所以闲下来他就坐在井台旁边去，一边结起那些拾得的绳头，就一边算计着手折上面的还存着的工钱的数目。

秋天的晚上，他听到天空一阵阵的乌鸦的叫声，他想：“鸟也是飞来飞去的……人也总是要移动移动……”于是他的下巴抬得很高，视线经过了鼻子之后，看到墙角上去了，正好他的眼睛看到墙角上挂的一张香烟牌子的大画，他把它取了下来，压在行李下面。

王四的眼睛更红了，抬起来的下巴，比从前抬得更高了一些。后来他就总是想着：

“到渔船上去，还是到山上去，到山上去，怕是老伙伴还有呢！渔船，一时可怕找不到熟人，可不知道人家要不要……张帆……要快……”他站在席子上面，作着张帆的样子，全身痉挛一般的振摇着：

“还行吗？”他自己问着自己。

河上涨水的那天，王四好像又感觉自己是变成和主人家的人一样了。

他扛着主人家的包袱，扛着主人家的孩子，把他们送到高岗上去。

“老四先生……真是个力气人……”他恍恍忽忽的听着人们说的就是他，后来他留一留意，那是真的……不只是“四先生”，还说“老四先生”呢！他想：“这是多么被人尊敬啊！”于是他更快的跑着。直到那水涨得比腰还深的时候，他还是在水里面走着。一个下午他也没有停下来。主人们说：

“四先生，那些零碎东西不必着急去拿它，要拿，明天慢慢的拿……”

他说：

“那怎么行？一夜不是让人偷光了吗？”他又不停的，来回的跑着。

他的手折不知在什么时候离开了他的荷包沉到水底去了。

他发现了自己的空荷包，他就想：“这算完了。”他就把头顶也淹在水里，那手折是红色的，可是他总也看不到那红色的东西。

他说：“这算完了。”他站起来，向着高岗走过来。水湿的衣服，冰凉的粘住了皮肤，他抖擞着，他感到了异样的寒冷，他看不清那站在高岗上屋前的人们。只听到从那些人们传来的笑声：

“王四摸鱼回来啦！”“王四摸鱼回来啦。”

一九三六年，东京

山下

清早起，嘉陵江边上的风是凉爽的，带着甜味的朝阳的光辉凉爽得可以摸到的微黄的纸片似的，混着朝露向这个四围都是山而中间这三个小镇蒙下来。

从重庆来的汽船，五颜六色的，好像一只大的花花绿绿的饱满的包裹，慢慢吞吞的从水上就拥来了。林姑娘看到，其实她不用看。她一听到那啌啌啌的响声，就喊着她母亲："奶妈，洋船来啦……"她拍着手，她的微笑是甜蜜的，充满着温暖和爱抚。

她是从母亲旁边单独的接受着母亲整个所有的爱而长起来的，她没有姐妹或兄弟。只有一个哥哥，是从别处讨来的，所以不算是兄弟，她的父亲整年不在家，就是顺着这条江坐木船下去，多半天工夫可以到的那么远的一个镇上去做窑工。林姑娘偶然在过节或过年看到父亲回来，还带羞的和见到生人似的，躲到一边去。母亲嘴里的呼唤，从来不呼唤另外的的名字，一开口就是林姑娘，再一开口又是林姑娘。母亲的左腿，在儿时受了毛病的，所以她走起路来，永远要用一只手托着膝盖。那怕她洗了衣裳，要想晒在竹竿上，也要喊林姑娘。因为母亲虽然有两只手，其实就和一只手一样。一只手虽然把竹竿子举到房檐那么高，但结在房檐上的那个棕绳的圈套，若不再用一只手拿住它，那就大半天工夫套不进去。等林姑娘一跑到跟前，那一长串衣裳，立刻在房檐下晒着太阳了。母亲烧柴时是坐在一个一尺高的小板凳上，因为是坐着，她的左腿任意可以不必管它，所以她这时候是两只手了，左手拿柴，右手拿着火剪子，她烤的通红的脸。小女孩用不到帮她的忙就到门前去看那从重庆开来的汽船。

那船沉重得可怕了，歪歪着走，机器啌隆啌隆的响，而且船尾巴上冒着那么黑的烟。

“奶妈，洋船来啦。”

她站在门口喊着她的母亲，她甜蜜的对着那汽船微笑。她拍着手，她想要往前跑几步。可是母亲在这时候又在喊着林姑娘。

锅里的水已经烧得翻滚了，母亲招呼她把那盛着麦粉的小泥盆递给她。其实母亲并不是绝对不能用一只手把那小盆拿到锅台上去，因为林姑娘是非常乖的孩子，母亲爱她，她也爱母亲。是凡母亲招呼她时，她没有不听从的。虽然她没能详细的看一看那汽船，她仍是满脸带着笑容。把小泥盆交到母亲手里，她还问母亲：

“要不要别个啦，还要啥子呀？”

那洋船也没有什么好看的，从城里大轰炸时起，天天还不是把洋船载得满满的，和胖得翻不过身来的小猪似的载了一个多月。开初那是多么惊人呀，就连跛腿的妈妈，有时也左手按着那脱了筋的膝盖，右手抓着女儿的肩膀，也一拐一拐的往江边上跑。跑着去看那听说是完全载着下江人的汽船。

传说那下江人（四川以东的，他们皆谓之下江）和他们不同，吃得好，穿得好，钱多得很。包裹和行李就更多，因此这船才挤得风雨不透。又听说下江人到那里，先把房子刷上石灰，黑洞洞的屋子，他们说他们一天也不能住，若是有用人，无缘无故的，就赏钱。三角五角的。一块八角的，都不算什么。听说就隔着一道江的对面……也不是有一个姓什么的，今天给那雇来的婆婆两角钱，说让她买一个草帽戴；明天又给一吊钱，说让她买一双草鞋，下雨天好穿。下江人，这就是下江人哪……站在江边上的，无管谁，林姑娘的妈妈，或是林姑娘的邻居，若一看到汽船来，就都一边指着一边儿喊着。

清早起林姑娘提着篮子，赤着脚走在江边清凉的沙滩上。洋船在这么早，一只也不会来的，就连过河的板船也没有几只。推船的孩子睡在船板上，睡得那么香甜，还把两只手从头顶伸出垂到船外边去，那手像要在水里抓点什么似的。而那每天在水里洗得很干净的小脚，只在脚掌上染着点沙土，那脚在梦中偶尔擦着船板一两下。

过河的人很稀少，好久好久没有一个，板船是左等也不开，右等也不开。有的人看着另外的一只也上了客人，他就跳到那只船上，他以为那只船或者会先开，谁知这样一来，两只船就都不能开了。两只船都弄得人数不够，撑船的人看看老远的江堤上走下一个人来，他们对着那人大声的喊起：“过河……过河！”

同时每个船客也都把眼睛放在江堤上。

林姑娘就在这冷清的早晨，不是到河上来担水，就是到河上来洗衣裳。她把要洗的衣裳从提兜里取出来，摊在清清凉凉的透明的水里，江水冰凉的带着甜味舐着林姑娘的小黑手。她的衣裳鼓涨得鱼泡似的浮在她的手边，她把两只脚也放在水里，她寻着一块很干净的石头坐在下面，这江平得没有一个波浪。林姑娘一低头，水里还有一个林姑娘。

这江静得除了推船的人喊着过河的声音，就连对岸这三个市镇中最大的一个也还在睡觉呢。

打铁的声音没有，修房子的声音没有，或者一四七赶场的闹嚷嚷的声音，一切都听不到。在那江对面的大沙滩坡上，一漫平的是沙灰色，干净得连一个黑点或一个白点都不存在。偶尔发现那沙滩上走着一个人，那就只和小蚂蚁似的渺小得十分可怜了。

好像翻过这四围的无论那一个山去，也不见得会有人家似的，又像除了这三个小镇，而世界也没有什么别的东西了。

这条江经过这三镇，是从西往东流，看起来没有多远。好像十丈八丈外（其实是四五里路之外）这江就转弯了。

林姑娘住的这东阳镇在三个镇中最没有名气，是和 × × 镇对面，和 × × × 镇站在一条线上。

这江转弯的地方黑乎乎的是两个山的夹缝。

林姑娘顺着这江，看一看上游，又看一看下游，又低头去洗她的衣裳。她洗衣裳时不用肥皂，也不用四川土产的皂荚。她就和玩似的把衣裳放在水里而后用手牵着一个角，仿佛在牵着一条活的东西似的，从左边游到右边，又从右边游到左边，母亲选了顶容易洗的东西才叫她到河边来洗，所以她很悠闲。她有意把衣裳按到水底去，满衣都擦满了黄宁宁的沙子，她觉得这很好玩，这多有意思呵，她又微笑着赶快把那沙子洗掉了，她又把手伸到水底去，抓起一把沙子来，丢到水皮上，水上立刻起了不少的圆圈，这小圆圈一个压着一个，彼此互相的乱七八糟的切着，很快就抖擞着破坏了，水面又归于原来那样平静。她又抬起头来向上游看看，向下游看看。

下游江水就在两山夹缝中转弯了，而上游比较开敞，白亮亮的，一看看到很远。但是就在她的旁边有一串横在江中好像大桥似的大石头，水流到这石头旁边，就翻浆似的搅混着。在涨水时江水一流到此地就哇哇地响叫。因为是落了水，那石头记的水上标尺的记号，一个白圈一个白圈的，从石头的顶高处排到水里去，在高处的白圈白得十分漂亮，在低处的，常常受着江水的洗淹，发灰了，看不清了。

林姑娘要回去了，那筐子比提来时重了好几倍，所以她歪着身子走，她的发辫的梢头，一摇一摇的，跟她的筐子总是一个方向，她走过那块大石板石，筐子里衣裳流下来的水，滴了不少水点在大石板上。石板的石缝里是前两天涨水带来的小白鱼，已经死在石缝当中了，她放下筐子，伸手去触它，看看是死了的，拿起筐子来她又走了。

她已走上江堤去了，而那大石板上仍旧留着林姑娘长形提筐的印子，可见清早的风是多么凉快，竟连个小印一时也吹扫不去。

林姑娘的脚掌，踏着冰凉的沙子走上高坡了。经过小镇上的一段石板路，经过江岸边一段包谷林，太阳仍旧稀薄的微弱的向这山中的小镇照着。

林姑娘离家门很远便喊着：“奶妈，晒衣裳啦。”

奶妈一拐一跌的站到门口等着她。

隔壁王家那丫头比林姑娘高，比林姑娘大两三岁。她招呼着她，她说她要下河去洗被单，请林姑娘陪着她一道去。她问了奶妈一声，就跟着一道又走了。这回是那王丫头领头跑得飞快，一边跑一边笑，致使林姑娘的母亲问她给下江人洗被单好多钱一张，她都没有听到。

河边上有一只板船正要下水，不少的人在推着，呼喊着；而那只船在一阵大喊之后，向前走了一点点，等一接近着水，人们一阵狂喊，船就滑下水去了。连看热闹的人也都欢喜的说：“下水了，下水了。”

林姑娘她们正走在河边上，她们也拍着手笑了。她们飞跑起来，沿着那前几天才退了水被水洗劫出来的大崖坡跑去了。一边跑着一边模仿着船夫用宽宏的嗓子喊起：“过河……过河……”

王丫头弯了腰，捡了个圆石子，抛到河心去，林姑娘也同样抛了一个。

林姑娘悠闲的快活的，无所挂碍的在江边上用沙子洗着脚，用淡金色的阳光洗着头发。呼吸着含着露珠的新鲜空气。远山蓝绿蓝绿的躺着。近处的山带着微黄的绿色，可以看得出那一块是种的田，那一块长的黄桷树。等林姑娘回到家里母亲早在锅里煮好了麦粑，在等着她。

林姑娘和她母亲的生活，安闲，平静，简单。

麦粑是用整个的麦子连皮也不去磨成粉，用水搅一搅，就放在开水的锅里来煮，不用胡椒，花椒，也不用葱，也不用姜，不用猪油或菜油，连盐也不用。

林姑娘端起碗来吃了一口，吃到一种甜丝丝的香味。母亲说：“你吃饱吧，盆里还有呢！”

母亲拿了一个带着缺口的蓝花碗，放在灶边上，一只手按住左腿的膝盖，一只手拿了那已经用了好几年的掉了尾巴的木瓢儿为自己装了一碗。她的腿拐拉拐拉的向床边走，那手上的麦粑汤顺着蓝花碗的缺口往下滴流着。她刚一挨到炕沿，就告诉林姑娘：

“昨天儿王丫头，一个下半天儿就割了陇多（那样多）柴，那山上不晓得好多呀！等一下吃了饭啦，你也背着背兜去喊王丫头一道……”

她们的烧柴，就烧山上的野草，买起来一吊钱二十五把，一个月烧两角钱的柴，可是两角钱也不能烧，都是林姑娘到山上去自己采，母亲把它在门前晒干，打好了把子藏在屋里。她们住的是一个没有窗子，下雨天就滴水的六尺宽一丈长的黑屋子。三块钱一年的房租，沿着壁根有一串串的老鼠的洞，地土是黑粘的，房顶露着蓝天不知多少处。从亲戚那里借来一个大碗橱，这只碗橱老得不堪再老了，横格子，竖架子，通通掉落了，但是过去这碗橱一看就是个很结实的。现在只在柜的底层摆着一个盛水盆子，林姑娘的母亲连水缸也没有买，水盆上也没有盖儿，任意着虫子或是蜘蛛在上边乱爬，想用水时必得先用指甲把浮在水上淹死的小虫挑出去。

当邻居说布匹贵得怎样厉害，买不得了，林姑娘的母亲也说，她就因为盐巴贵，也没有买盐巴。

但这都是十天以前的事了，现在林姑娘晚饭和中饭，都吃的是白米饭，肉丝炒杂菜，鸡丝豌豆汤，虽然还有几样不认识的，但那滋味是特别香。已经有好几天了，那跌脚的母亲也没有在灶口烧一根柴火了，自己什么也没浪费过，完全是现成的。这是多么幸福的生活，林姑娘和母亲不但没有吃过这样的饭，就连见也不常见过。不但林姑娘和母亲这样，就连邻居们也没看见过这样经常吃着的繁华的饭。所以都非常惊奇。

刘二妹一早起来，毛着头就跑过来问长问短，刘二妹的母亲拿起饭勺子来就在林姑娘刚刚端过来的稀饭上搅了两下，好像要查看一下林姑娘吃的稀饭是不是那米里还夹着沙子似的。午饭王丫头的祖母也过来了，林姑娘的母亲很客气的让着他们，请他们吃点，反正娘儿两个也吃不了的。说着她就把菜碗倒出来一个，就用碗插进饭盆装了一碗饭来，就往王太婆的怀里推。王太婆起初还不肯吃，过了半天才把碗接过来，她点着头，她又摇着头。她老得连眼眉都白了。她说：“要得么！”

王丫头也在林姑娘这边吃过饭。有的时候，饭剩下来，林姑娘就端着饭送给王丫头去。中饭吃不完，晚饭又来了，晚饭剩了一大碗在那里，早饭又来了。这些饭，过夜就酸了。虽然酸了，开初几天，母亲还是可惜，也就把酸饭吃下去了。林姑娘和她的母亲都是不常见到米粒的，大半的日子，都是吃麦粑。

林姑娘到河边也不是从前那样悠闲的样子了，她慌慌张张的，脚步走得比从前快，水桶时时有水翻撒出来。王丫头在半路上喊她，她简直不愿意搭理她了。王丫头在门口买了两个小鸭，她喊着让林姑娘来看，林姑娘也没有来。林姑娘并不是帮了下江人就傲慢了，谁也下理了。其实她觉得她自己实在是忙得很。本来那下江人并没有许多事情好作，只是扫一扫地，偶尔让她到东阳镇上去买一点如火柴，灯油之类，再就是每天到那小镇上去取三次饭。因为是在饭馆里边包的伙食。再就是把要洗的衣裳拿给她奶妈洗了再送回来，再就是把余下的饭端到家里去。

但是过了两个钟头，她就自动的来问问：“有事没有？没有事我回去啦。”

这生活虽然是幸福的，刚一开初还觉得不十分固定，好像不这么生活，仍回到原来的生活也是一样的。母亲一天到晚连一根柴也不烧，还觉得没有依靠，总觉得有些寂寞，到晚上她总是拢起火来，烧一点开水，一方面也让林姑娘洗一洗脚，一方面也留下一点开水来喝，有的时候，她竟多余的把端回来的饭菜又都重热一遍，夏天为什么必得吃滚热的饭呢？就是因为生活忽然想也想不到的就单纯起来，使她反而起了一种没有依靠的感觉。

这生活一直过了半个月，林姑娘的母亲才算熟悉下来。

可是在林姑娘，这时候，已经开始有点骄傲了。她在一群小同伴之中，只有她一个月可以拿到四块钱。连母亲也是吃她的饭。而那一群孩子，飞三小，李二牛，刘二妹……还不仍旧去到山上打柴去。就连那王丫头，已经十五岁了，也不过只给下江人洗一洗衣裳，一个月还不到一块钱。还没有饭吃。

因此林姑娘受了大家的忌妒了。

她发了疟疾不能下河去担水，想找王丫头替她担一担。王丫头却坚决的站在房檐底下，鼓着嘴无论如何她不肯。

王丫头白眼眉的祖母，从房檐头取下晒衣服的杆子来吓着要打她。可是到底她不担，她扯起衣襟来，抬起她的大脚就跑了。那白头发的老太婆急得不得了，回到屋里跟她的儿媳妇说：

“陇格多的饭，你没吃到！二天林婆婆送过饭来，你不张嘴吃吗？”

王丫头顺着包谷林跑下去了，一边跑着还一边回头张着嘴大笑。

林姑娘睡在帐子里边，正是冷得发抖，牙齿碰着牙齿，她喊她的奶妈，奶妈没有听到，只看着那连跑带笑的王丫头，她感到点羞，于是也就按着那拐腿的膝盖，走回屋来了。

林姑娘这一病，病了五六天。她自己躺在床上十分上火。

她的妈妈东家去找药，西家去问药方。她的热度一来时，她就在床上翻滚着，她几乎是发昏了。但奶妈一从外边回来，她第一声告诉她奶妈的就是：

“奶妈，你到先生家里去看看……是不是喊我？”

奶妈坐在她旁边，拿起她的手来。

“林姑娘，陇格热哟，你喝口水，把这药吃到，吃到就好啦！”

林姑娘把药碗推开了。母亲又端到她嘴上，她就把药推洒了。

“奶妈，你去看看先生来，先生喊我不喊我。”

林姑娘比母亲更像个大人了。

而母亲只有这一次对于疟疾非常忌恨，从前她总是说，打摆子，那个娃儿不打摆子呢？这不算好大事。所以林姑娘一发热冷，母亲就说，打摆子是这样的，说完了她再不说别的了。并不说这孩子多么可怜哪，或是体贴的在她旁边多坐一会。冷和热都是当然的。林姑娘有时一边喊着奶妈一边哭。母亲听了也并不十分感动。她觉得奶妈有什么办法呢？但是这一次病，与以前许多次，或是几十次都不同了。母亲忌恨这疟疾比忌恨别的一切的病都甚，她有一个观念，她觉得非把这顽强东西给扫除不可，怎样能呢，一点点年纪就发这个病，可得发到什么时候为止呢？发了这病人是多么受罪呵！这样折磨使娃儿多么可怜。

小唇儿烧得发黑，两个眼睛烧得通红，小手滚烫滚烫的。

母亲试想用她的两臂救助这可怜的娃儿，她东边去找药，西边去找偏方。她流着汗。她的腿开初感到沉重，到后来就痛起来了，并且在膝盖那早年跌转了筋的地方，又开始发炎，这腿三十年来就总是这样，一累了就发炎的，一发炎就用红花之类混着白酒涂在腿上，可是这次，她不去涂它。

她把女儿的价值抬高了，高到高过了一切，只不过下意识的把自己的腿不当作怎样值钱了。无形中母亲把林姑娘看成是最优秀的孩子了，是最不可损害的了。所以当她到别人家去讨药时，人家若一问她谁吃呢？她就站在人家的门口，她开始详细的解说。是她的娃儿害了病，打摆子，打得多可怜，嘴都烧黑了呢，眼睛都烧红了呢！

她一点也不提是因为她女儿给下江人帮了工，怕是生病人家辞退了她。但在她的梦中，她梦到过两次，都是那下江人辞了她的女儿了。

母亲早晨一醒来，更着急了。于是又出去找药，又要随时到那下江人的门口去看。

那糊着白纱的窗子，从外边往里看，是什么也看不见，她想要敲一敲门，不知为什么又不敢动手，想要喊一声，又怕惊动了人家，于是她把眼睛触到那纱窗上，她企图从那细密的纱缝中间看到里边的人是睡了还是醒着，若是醒着，她就敲门进去，若睡着，好转身回来。

她把两只手按着窗纱，眼睛黑洞洞的塞在手掌中间，她还没能看到里边，可是里边先看到她了，里边立刻喊着：

“干什么的，去……”

这突然的袭来，把她吓得一闪就闪开了。

主人一看还是她，问她：“林姑娘好了没有……”

听到这里她知道这算完了，一定要辞她的女儿了。她没有细听下去，她就赶忙说：

“是……是陇格的，……好了点啦，先生们要喊她，下半天就来啦……”

过了一会她才明白了，先生说的是若没有好，想要向 ×× 学校的医药处去弄两粒金鸡纳霜来。

于是她开颜的笑了：

“还不好，人烧得滚烫。那个金鸡纳霜，前次去找了两颗，吃到就断到啦。先生去找，谢谢先生。”

她临去时还说，人还不好，人还不好的……

等走在小薄荷田里，她才后悔方才不该把病得那样厉害也说出来。可是不说又怕先生不给找那个金鸡纳霜来。她烦恼了一阵，又一想，说了也就算了。

她一抬头，看见了王丫头飞着大脚从屋里跑出来，那粗壮的手臂腿子，她看了十分羡慕，林姑娘若也像王丫头似的，就这么说吧，王丫头就是自己的女儿吧……那么一个月四块，说不定五六块洋钱好赚到手哩。……

王丫头在她感觉上起了一种亲切的情绪，真像看到了自己的女儿似的，她想喊她一声。

但前天求她担水她不担那带着侮辱的狂笑，她立刻记起了。

于是她没有喊她。就在薄荷田中，她拐拉拐拉的向她自己的房子走去了。

林姑娘病了十天就好了，这次发疟疾给她的焦急超过所有她生病的苦楚。但一好了，那特有的，新鲜的感觉也是每次生病所领料不到的，她看到什么都是新鲜的。竹林里的竹子，山上的野草，还有包谷林里那刚刚冒缨的包谷，那缨穗有的淡黄色，有的微红，一大座粗亮的丝线似的，一个个的独立的卷卷着。林姑娘用手指尖去摸一摸它，用嘴向着它吹一口气，她看见了她的小朋友，她就甜蜜蜜的微笑，好像她心里头有不知多少的快乐，这快乐是秘密的，并不说出来，只有在嘴角的微笑里可以体会得到。她觉得走起路来，连自己的腿也有无限的轻捷，她的女主人给她买了一个大草帽，还说过二天买一件麻布衣料给她。

她天天来回的跑着，从她家到她主人的家，只半里路的一半那么远。这距离的中间种着薄荷田，在她跑来跑去时，她无意的用脚尖踢着薄荷叶，偶尔也弯下腰来，扯下一枚薄荷叶咬在嘴里。薄荷的气味，小孩子是不大喜欢的，她赶快吐了出来。可是风一吹，嘴里仍旧冒着凉风。她的小朋友们开初对她都怀着敌意。到后来看看她是不可动摇的了，于是也就上赶着和她谈话。说那下江人，就是林姑娘的主人穿的是什么花条子衣服。那衣服林姑娘也没有见过，也叫不上名来。那是什么料子？也不是绸子的，也不是缎子的，当然一定也不是布的。

她们谈着谈着没有结果的纷争了起来。最后还是别个让了林姑娘，别人一声不响的让林姑娘自己说。

开初那王丫头每天早晨和林姑娘吵架，天刚一亮，林姑娘从先生那里扫地回来，她们两个就在门前连吵带骂的，结果大半都是林姑娘哭着跑进屋去。而现在这不同了，王丫头走到那下江人门口，正碰到林姑娘在那里洗着那么白白的茶杯。她就问她：

“林姑娘，你的……你先生买给你的草帽怎么不戴起？”

林姑娘说：

“我不戴，我留着赶场戴。”

王丫头一看她脚上穿的新草鞋，她又问她：

“新草鞋，也是你先生买给你的吗？”

“不是，”林姑娘鼓着嘴，全然否认的样子，“不是，是先生给钱我自己去买的。”

林姑娘一边说着还一边得意的歪着嘴。

王丫头寂寞的绕了一个圈就走开了。

别的孩子也常常跟在后边了，有时竟帮起她的忙来，帮她下河去抬水，抬回来还帮她把主人的水缸洗得干干净净的，但林姑娘有时还多少加一点批判，她说：

“这样怎可以呢？也不揩净，这沙泥多脏。”她拿起揩布来，自己亲手把缸底揩了一遍。林姑娘会讲下江话了，东西打“乱”了，她随着下江人说打“破”了。她母亲给她梳头时，拉着她的小辫发就说：

“林姑娘，有多乖，她懂得陇多下江话哩。”

邻居对她，也都慢慢尊敬起来了，把她看成所有孩子中的模范。

她母亲也不像从前那样随时随地喊她做这样做那样，母亲喊她担水来洗衣裳，她说：

“我没得空，等一下下吧。”

她看看她先生家没有灯碗，她就把灯碗答应送给她先生了，没有通过她母亲。

俨俨乎她家里，她就是小主人了。

母亲坐在那里不用动，就可以吃三餐饭。她去赶场，很多东西从前没有留心过，而现在都看在眼睛里了，同时也问了问价目。

下个月林姑娘的四块工钱，一定要给她做一件白短衫，林姑娘好几年就没有做一件衣裳了。

她一打听，实在贵，去年六分钱一尺的布，一张嘴就要一角七分。

她又问一下那大红的头绳好多钱一尺。

林姑娘的头绳也实在旧了。但听那价钱，也没有买。她想下个月就都一齐买算了。

四块洋钱，给林姑娘花一块洋钱买东西，还剩三块呢。

那一天她赶场，虽然觉着没有花钱，也已经花了两三角，她买了点敬神的香纸，她说她好几年都因为手里紧没有买香敬神了。

到家里，艾婆婆，王婆婆都走过来看的。并且说她的姑儿会赚钱了，做奶妈的该享福了。

林姑娘的母亲还好像害羞了似的，其实她受人家的赞美，心里边感到十分慰安哩！

总之林姑娘的家常生活，没有几天就都变了，在邻居们之中，她高贵了不知多少倍。洗衣裳不用皂荚了，就拿先生们洗衣裳的白洋碱来洗了。桃子或是玉米时常吃着，都是先生给她的。皮蛋，咸鸭蛋，花生米每天早晨吃稀饭时都有，中饭和晚饭有时那菜连动也没有动过，就整碗的端过来了。方块肉，炸排骨，肉丝炒杂菜，肉片炒木耳，鸡块山芋汤。这些东西经常吃了起来。而且饭一剩得少，先生们就给她钱，让她去买东西去吃。

这钱算起来，不到几天也有半块多了。赶场她母亲花了两三角，就是这个钱。

还没等到第二次赶场，人家就把林姑娘的工钱减了。这个母亲和她都想也想不到。

那下江人家里，不到饭馆去包饭了，自己在家请了个厨子，因为用不到林姑娘到镇上去取饭，就把她的工钱从四元减到二元。

林婆婆一回到家里，艾婆婆，王婆婆，刘婆婆，都说这怎么可以呢？下江人都非常老实的，从下边来的，都是带着钱来的，逃难来，没有钱行吗？不多要两块，不是傻子吗。看人家吃的是什么，穿的是什么。每天大洋钱就和纸片似的往外飘。她们告诉林婆婆为什么眼看着四块钱跑了呢？这可是混乱的年头，千载也遇不到的机会，就是要他五块，他不也得给吗？不看他刚搬来那两天没有水吃，五分钱一担，王丫头不担，八分钱还不担，非要一角钱不可。他没有法子，也就得给一角钱。下江人，他逃难到这里，他啥钱不得花呢。

林姑娘才十一岁的娃儿，会做啥事情，她还能赚到两块钱。若不是这混乱的年头，还不是在家里天天吃她奶妈的饭吗？城里大轰炸，日本飞机天天来，就是官厅不也发下告示来说疏散人口。城里只准搬出不准搬入。

王婆婆指点着一个从前边过去的滑竿（轿子）：

“你不看到吗？林婆婆，那不是下江人戴着眼镜抬着东西不断的往东阳镇搬吗？下江人穿的衣裳，多白多干净……多用几个洋钱算个什么。”

说着说着，嘉陵江里那花花绿绿的汽船也来了，小汽船那么饱满，几乎喘不出气来，在江心喀喀喀喀的响，而不见向前走。载的东西太多。歪斜的挣扎的，因此那声音特别大，很像发了响报之后日本飞机在头上飞似的。

王丫头喊林姑娘去看洋船，林姑娘听了给她减了工钱心不乐，那里肯去。

王丫头拉起刘二妹就跑了。王婆婆也拿着她的大芭蕉扇一扑一扑的一边跟艾婆婆交谈些什么喂鸡喂鸭的几句家常事也就走进屋去了。

只有林姑娘和她的奶妈仍坐在石头上，坐了半天工夫，林姑娘才跑进去拿了一穗包谷啃着，她问奶妈吃不吃。

奶妈本想也吃一穗。立刻心里一搅划，也就不吃了。她想：是不是要向那下江人去说，非四块钱不可。

林姑娘的母亲是个很老实的乡下人，经艾婆婆和王婆婆的劝诱，她觉得也有点道理。四块钱一个月到冬天还好给林姑娘做起大棉袍来，棉花一块钱一斤，一斤棉花，做一个厚点的。丈二青蓝布，一尺一角四，丈二是好多钱哩……她自己算了一会可没有算明白。但她只觉得棉花这一打仗，穷人就买不起了，前年棉花是两角五，去年夏天是六角，冬天是九角，腊月天就涨到一块一。今年若买，就早点买，夏天买棉花便宜些……

林姑娘把包谷在尖尖上折了一段递在母亲手里，母亲还吓了一跳。因为她正想这事情到底怎么解决呢？若林姑娘的爸爸在家，也好出个主意。所以那包谷咬在嘴里并不知道是什么味道就下去了。

母亲的心绪很烦乱，想要洗衣裳，懒得动，想把那件破夹袄拿来缝一缝，又懒得动……吃完了包谷，把包谷棒子远远的抛出去之后，还在石头上呆坐了半天，才叫林姑娘把她的针线给拿过来。可是对着针线懒洋洋的，十分不想动手。她呆呆的往远处看着，不知看的什么，林姑娘说：

“奶妈你不洗衣裳吗？我去担水。”

奶妈点一点头，说：“是那个样的。”

林姑娘的小水桶穿过包谷林下河去了。母亲还呆呆的在那里想。不一会那小水桶就回来了，远看那小水桶好像两个小圆胖胖的小鼓似的。

母亲还是坐在石头上想得发呆。

就是这一夜，母亲一夜没有睡觉，第二天早晨一起来，两个眼眶子就发黑了。她想两块钱就两块钱吧。一个小女儿又不会什么事情，娘儿两个吃人家的饭，若不是先生们好，怎能洗洗衣裳白白的给两个人白饭吃吃呢，两块钱还不是白得的吗？还去要什么钱。

林婆婆是乡下老实人，她觉得她难以开口了；她自己果断的想把这事情放下去。她拿起瓦盆来，倒一点水自己洗洗脸。洗了脸之后，她想紧接着就要洗衣裳，强烈的生活的欲望和工作的喜悦又在鼓动着她了，于是她一拐一拐的更加严厉的内心批判着昨天想去再要两块钱的不应该。

她把林姑娘唤起来，起来下河去担水。

这女孩正睡得香甜，糊里糊涂的睁开眼睛，用很大的眼珠子看住她的母亲，她说：“奶妈，先生叫我吗？”

那孩子在梦里觉得有人推她，有人喊她，但她就是醒不来。后来她听先生喊她了，她一翻身起来了。

母亲说："先生没喊你。你去担水，担水洗衣裳。"

她担了水来，太阳还出来不很高。这天林姑娘起得又是特别早，邻居们都还一点声音没有的睡着。林姑娘担了第二担水来，王婆婆她们才起来。她们一起来看到林婆婆在那里洗衣裳了。她们就说：

"林婆婆，陇格早洗衣裳，先生们给你好多钱！给八块洋钱吗？"

林婆婆刚刚忘记了这痛苦的思想，又被她们提起了。可不是吗？

林姑娘担水又回来了，那孩子的小肩膀也露在外边，多丑，女娃不比男娃，一天比一天大，大姑娘哩，十一岁也不小了，那孩子又长得那么高。林婆婆看到自己的孩子，那衣服破得连肩膀都遮不住了，于是她又想到那四块钱，四块钱也不多吗，几块钱在下江人算个什么。为什么不去说一下呢？她又取了很多事实证明下江人是很容易欺侮的，她一定会成功的。

比方让王丫头担水那件事吧，本来一担水是三分钱，给五分钱，她不担，就给她八分钱，并且问她商量着，"八分钱你担不担呢？"她说她不担，到底给她一角钱的。

那能看到钱不要呢，那不是傻子吗？

林姑娘帮着她奶妈把衣裳晒起，就跑到先生那边去，去了就回来了。先生给她一件白麻布的长衫，让她剪短了来穿。母亲一看了心想，下江人真是拿东西不当东西，拿钱不当钱。

这衣裳给她增加了不少的勇气，她把自己坚定起来了，心里非常平静，对于这件事情，连想也不用再想了，就是那么办，还有什么好想的呢？吃了中饭就去见先生。

女儿拿回来的那白麻布长杉，她没有仔细看，顺手就压在床角落里了。等一下就去见先生吧，还有什么呢？

午饭之后，她竟站在先生的门口了，门是开着的，向前边的小花园开着的。

不管这来的一路上心绪是多么翻搅，多么热血向上边冲，多么心跳，还好像害羞似的，耳脸都一齐发烧。怎么开口呢？开口说什么呢？不是连第一个字先说什么都想好吗？怎么都忘了呢？

她越走越近，越近心越跳，心跳把眼睛也跳花了，什么薄荷田，什么豆田，都看不清楚了，只是绿茸茸的一片。

但不管在路上是怎样的昏乱，等她一站在先生门口，她完全清醒了，心里开始感到过分的平静，一刻时间以前那旋转转的一切退去了，烟消火灭了，她把握住她自己了，得到了感情自主那夸耀的心情，使她坦荡荡的，大大方方的变成一个很安定的，内心十分平静的，理直气壮的人，居然这样的平坦，连她自己也想像不到。

她打算开口说了，在开口之前，她把身子先靠住了门框。

“先生，我的腿不好，要找药来吃，没得钱，问先生借两块钱。”

她是这样转弯抹角的把话开了头，说完了这话，她就等着先生拿钱给她。

两块钱拿到手了，她翻动着手上的一张蓝色花的票子，一张红色花的票子。她的内心仍旧是照样的平静，没有忧虑，没有恐惧。折磨了她一天一夜的那强烈的要求，成功或者失败，全然不关重要似的。她把她仍旧要四块一个月的工钱那话说出来了。她还是拿她的腿来开头，她说她的腿不大好，因为日本飞机来轰炸城里，下江人都到乡下来了，她租的房子，房租也抬高了。从前是三块钱一年，现在一个月就要五角钱了。

她说了这番话，当时先生就给她添了五角算做替她出了房钱。

但是她站在门口，她胜利的还不走，她又说林姑娘一点点年纪，下河去担水洗衣裳好不容易……若是给别人担，一担水要好多钱哩……她说着还表示出委屈和冤枉的神气，故意把声音拉长，慢吞吞的非常沉着的在讲着。她那善良的厚嘴唇，故意拉得往下突出着，眼睛还把白眼珠向旁边一抹一抹的看着，黑眼珠向旁边一滚，白眼珠露出来那么一大半。

先生说："你十一岁的小女孩能做什么呢，擦张桌都不会。一个月连房钱两块半，还给你们两个人的饭吃，你想想两个人的饭钱要几块？一个月你算算你给我做些个什么事情？两块半钱行了吧。……"

她听了这话，她觉得这是向她商量，为什么不吓吓他一下，说帮不来呢？她想着想着就照样说出来了。

"两块半钱帮不来的。"

她说完了看一看下江人并不十分坚决，只是说：

"两块半钱不少了，帮得来了。林姑娘帮我们正好是半个月，这半个月的两块钱你已拿去，下半个月再来拿两块。因为我和你讲的是四块，这个月就照四块给你。下月就是两块半了。"

林婆婆站在那里仍是不走，她想王丫头担水，三分不担，问她五分钱担不担,五分钱不担,问她八分钱她担不担,到底是一角钱担的。

她一定不放过去，两块钱不做，两块半钱还不做，就是四块钱才做。

所以她扯长串的慢慢吞吞的从她的腿说起，一直说到照灯的油也贵了，咸盐也贵了，连针连线都贵了。

下江人站起来截住了她：

"不用多说了，两块半钱，你想想，你帮来帮不来。"

"帮不来。"连想也没有想，她是早决心这样说的。

说时她把手上的钞票举得很高的，像似连这钱都不要了，她表示着很坚决的样子。

怎么能够想到呢，那下江人站起来，就说：“帮不来算啦，晚饭就不要林姑娘来拿饭你们吃了。也不要林姑娘到这边来。半个月的钱我已给你啦。”

所以过了一刻钟之后。林婆婆仍旧站在那门口，她说：“那个说帮不来的，帮得来的……先生……”

但是那一点用处也没有了，人家连听也不听了。人家关了门，把她关在门外边。

龙头花和石竹子在正午的时候，各自单独的向着火似的太阳开着。蝴蝶煽煽的飞来，在那红色的花上，在那水黄色的花上，在那水红色的花上，从龙头花群飞到石竹子花群，来回的飞着。

石竹子无管是红的是粉的，每一朵上都镶着带有锯齿的白边。晚香玉连一朵也没有开，但都打了苞了。

林姑娘的母亲背转过身来，左手支着自己的膝盖，右手捏着两块钱的纸票。她的脖子如同绛色的猪肝似的，从领口一直红到耳根。

她打算回家了。她一迈步才知道全身一点力量也没有了，就像要瘫倒的房架子似的，松了，散了。她的每个骨节都像失去了筋的联系，很危险的就要倒了下来。但是她没有倒，她相反的想要迈出两个大步去，她恨不能够一步迈到家里，她想要休息，她口渴，她要喝水，她疲乏到极点，好像二三十年的劳苦在这一天才吃不消了，才抵抗不住了。但她并不是单纯的疲劳，她心里羞愧。懊悔打算谋杀了她似的捉住了她，羞愧有意煎熬到她无处可以立足的地步。她自己做了什么大的错事，她自己一点也不知道。但那么深刻的损害着她的信心，这是一点也不可以消磨的，一些些也不会冲淡的。永久存在的，永久不会忘却的。

羞辱是多么难忍的一种感情，但是已经占有了她了，它就不会退去了。

在混扰之中，她重新用左手按住了膝盖，她打算走回家去。

回到家里，女孩正在那儿洗着那用来每日到先生家去拿饭的那个瓢儿。她告诉林姑娘，消夜饭不能到先生家去拿了，她说：

“林姑娘，不要到先生家拿饭了，你上山去打柴吧。”

林姑娘听了觉得很奇怪，她正想要回问，奶妈先说了：

“先生不用你帮他……”

林姑娘听了就傻了，一动不动的站在那里翻着眼睛。手里洗湿的瓢儿，溜明的闪光的抱在胸前。

母亲给她背好了背兜，还嘱咐她要拾干草，绿的草一时点不燃的。

立时晚饭就没有烧的，也没有吃的。

林婆婆靠着门框，看着走去的女儿。她想晚饭吃什么呢？麦子在泥罐子里虽然有些，但因为不吃，也就没有想把它磨成粉，白米是一粒也没有的。就吃老玉米吧。艾婆婆种着不少玉米，拿着几百钱去攀几棵去吧。但是钱怎么可以用呢？从今后有去路没来路了。

她看了自己女儿一眼，那背上的背兜儿还是先生给买的，应该送还回去才对。

女儿走得没有影子了，她也就回到屋里来。她看一看锅儿，上面满都是锈；她翻了翻那柴堆上，还剩几棵草刺。偏偏那柴堆底下也生了毛虫，还把她吓了一下。她想她平生没有这么胆小过，于是她又理智的翻了两下，下面竟有一条蚯蚓，距距练练的在动。她平常本来不怕这个，可以用手拿，还可以用手把它撕成几段。她小的时候帮着她父亲在河上钓鱼尽是这样做，但今天她也并不是害怕它，她是讨厌它，这什么东西，无头无尾的，难看得很，她抬起脚来去踏它，踏了好几下没有踏到，原来她用的是那只残废的左脚，那脚游游动动的不听她使用，等她一回身打开了那盛麦子的泥罐子，那可真的把她吓着了，罐子盖从手上掉下去了。她瞪了眼睛，她张了嘴，这是什么呢？满罐长出来青青的长草，这罐子究竟是装的什么把她吓忘了。她感到这是很不祥，家屋又不是坟墓，怎么会长半尺多高的草呢！

她忍着，她极端憎恶的把那罐子抱到门外。因为是刚刚偏午，大家正睡午觉，所以没有人看到她的麦芽子。

她把麦芽子扭断了，还用一根竹棍向里边挖掘才把罐子里的东西挖出来，没有生芽子的没有多少了，只有罐子底上两寸多厚是一层整粒的麦子。

罐子的东西一倒出来，满地爬着小虫，围绕着她四下窜起。她用手指抿着，她用那只还可以用的脚踩着，平时，她并不伤害这类的小虫，她对于小虫也像对于一个小生命似的，让它们各自的活着。可是今天她用着不可压抑的憎恶，敌视了它们。

她把那个并排摆在灶边的从前有一个时期曾经盛过米的空罐子，也用怀疑的眼光打开来看，那里边积了一罐子底水。她扬起头来看一看房顶，就在头上有一块亮洞洞的白缝。这她才想起是下雨房子漏了。

把她的麦子给发了芽了。

恰巧在木盖边上被耗子啮了一寸大的豁牙。水是从木盖漏进去的。

她去刷锅，锅边上的红锈有马莲叶子那么厚。

她才知道，这半个月来是什么都荒废了。

这时林姑娘正在山坡上，背脊的汗一边湿着一边就干了。她丢开了那小竹耙，她用手像梳子似的梳着那干草，因为干了的草都挂在绿草上。

她对于工作永远那么热情，永远没有厌倦。她从七岁时开始担水，打柴，给哥哥送饭。哥哥和父亲一样的是一个窑工。哥哥烧砖的窑离她家三里远，也是挨着嘉陵江边。晚上送了饭，回来天总是黑了的，一个人顺着江边走时，就总听到江水格棱格棱的向下流，若是跟着别的窑工，就是哥哥的朋友一道回来，路上会听到他们讲的各种故事，所以林姑娘若和大人谈起来，什么她都懂得。关于娃儿们的，关于婆婆的，关于蛇或蚯蚓的，从大肚子的青蛙，她能够讲到和针孔一样小的麦蚊。还有野草和山上长的果子，她也都认得。她把金边兰叫成菖蒲。她天真的用那小黑手摸着下江人种在花盆里的一棵鸡冠花，她喊着："这大线菜，多乖呀……"她的认识有许多错误，但正因为这样，她才是孩子。关于嘉陵江的涨水，她有不少的神话。关于父亲和哥哥那等窑工们，她知道得别人不能比她再多了。从七岁到十岁这中间，每天到哥哥那窑上去送三次饭。她对于那小砖窑很熟悉得老远的她一看到那窑口上升起了蓝烟，她就感到亲切，多少有点像走到家里那种温暖的滋味。天黑了，她单个人沿着那格棱格棱的江水，把脚踏进沙窝里去，一步步的拔着回来。

林姑娘对于生活没有不满意过，对于工作没有怨言，对于母亲是听从的。她赤着两只小脚，梳了一个一尺多长的辫子，走起路来很规距，说起话来慢吞吞，她的笑总是甜蜜蜜的。

她在山坡上一边抓草，一边还嘟嘟的唱了些什么。

嘉陵江的汽船来了，林姑娘一听了那汽船的哨子，她站起来了，背上背筐就往山下跑。这正是到先生家拿钱到东阳镇买鸡蛋做点心的时候。因为汽船一叫，她就到那边去，已经成为习惯了。她下山下得那么快，几乎是往下滑着。已经快滑到平地，她想起来了，她不能再到先生那里去了。她站在山坡上，她满脸发烧，她想回头来再上山去采柴时，她看着那高坡觉得可怕起来，她觉得自己是上不去了，她累了。一点力量没有了。那高坡就是上也上不去了。她在半山腰又采了一阵。若没有这柴，奶妈用什么烧麦粑，没有麦粑，晚饭吃什么，她心里一急，她觉得眼前一迷花，口一渴。

打摆子不是吗？

于是她更紧急的扒着无管干的或不干的草。她想这怎么可以呢？用什么来烧麦粑？不是奶妈让我来打柴吗？她只恍恍惚惚的记住这回事，其余的就连自己是在什么地方也不晓得了。奶妈是在那里，她自己的家是在那里，她都不晓得了。

她在山坡上倒下来了。

林姑娘这一病病了一个来月。

病后她完全像个大姑娘了。担着担子下河去担水，寂寞的走了一路。寂寞的去，寂寞的来。低了头，眼睛只是看着脚尖走。河边上的那些沙子石头，她连一眼也不睬。那大石板的石窝落了水之后，生了小鱼没有，这个她更没有注意。虽然是来到了六月天，早起仍是清凉的，但她不爱这个了。似乎颜色，声音，都得不到她的喜欢。大洋船来时，她再不像从前那样到江边上去看了。从前一看洋船来连喊叫的那记忆，若一记起，就有羞耻的情绪向她袭来。若小同伴们喊她，她用了深宏的海水似的眼光向她们摇头。上山打柴时，她改变了从前的习惯，她喜欢一个人去。奶妈怕山上有狼，让她多约几个同伴，她觉得狼怕什么，狼又有什么可怕。这性情连奶妈也觉得女儿变大了。

奶妈答应给她做的白短衫，为着安慰她生病，虽然是下江人辞了她，但也给她做起了。问她穿不穿，她说：“穿它做啥子哟，上山去打柴。”

红头绳也给她买了，她也说她先不缚起。

有一天大家正在乘凉，王丫头傻里傻气的跑来了。一边跑，一边喊着林姑娘。王丫头手里拿着一朵大花。她是来喊林姑娘去看花的。

走在半路上，林姑娘觉得有点不对，先生那里从辞了她连那门口都不经过，她绕着弯走过去，问王丫头在那里那花。

王丫头说：“你没看见吗？不就是那下江人，你先生那里吗？”

林姑娘转回身来就回头走。她脸色苍白的，凄清的，郁郁不乐的在她奶奶的旁边沉默的坐到半夜。

林姑娘变成小大人了，邻居们和她的奶奶都说她。

一九二八年七月二十日

北中国

一

一早晨起来就落着清雪。在一个灰色的大门洞里，有两个戴着大皮帽子的人，在那里边响着大锯。

“扔，扔，扔，扔……”好像唱着歌似的，那白亮亮的大锯唱了一早晨了。

大门洞子里，架着一个木架，木架上边横着一个圆滚滚的大木头。那大木头有一尺多粗，五尺多长。两个人就把大锯放在这木头的身上，不一会工夫，这木头就被锯断了。先是从腰上锯开分做两段，再把那两段从中再锯一道，好像小圆凳似的，有的在地上站着，有的在地上躺着。而后那木架上又被抬上来一条五尺多长的来，不一会工夫，就被分做两段，而后是被分做四段，从那木架上被推下去了。

同时离住宅不远，那里也有人在拉着大锯……城门外不远的地方就有一段树林，树林不是一片，而是一段树道，沿着大道的两旁长着。往年这夹树道的榆树，若有穷人偷剥了树皮，主人定要捉拿他，用绳子捆起来，用打马的鞭子打。活活的树，一剥就被剥死了。说是养了一百来年的大树，从祖宗那里继承下来的，那好让它一旦死了呢！将来还要传给第二代、第三代儿孙，最好是永远留传下去，好来证明这门第的久远和光荣。

可是，今年却是这树林的主人自己发的号令，用大锯锯着。

那树因为年限久了，树根扎到土地里去特别深。伐树容易，拔根难。树被锯倒了，根只好留待明年春天再拔。

树上的喜鹊窝，新的旧的有许多。树一被伐倒，喀喀喀的响着，发出一种强烈的不能控制的响声；被北风冻干的树皮，触到地上立刻碎了，断了。喜鹊窝也就跟着附到地上了，有的跌破了，有的则整个地滚下来，滚到雪地里去，就坐在那亮晶晶的雪上。

是凡跌碎了的，都是隔年的，或是好几年的；而有些新的，也许就是喜鹊在夏天自己建筑的，为着冬天来居住。这种新的窝是非常结实，虽然是已经跟着大树躺在地上了，但依旧是完好的，仍旧是呆在树丫上。那窝里的鸟毛还很温暖的样子，被风忽忽的吹着。

二

往日这树林里，是禁止打鸟的，说是打鸟是杀生，是不应该的，也禁止孩子们破坏鸟窝，说是破坏鸟窝，是不道德的事情，使那鸟将没有家了。

但是现在连大树都倒下了。

这趟夹树道在城外站了不知多少年，好像有这地方就有这树似的，人们一出城门，就先看到这夹道，已经看了不知多少年了。在感情上好像这地方必须就有这夹树道似的，现在一旦被砍伐了去，觉得一出城门，前边非常的荒凉，似乎总有一点东西不见了，总少了一点什么。虽然还没有完全砍完，那所剩的也没有几棵了。

一百多棵榆树，现在没有几棵了，看着也就全完了。所剩的只是些个木桩子，远看看不出来是些个什么。总之，树是全没有了。只有十几棵，现在还在伐着，也就是一早一晚就要完的事了。

那在门洞子里两个拉据的大皮帽子，一个说：

“依你看，大少爷还能回来不能？”

另一个说：

“我看哪……人说不定有没有了呢……”

其中的一个把大皮帽子摘下，拍打着帽耳朵上的白霜。另一个从腰上解下小烟袋来，准备要休息一刻了。

正这时候，上房的门喀喀的响着就开了，老管事的手里拿着一个上面贴有红绶的信封，从台阶上下来，怀怀疑疑，把嘴唇咬着。

那两个拉锯的，刚要点起火来抽烟，一看这情景就知道大先生又在那里边闹了。于是连忙把烟袋从嘴上拿下来，一个说，另一个听着：

“你说大少爷可真的去打日本去了吗？……”

正在说着，老管事的就走上前来了，走进大门洞，坐在木架上，把信封拿给他们两个细看。他们两个都不识字，老管事的也不识字。不过老管事的闭着眼睛也可以背得出来，因为这样的信，他的主人自从生了病的那天就写，一天或是两封三封，或是三封五封。他已经写了三个月了，因为他已经病了三个月了。

写得连家中的小孩子也都认识了。

所以老管事的把那信封头朝下、脚朝上的倒念着：

大中华民国抗日英雄

耿振华吾儿收

父字

老管事的全念对了，只是中间写在红绶上的那一行，他只念了“耿振华收”，而丢掉了“吾儿”两个字。其中一个拉锯的，一听就听出来那是他念错了，连忙补添着说：

“耿振华吾儿收。”

他们三个都仔细的往那信封上看着，但都看不出“吾儿”两个字写在什么地方，因为他们都不识字。反正背也都背熟的了，于是大家丢开这封信不谈，就都谈着“大先生”，就是他们的主人的病，到底是个什么来历。中医说肝火太盛，由气而得；西医说受了过度的刺激，神经衰弱。而那会算命的本地最有名的黄半仙却从门帘的缝中看出了耿大先生是前生注定的骨肉分离。

因为耿大先生在民国元年的时候，就出外留学，从本地区的县城，留学到了省城，差一点就要到北京去的，去进北京大学堂。虽是没有去成，思想总算是革命的了。他的书箱子里密藏着孙中山先生的照片，等到民国七八年的时候，他才敢拿出来给大家看，说是从前若发现了有这照片是要被杀头的。

因此他的思想是维新的多了，他不迷信，他不信中医。他的儿子，从小他就不让他进私学馆，自从初级小学堂一开办，他就把他的女儿和儿子都送进小学堂去读书。

他的母亲活着的时候，很是迷信，跳神赶鬼，但是早已经死去了。现在他就是一家之主，他说怎么样就是怎么样。他的夫人，五十多岁了，读过私学馆，前清时代她的父亲进过北京去赶过考，考是没有考中的，但是学问很好，所以他的女儿《金刚经》、《灶王经》都念得通熟，每到夜深人静，还常烧香打坐，还常拜斗参禅。虽然五十多岁了，其间也受了不少的丈夫的阻挠，但她善心不改，也还是常常偷着在灶王爷那里烧香。

耿大先生就完全不信什么灶王爷了，他自己不加小心撞了灶王爷板，他硬说灶王爷板撞了他。于是很开心的拿着烧火叉子把灶王爷打了一顿。

他说什么是神，人就是神。自从有了科学以来，看得见的就是有，看不见的就没有。

所以那黄半仙刚一探头，耿大先生唔唠一声，就把他吓回去了，只在门帘的缝中观了观形色，好在他自承认他的工夫是很深的，只这么一看，也就看出个所以然来。他说这是他命里注定的前世的孽缘，是财不散，是子不离。“是财不散，是儿不死。”民间本是有这句俗话的。但是“是子不离”这可没有，是他给编上去的，因为耿大少爷到底是死是活，谁也不知道，于是就只好将就着用了这么一个含糊其词的“离”字。

假若从此音信皆无，真的死了，不就是真的“离”了吗？假若不死，有一天回来了，那就是人生的悲，欢，离，合，有离就有聚，有聚就有离的“离”。

黄半仙这一套理论，不能够发扬而光大之，因为大先生虽然病得很沉重，但是他还时时的清醒过来，若让他晓得了，全家上下都将不得安宁，他将要换着个儿骂，从他夫人骂起，一直骂到那烧火洗碗的小打。所以在他这生病的期中，只得请医生，而不能够看巫医，所以像黄半仙那样的，只能到下房里向夫人讨一点零钱就去了，是没有工夫给他研究学理的。

现在那两个大皮帽子各自拿了小烟袋，点了火，彼此的咳嗽着，正想着大大的发一套议论，讨论一下关于大少爷的一去无消息。有老管事的在旁，一定有什么更丰富的见解。

老管事的用手把胡子来回的抹着，因为不一会工夫，他的胡子就挂满了白霜。他说：

“人还不知有没有了呢？看这样子跑了一个还要搭一个。”

那拉木头的就问：

“大先生的病好了一点没有？”

老管事的坐在木架上，东望望，西望望，好像无可无不可的神情，似乎并不关心，而又像他心里早有了主意，好像事情的原委他早已观察清楚了，一步一步的必要向那一方面发展，而必要发展到怎样一个地步，他都完全看透彻了似的。他随手抓起一把锯沫子来，用嘴唇吹着，把那锯沫子吹了满身，而后又用手拍着，并且用手揪着那树皮，撕下一小片来，把那绿盈盈的一层掀下来，放在嘴里，一边咬着一边说：

“还甜丝丝的呢，活了一百年的树，到今天算是完了。”

而后他一脚把那木墩子踢开。他说：

“我活了六十多年了，我没有见过这年月，让你一，你不敢二，让你说三，你不敢讲四。完了，完了……”

那两个拉锯的把眼睛呆呆的不转眼珠。

老管事的把烟袋锅子磕着自己的毡鞋底：

"跑毛子的时候，那俄大鼻子也杀也砍的，可是就只那么一阵，过去也就完了。没有像这个的，油，盐，酱，醋，吃米，烧柴，没有他管不着的；你说一句话吧，他也要听听；你写一个字吧，他也要看看。大先生为了有这场病的，虽说是为着儿子的啦，可也不尽然，而是为着小……小□□[1]。"

正说到这里，大门外边有两个说着"咯大内、咯大内"的话的绿色的带着短刀的人走过。老管事的他那掉在地上的写着"大中华民国"字样的信封，伸出脚去就用大毡鞋底踩住了，同时变毛变色的说：

"今年冬天的雪不小，来春的青苗错不了呵！……"

那两个人"咯大内、咯大内"的讲着些个什么走过去了。

"说鬼就有鬼，说鬼鬼就到。"

老管事的站起来就走了，把那写着"大中华民国"的信封，一边走着一边撕着，撕得一条一条的，而后放在嘴里咬着，随咬随吐在地上。他径直走上正房的台阶上去了，在那台阶上还听得到他说：

"活见鬼，活见鬼，他妈的，活见鬼……"

而后那房门喀喀的一响，人就进去了，不见了。

清雪还是照旧的下着，那两个拉锯的，又在那里唰唰的工作起来。

这大锯的响声本来是"扔扔"的，好像是唱歌似的，但那是离得远一点才可以听到的，而那拉锯的人自己就只听到"唰唰唰"。

锯沫子往下飞散，同时也有一种清香的气味发散出来。那气味甜丝丝的，松香不是松香，杨花的香味也不是的，而是甜的，幽远的，

---

1 小□□：□□为"日本"，首刊时，为了避免报刊检查，使用"□□"代替。

好像是记忆上已经记不得那么一种气味的了。久久被忘记了的一回事，一旦来到了，觉得特别的新鲜。因为那拉锯的人真是伸手抓起一把锯沫子来放到嘴里吞下去。就是不吞下这锯沫子，也必得撕下一片那绿盈盈的贴身的树皮来，放到嘴里去咬着，是那么清香，不咬一咬这树皮，嘴里不能够有口味。刚一开始，他们就是那样咬着的。现在虽然不至再亲切得去咬那树皮了，但是那圆滚滚的一个一个的锯好了的木墩子，也是非常惹人爱的。他们时或用手拍着，用脚尖触着。他们每锯好一段，从那木架子推下去的时候，他们就说：

“去吧，上一边呆着去吧。”

他们心里想，这么大的木头，若做成桌子，做成椅子，修房子的时候，做成窗框该多好，这样好的木头那里去找去！

但是现在锯了，毁了，劈了烧火了，眼看着一块材料不成用了。好像他们自己的命运一样，他们看了未免的有几分悲哀。

清雪好像菲薄菲薄的玻璃片似的，把人的脸，把人的衣服都给闪着光，人在清雪里边，就像在一张大的纱帐子里似的。而这纱帐子又都是些个玻沫似的小东西组成的，它们会飞，会跑，会纷纷的下坠。

往那大门洞里一看，只影影绰绰的看得见人的轮廓，而看不清人的鼻子眼睛了。

可是拉大锯的响声，在下雪的天气里，反而听得特别的清楚，也反而听得特别的远。因为在这样的天气里边，人们都走进屋子里去过生活了。街道上和邻家院子，都是静静的。人声非常的稀少，人影也不多见。只见远近处都是茫茫的一片白色。

尤其是在旷野上，远远的一望，白茫茫的，简直是一片白色的大化石。旷野上远处若有一个人走着，就像一个黑点在移动着似的；

近处若有人走着，就好像一个影子在走着似的。

在这下雪的天气里是很奇怪的，远处都近，近的反而远了，比方旁边有人说话，那声音不如平时响亮。远处若有一点声音，那声音就好像在耳朵旁边似的。

所以那远处伐树的声音，当他们两个一休息下来的时候，他们就听见了。

因为太远了，那大锯的“扔扔”的声音不很大，好像隔了不少的村庄，而听到那最后的音响似的，似有似无的。假若在记忆里边没有那伐树的事情，那就根本不知道那是伐树的声音了。或者根本就听不见。

“一百多棵树。”因为他们心里想着，那个地方原来有一百多棵树。

在晴天里往那边是看得见那片树的，在下雪的天里就有些看不见了，只听得不知道什么地方“扔，扔，扔，扔”。他们一想，就定是那伐树的声音了。

他们听了一会，他们说：

“百多棵树，烟消火灭了，耿大先生想儿子想疯了。”

“一年不如一年，完了，完了。”

樱桃树不结樱桃了，玫瑰树不开花了。泥大墙倒了把樱桃树给轧断了，把玫瑰树给埋了。樱桃轧断了，还留着一些枝杈，玫瑰竟埋得连影都看不见了。

耿大先生从前问小孩子们：

“长大作什么？”

小孩子们就说：“长大当官。”

现在老早就不这么说了。

他对小孩子们说：

“有吃有喝就行了，荣华富贵咱们不求那个。”

从前那客厅里挂着画，威尔逊，拿破仑，现在都已经摘下去了，尤其是那拿破仑，英雄威武得实在可以，戴着大帽子，身上佩着剑。

耿大先生每早晨吃完了饭，往客厅里一坐，第一个拿破仑，第二个威尔逊，还有林肯，华盛顿……挨着排讲究一遍。讲完了，大的孩子让他照样的背一遍，小的孩子就让他用手指指出那个是威尔逊，那个是拿破仑。

他说人要英雄威武，男子汉，大丈夫，不做威尔逊，也做拿破仑。

可是现在没有了，那些画都从墙上摘下去了，另换上一个老孔，宽衣大袖，安详端正，很大的耳朵，很红的嘴唇，一看上去就是仁义道德。但是自从挂了这画之后，只是白白的挂着，并没有讲。

他不再问孩子们长大做什么了。孩子们偶尔问了他，他就说：

“只求足衣足食，不求别的。”

这都是日本人来了之后，才改变了的思想。

再不然就说：

“人生百年，三万六千日，不如僧家半日闲。”

这还都是大少爷在家里时的思想。大少爷一走了，开初耿大先生不表示什么意见，心里暗恨生气，只觉得这孩子太不知好歹。但他想过了一些时候，就会回来了，年青的人，听说那方面热闹，就往那方面跑。他又想到他自己年青的时候，也是这样。孙中山先生革命的时候，还偷偷地加入了革命党呢。现在还不是，青年人，血气盛，听说是要打日本，自然是眼红，现在让他去吧，过了一些时候，他就晓得了。他以为到了中国就不再是“满洲国”了。说打日本是可以的了。其实不然，中国也不让说打日本这个话的。

本地县中学里的学生跑了两三个。听说到了上海就被抓起来了。听说犯了抗日遗害民国的罪。这些或者不是事实，耿大先生也没有见过，不过一听说，他就有点相信。他想儿子既然走了，是没有法子叫他回来的，只希望他在外边碰了钉子就回来了。

看着吧，到了上海，没有几天，也是回来的。年青人就是这样，听了什么一个好名声，就跟着去了，过了几天也就回来了。

耿大先生把这件事情不十分放在心上。

儿子的母亲，一哭哭了三四天，说是儿子走的三四天前，她就看出来那孩子有点不对。那孩子的眼泡是红的，一定是不忍心走，哭过了的，还有他问过他母亲一句话，他说：

“妈，弟弟他们每天应该给他们两个钟头念中国书，尽念日本书，将来连中国字都不认识了，等一天咱们中国把日本人打跑了的时候，还满口日本话，那该多么耻辱。”

妈就说：

“什么时候会打跑日本的？”

儿子说：

“我就要去打日本去了……”

这不明明跟母亲露一个话风吗？可惜当时她不明白，现在她越想越后悔。假如看出来了，就看住他，使他走不了。假如看出来了，他怎么也是走不了的。母亲越想越后悔，这一下子怕是不能回来了。

母亲觉得虽然打日本是未必的，但总觉得儿子走了，怕是不能回来了，这个阴影不知道从什么地方来的。也许本地县中学里的那两个学生到了上海就音信皆无，给了她很大的恐怖。总之有一个可怕的阴影，不知怎么的，似乎是儿子就要一去不回来。

但是这话她不能说出来，同时她也不愿意这样的说，但是她越想怕是儿子就越回不来了。所以当时她到儿子的房里去检点衣物的时候，她看见了儿子出去打猎戴的那大帽子，她也哭。她看见儿子的皮手套，她也哭。哭得像个泪人似的。

儿子的书桌上的书一本一本的好好的放着，毛笔站在笔架上，铅笔横在小木盒里。那儿子喝的茶杯里还剩了半杯茶呢！儿子走了吗？这实在不能够相信。那书架上站着的大圆马蹄表还在咔咔咔的一秒一秒的走着。那还是儿子亲手上的表呢。

母亲摸摸这个，动动那个。似乎是什么也没有少，一切都照原样，屋子里还温热热的，一切都像等待着晚上儿子回来照常睡在这房里，一点也不像主人就一去也不回来了。

三

儿子一去就是三年，只是到了上海的时候，有过两封信。以后就音信皆无了，传说倒是很多。正因为传说太多了，不知道相信那一条好。芦沟桥，“八一三”，儿子走了不到半年中国就打日本了。但是儿子可在什么地方，音信皆无。

传说就在上海张发奎的部队里，当了兵，又传说没有当兵，而做了政治工作人员。后来，他的一个同学又说他早就不在上海了，在陕西八路军里边工作。过了几个月说都不对，是在山西的一个小学堂里教书。还有更奇妙的，说是儿子生活无着，沦落街头，无法还在一个瓷器公司里边做了一段小工。

对于这做小工的事情，把母亲可怜得不得了。母亲到处去探听，亲戚，朋友，只要平常对她儿子一有来往的地方，她就没有不探听遍了的。尤其儿子的同学，她总想，他们是年青人，那能够不通信。等人家告诉她实实在在不知道的时候，她就说：

“你们瞒着我，你们那能不通信的。”

她打算给儿子寄些钱去，可是往那里寄呢？没有通信地址。她常常以为有人一定晓得她儿子的通信处，不过不敢告诉她罢了；她常以为尤其是儿子的同学一定知道他在那里，不过不肯说，说了出来，怕她去找回来。所以她常对儿子的同学说：

“你们若知道，你们告诉我，我决不去找他的。”

有时竟或说：

“他在外边见见世面，倒也好的，不然像咱们这个地方东三省，有谁到过上海。他也二十多岁了，他愿意在外边呆着，他就在外边呆着去吧，我才不去找他的。”

对方的回答很简单：

“我们不知道，我们不知道。”

有时她这样用心可怜的说了一大套，对方也难为情起来了。说：

“老伯母，我们实在不知道。我们若知道，我们就说了。”

每次都是毫无下文，无结果而止。她自己也觉得非常的空虚，她想下回不问了，无论谁也不问了，事不关己，谁愿意听呢？人都是自私的，人家不告诉她，她心里竟或恨了别人，她想再也不必问了。

但是过些日子她又忘了，她还是照旧的问。

怎么能够沦为小工呢？耿家自祖上就没有给人家做工的，真是笑话，有些不十分相信，有些不可能。

但是自从离了家，家里一个铜板也没有寄去过，上海又没有亲戚，恐怕做小工也是真的了。

母亲爱子心切，一想到这里，有些不好过，有些心酸，眼泪就来到眼边上。她想这孩子自幼又骄又惯的长大，吃，穿都是别人扶持着，现在给人做小工，可怎么做呢？可怜了我这孩子了！母亲一想到这里，每逢吃饭，就要放下饭碗，吃不下去。每逢睡到刮风的夜，她就想刮了这样的大风，若是一个人在外边，夜里睡不着，想起家来，那该多么难受。

因为她想儿子，所以她想到了儿子要想家的。

下雨的夜里，她睡得好好的，忽然一个雷把她惊醒了，她就再也睡不着了。她想，沦落在外的人，手中若没有钱，这样连风加雨的夜，怎样能够睡着？背井离乡，要亲戚没有亲戚，要朋友没有朋友，又风雨交加。其实儿子离她不知几千里了，怎么她这里下雨，儿子那里也会下雨的？因为她想她这里下雨了，儿子那里也是下雨的。

儿子到底当了小工，还是当了兵，这些都是传闻，究竟没有证实过。所以做母亲的迷离恍惚的过了两三年，好像走了迷路似的，不知道东西南北了。

母亲在这三年中，会拿东忘西的，说南忘北的，听人家唱鼓词，听着听着就哭了；给小孩子们讲瞎话，讲着讲着眼泪就流下来了。一说街上有个叫花子，三天没有吃饭饿死了，她就说："怎么没有人给点剩饭呢？"说完了，她的眼睛上就像是来了眼泪，她说人们真狠心得很……

母亲不知为什么，变得眼泪特别多，她无所因由似的，说哭就哭，看见别人家娶媳妇她也哭，听说谁家的少爷今年定了亲了，她也哭。

四

可是耿大先生则不然，他一声不响，关于儿子，他一字不提。他不哭，也不说话，只是夜里不睡觉，静静的坐着，往往一坐坐个通宵。他的面前站着一棵蜡烛，他的身边放着一本书。那书他从来没有看过，只是在那烛光里边一夜一夜的陪着他。

儿子刚走的时候，他想他不久就回来了，用不着挂心的。他一看儿子的母亲在哭，他就说："妇人女子眼泪忒多。"所以当儿子来信要钱的时候，他不但没有给寄钱去，反而写信告诉他说，要回来，就回来，不回来，必是自有主张，此后也就不要给家来信了，关里关外的通信，若给人家晓得了，有关身家性命。父亲是用这种方法要挟儿子，使他早点回来。谁知儿子看了这信，就从此不往家里写信了。

无音无信的过了三年，虽然这之中的传闻他也都听到了，但是越听越坏，还不如不听的好。不听倒还死心塌地，就和像未曾有过这样的一个儿子似的。可是偏听得见的，只能听见，又不能证实，就如隐约欲断的琴音，往往更耐人追索……

耿大先生为了忘却这件事情，他已经养成了一个习惯，就是夜里不愿意睡觉，愿意坐着。

他夜里坐了三年，竟把头发坐白了。

开初有的亲戚朋友来，还问他大少爷有信没有，到后来竟问也没有人敢问了。人一问他，他就说：

"他们的事情，少管为妙。"

人家也就晓得耿大先生避免着再提到儿子。家里的人更没有人敢提到大少爷。大少爷住过的那房子的门锁着，那里边鸦雀无声，灰尘都已经满了。太阳晃在窗子的玻璃上，那玻璃都可以照人了，好像水银镜子似的。因为玻璃的背后已经挂了一层灰秃秃的尘土。把脸贴在玻璃上往里边看，才能看到里边的那些东西，床，书架，书桌等类，但也看不十分清楚。因为玻璃上尘土的关系，也都变得影影绰绰的。

这个窗没有人敢往里看，也就是老管事的记性很不好，挨了不知多少次的耿大先生的瞪眼，他有时一早一晚还偷偷摸摸的往里看。

因为在老管事的感觉里，这大少爷的走掉，总觉得是风去楼空，或者是凄凉的家败人亡的感觉。

眼看着大少爷一走，全家都散心了。到吃饭的时候，桌上摆着碗筷，空空的摆着，没有人来吃饭。到睡觉的时候，不睡觉，通夜通夜的上房里点着灯。家里油盐酱醋没有人检点，老厨子偷油，偷盐，并且拿着小口袋从米缸里往外灌米。送柴的来了，没有人过数；送粮的来了，没有人点粮。柴来了就往大禀上一扔，粮来了，就往仓子里一倒，够数不够数，没有人晓得。

院墙倒了，用一排麦秆附上，房子漏了雨，拿一块砖头压上。一切都是往败坏的路上走。一切的光辉生气随着大少爷的出走失去了。

老管事的一看到这里，就觉得好像家败人亡了似的，默默的心中起着悲哀。

因为是上一代他也看见了，并且一点也没有忘记，那就是耿大先生的父亲在世的时候那种兢兢业业的，现在都那里去了，现在好像是就要烟消云散了。

他越看越不像样，也就越要看，他觉得上屋里没人，他就跷着脚尖，把头盖顶在那大少爷的房子的玻璃窗上，往里看着。他自己也不知道他是要看什么，好像是在凭吊。

其余的家里的孩子，谁也不敢提到哥哥，谁要一提到哥哥，父亲就用眼睛瞪着他们。或者是正在吃饭，或者是正在玩着，若一提到哥哥，父亲就说：

“去吧，去一边玩去吧。”

耿大先生整天不大说话。他的眼睛是灰色的，他在屋子里坐着，他就直直的望着墙壁。他在院子里站着，他就把眼睛望着天边。他什么也不说，什么也不观察，把嘴再紧紧的闭着，好像他的嘴里边已经咬住了一种什么东西。

五

但是现在耿大先生早已经病了，有的时候清醒，有的时候则昏昏沉沉地睡着。

那就是今年阴历十二月里，他听到儿子大概是死了的消息。

这消息是本街上儿子的从前的一个同学那里传出来的。

正是这些时候，“满洲国”的报纸上大加宣传说是中国要内战了，不打日本了，说是某某军队竟把某某军队一伙给杀光了，说是连军人的家属连妇人带小孩都给杀光了。

这些宣传日本一点也不出于好心。为什么知道他不是出于好心呢？因为下边紧接着就说，还是“满洲国”好，国泰民安，赶快的不要对他们的祖国怀着希望。

耿大先生一看，耿大先生就看出这又在造谣生事了。

耿大先生每天看报的，虽然他不相信，但也留心着，反正没有事做，就拿着报纸当消遣。有一天报上画着些小人，旁边注着字：“自相残杀”。另外还有一张画，画的是日本人，手里拉着“满洲国”的人，向前大步的走去，旁边写着：“日满提携”。

耿大先生看完了报说：

“小日本是亡不了中国的，小日本无耻。”

有一天，耿大先生正在吃饭。客厅里边来了一个青年人在说话，说话的声音不大，说了一会就走了。他也绝没想到客厅中有人。

耿太太也正在吃饭，知道客厅里来了客人，过去就没有回来，饭也没有吃。

到了晚上，全家都知道了，就是瞒着耿大先生一个人不知道。大少爷在外边当兵打仗死了。

老管事的打着灯笼到庙上去烧香去了，回来把胡子都哭湿了，他说：“年轻轻的，那孩子不是那短命的，规矩礼法，温文尔雅……”

戴着大皮帽子的家里的长工，翻来覆去的说：

“奇怪，奇怪。当兵的是穷人当的，像大少爷这身份为啥去当兵的？”

另外一个长工就说：

“打日本吧啦！”

长工们是在伙房里讲着。伙房里的锅台上点起小煤油灯来，灯上没有灯罩，所以从火苗上往上升着黑烟。大锅里边煮着猪食，咕噜咕噜的，从锅沿边往上升着白汽，白汽升到房梁上，而后结成很大的水点滴下来。除了他们谈论大少爷的说话声之外，水点也在啪嗒啪嗒的落着。

耿太太在上屋自己的卧房里哭了好一阵，而后拿着三炷香到房檐头上去跪着念《金刚经》。当她走过来的时候，那香火在黑暗里一东一西的迈着步，而后在房檐头上那红红的小点停住了。

老管事的好像哨兵似的给耿太太守卫着，说大先生没有出来。于是耿太太才喃喃的念起经来。一边念着经，一边哭着，哭了一会，忘记把声音渐渐的放大起来，老管事的在一旁说：

“小心大先生听见，小点声吧。”

耿太太又勉强着把哭声收回去，以致那喉咙里边好像有什么在横着似的，时时起着咯咯的响声。

把经念完了，耿太太昏迷迷的往屋里走，那想到大先生就在玻璃窗里边站着。她想这事情的原委，已经被他看破，所以当他一问：“你在做什么？”她就把实况说了出来：

“咱们的孩子被中国人打死了。”

耿大先生说：

“胡说。”

于是，拿着这些日子所有的报纸来，看了半夜，满纸都是日本人的挑拨离间，却看不出中国人会打中国人来。

直到鸡叫天明，耿大先生伏在案上，枕着那些报纸，忽然做了一梦。

在梦中，他的儿子并没有死，而是做了抗日英雄，带着千军万马，从中国杀向“满洲国”来了。

六

耿大先生一梦醒来，从此就病了，就是那有时昏迷，有时清醒的病。

清醒的时候，他就指挥着伐树。他说：

“伐呀，不伐白不伐。”

把树木都锯成短段。他说：

“烧啊！不烧白不烧，留着也是小日本的。”

等他昏迷的时候，他就要笔要墨写信，那样的信不知写了多少了，只写信封，而不写内容的。

信封上总是写：

大中华民国抗日英雄

耿振华吾儿　收

父　字

这信不知道他要寄到什么地方去，只要客人来了，他就说：

“你等一等，给我带一封信去。”

老管事的提着酒瓶子到街上去装酒，从他窗前一经过，他就把他叫住：

“你等一等，我这儿有一封信给我带去。”

不管什么人上街，若让他看见，他就要带封信去。

医生来了，一进屋，皮包还没有放下，他就对医生说。

“请等一等，给我带一封信去！”

家里的人，觉得这是一种可怕的情形。若是来了日本客人，他也把那抗日英雄的信托日本人带去，可就糟了。

所以自从他一发了病，也就被幽禁起来，把他关在最末的一间房子的后间里，前边罩着窗帘，后边上着风窗。

晴天时，太阳在窗帘的外边，那屋子是昏黄的；阴天时，那屋子是发灰色的。那屋里什么也没有，只有一个高大的暖墙，在一边站着，那暖墙是用白净的凸花的瓷砖砌的。其余别的东西都已经搬出去了，只有这暖墙是无法可搬的，只好站在那里让耿大先生迟迟的看来看去。他好像不认识这东西，不知道这东西的性质，有的时候看，有的时候用手去抚摸。

家里的人看了这情形很是害怕，所以把所有的东西都搬开了，不然他就样样的细细的研究，灯台，茶碗，盘子，帽盒子，他都拿在手里观摩。

现在都搬走了，只剩了这暖墙不能搬了。他就细细的用手指摸着这暖墙上的花纹，他说：

“怕这也是日本货吧！”

耿大先生一天很无聊的过着日子。

窗帘整天的上着，昏昏暗暗的，他的生活与世隔离了。

他的小屋虽然安静，但外边的声音也还是可以听得到的。外边狗咬，或是有脚步声，他就说：

“让我出去看看，有人来了。”

或是：

“有人来了，让他给我带一封信去。”

若有人阻止了他，他也就不动了；旁边若没有人，他会开门就经过耿太太的卧房，再经过客厅就出去的。

有一天日本东亚什么什么协进会的干事，一个日本人来到家里了，要与耿大先生谈什么事情，因为他也是协进会的董事。

这一天，可把耿太太吓坏了。

“上街去了。”说完了，自己的脸色就变白了。

因为一时着急说错了，假若那日本人听说若是他病在家里不见，这不是被看破了实情，无疑也有弊了。

于是大家商量着，把耿大先生又给换了一个住处。这房间又小又冷，原来是个小偏房，是个使女住的。屋里没有壁炉，也没有暖墙，只生了一个炭火盆取暖。因为这房子在所有的房子的背后，或者更周密一些。

但是并不，有一天医生来到家里给耿大先生诊病。正在客厅里谈着，说耿大先生的病没有见什么好，可也没有见坏。

正这时候，掀开门帘，耿大先生进来了，手里拿了一封信说：

“我好了，我好了。请把这一封信给我带去。”

耿太太吓慌了，这假若是日本人在，便糟了。于是又把耿大先生换了一个地方。这回更荒凉了，把他放在花园的角上那凉亭子里去了。

那凉亭子的四角都像和尚庙似的挂着小钟，半夜里有风吹来，发出叮叮的响声。耿大先生清醒的时候，就说：

“想不到出家当和尚了，真是笑话。”

等他昏迷的时候他就说：

“给我笔，我写信……”

那花园里素常没有人来，因为一到了冬天，满园子都是白雪。偶尔一条狗从这园子里经过，那留下来一连串的脚印，把那完完整整的洁净得连触不敢触的大雪地给踏破了，使人看了非常的可惜。假若下了第二次雪，那就会平了。假若第二次雪不来，那就会十天八天地留着。

平常人走在路上，没有人留心过脚印。猫跪在桌子上，没有留心过那踪迹。就像鸟雀从天空飞过，没有人留心过那影子的一样。但是这平平的雪地若展现在前边就不然了。若看到了那上边有一个坑一个点都要追寻它的来历。老鼠从上边跳过去的脚印，是一对一对的，好像一对尖尖的枣核打在那上边了。

鸡子从上边走过去，那脚印好像松树枝似的，一个个的。人看了这痕迹，就想要追寻，这是从那里来的？到那里去了呢？若是短短的只在雪上绕了一个弯就回来了的，那么一看就看清楚了，那东西在这雪上没有走了那么远。若是那脚印一长串地跑了出去，跑到大墙的那边，或是跑到大树的那边，或是跑到凉亭的那边，让人的眼睛看不到，最后究竟是跑到那里去了？这一片小小的白雪地，四外有大墙围，本来是一个小小的世界，但经过几个脚印足痕的踩踏之后却显得这世界宽广了。因为一条狗从上边跑过了，那狗究竟是跳墙出去了呢，还是从什么地方跑回来的。再仔细查那脚印，那脚印只是单单的一行，有去路，而没有回路。

耿大先生自从搬到这凉亭里来，就整天的看着这满花园子的大雪，那雪若是刚下过了的，非常的平，连一点的痕迹也没有的时候，他就更寂寞了。

那凉亭的边生了一个炭火盆，他寂寞的时候，就往炭火盆上加炭。那炭火盆上冒着蓝烟，他就对着那蓝烟呆呆的坐着。

七

有一天，有两个亲戚来看他，怕是一见了面，又要惹动他的心事，他要写那“大中华民国抗日英雄耿振华吾儿”的信了。

于是没敢惊动，就围绕着凉亭，踏着雪，企图偷偷看了就走了。

看了一会，没有人影，又看了一会影子也没有。

耿太太着慌了，以为一定是什么时候跑出去了。心下想着，跑到什么地方去了呢？可不要闯了乱子。她急忙的走上台阶去，一看那吊在门上的锁，还是好好的锁着。那锁还是耿太太临出来的时候，她自己亲手锁的。

耿太太于是放了心，她想他是睡觉了，她让那两个客人站在门外，她先进去看看。若是他精神明白，就请两位客人进来。若不大明白，就不请他们进来了。免得一见面第二句话没有，又是写那“大中华民国”的信了。但是当她把耳朵贴在门框上去听的时候，她断定他是睡着了，于是她就说：

“他是睡着了，让他多睡一会吧。”

带着客人，一面说话一面回到正房去了。

厨子给老爷送饭的时候，一开门，那满屋子的蓝烟，就从门口跑了出来。往地上一看，耿大先生就在火盆旁边卧着，一只手按着自己的胸口，好像是在睡觉，又好像还有许多话没有说出来似的。

耿大先生被炭烟熏死了。

外边凉亭四角的铃子还在咯棱咯棱的响着。

因为今天起了一点小风，说不定一会工夫还要下清雪的。

一九四一，三，二十六

红玻璃的故事（遗述）[1]

一

王大妈是榆树屯子最愉快的老婆子。又爱说话，又爱笑，见了人总是谈闲天，往往谈得耽误了作饭，往往谈得忘记了喂猪。不管是在大门口碰见了屯子里的人，还是到邻居家里去借使唤家具，一谈就没有落尾，一坐下来就挪不开脚步。所以王大妈在榆树屯子里，有个好人缘儿，也正因为有好人缘儿，手里没有几亩地，过的日子反而顺利。不说别的，青黄不接的时候，人家都到城里去借粮，去向外批豆子。而王大妈可不用出屯子，就能东家借两升包米，西家借两升高粱，凑付着过下去了。

自然王大妈家里人口少，除了她自己，跟前只有一个十五岁的男孩子。男孩子名叫王立，他还有个三十岁的姐姐，老早就出阁了，嫁给沙河子刘二虎子家，现在已经是一个七岁女孩子的母亲了。另

---

1 萧红遗述，骆宾基撰稿。

外他还有一个姐姐，那是王大妈第二个女儿，没满十六岁得干血痨，死掉了。至于王立的父亲，他是从来没有见过的，因为在他临生的那一年，他父亲就到黑河挖金子去了。

王大妈过了十五年寡清的日子，最初还起早夜晚的想，慢慢就逢年过节的想，盼望丈夫能够有个口信。年道久了，王立也长大成人了，王大妈也就习惯这孤寒的日子啦！不再想那个到黑河挖金子的男人了。王大妈为人又很勤谨，又生就一身结实的筋肉，身量又有男人高，腰粗，臂膀壮，有着一双充满生命力的眼睛，和一双能操作的大手；而且胃口也健旺，一吃就是一斤土豆子两碗黄米干饭，所以过得也满幸福。而且王立也能帮助她锄地了，王大妈就不让他雇给外人放牲口了，留在自己身边，帮衬着干活儿。

这天，是九月初三，王大妈的外孙女儿小达儿七岁的生日。王大妈想早收拾收拾东西，到女儿家去走趟亲。因为女婿也到黑河挖金子去了，五年没有个准信，不知是活着呢？还是故世啦！闺女的日子也很孤单。

这天从早晨起，就很冷。屯子里每家茅屋顶上全都铺霜了。王大妈吃早饭时还说："天气变了，咱们得把后院子的白菜，全刨出来！"并且催着王立快吃，谁知吃顿饭的工夫，又出了太阳。

王大妈本来想刨出白菜来渍酸菜的，酸菜缸都刷得干干净净了，又临时变了主意——晒干菜。留着那些没刨出来的，等到走亲回来再渍酸菜。

临走，又预备好猪食，嘱咐王立只烧把火温一温就好了。

"要是天气变了，赶快把晒白菜的席子卷起来，听见没有？你看你那么大了，还有鼻涕，真埋汰死了，快过来，我给你擦擦！"王大妈作着不屑望他的眼神，又说："真不害羞，那么大了还得我来照料！嗅儿嗤——嗅儿嗤——你看这些鸡，简直是活祖宗。立子！你好好的看着呀！勤谨着一点儿，别让鸡把白菜吃光了！”

“知道呀，你快去吧！”

“你看你……说说你，你还不耐烦了！你看看这些鸡，探着头，伸着脖子，一离眼就跑来了，我可告诉你，别看着看着睡着了。”又小声说，“你知道隔壁老胡家的二媳妇，手可不老实。”

“知道呀，你别蘑菇了！”

“你说谁蘑菇，我没有打你吗？这孩子，越学越不像样儿，谁家有儿子说他妈蘑菇的……你看这些鸡，全是些饥鬼，一天吃三百六十遍也不饱！”

王大妈又嘱咐王立当心着鸡，这才进屋去换衣裳。倒不是为了走亲，要穿的体面点儿，而是防备变天。关外的天气，尤其是秋季子，说不定什么时候刮风，什么时候突然下雨。

王大妈穿了那件丈夫早年在家常穿的棉袍，提着一个红布包袱，就走出满是绿色菜叶子的院子了。院子的土墙极矮，腿长的人能跨过去。

“妈！”

“干什么？”

“你早点回来呀！晚上我一个人怪害怕的！”

“害怕找刘家小牛官做伴好啦！可不许吵架！要是下雾落雨记着多抱几捆柴火。”王大妈说着又想走回来，那神气仿佛说：“还是我先来抱进几捆吧！”

“知道呀，我会抱进去呀！”

“要是晚上我回不来，把酱缸盖上呀！一着露水酱就坏了。”

王大妈到底离开家了，在屯子口又碰见刘大爷。这是一个常常到哈尔滨去卖豆子的贩子，阔背，粗腰，穿着短的皮外套，说话的声音很雄壮。当时，他就笑着叫道：“小寡妇，到那儿去呀，打扮的这样俏皮！”

“老该死的，驴嘴里就长不出象牙来，都老白了头发啦，还小寡妇呢！去看看我的外孙女呀！你知道，今天是我外孙女的生日哪！当姥姥的也没有什么稀罕的东西，这个年月能走一走就不错了，谁能顾了谁呀！你又该收豆子了吧！什么行市呀？”

“还没有行市呢！咱们屯子里开的价是十六块哈洋一石！你怎么？还有两石卖吗？”

“还有两个金豆粒呀——我不和你闲扯啦！改天再扯吧！”

二

王大妈走出了屯子口才觉得外边的风很大，到底屯子里暖和一些，而且外边风声也很响，比在院心所听见的不同，刮起来，带着一阵阵的叫啸。王大妈的袍子襟儿，都给风吹得一抖一摆的，前襟儿向后卷，后襟儿向前飘，挪步都不便当，索性就卷到腰里，这样更利落。王大妈想：这若是叫自己闺女看见，又该说当妈的没女人气了。不由的笑着，这种微笑，在一个少女走出她的情人家里所有的，低了头，什么也看不见。又想，自己有这么个要强的闺女，真是给做妈的争光，不说别的，一个女人，有没有公婆，又没有家底，有几个叔伯，也早分居了，单人独马挺着过日子，是不容易的。想到这儿，又觉得闺女孤孤单单的，有些可怜。若是自己的日子过的好，王大妈就是一个月不走三趟亲，也总能接到家里来住几个月，可是自己的日子也是顶着过，走亲不带着一点儿吃食，来回空着手，还不如不走。想想，又很难过。

车道旁，有屯子里的人在收拾庄稼。王大妈看见一个包着粉红色头巾的少妇，在一辆四轮农车上装豆子捆。她认识：是烧锅家的三媳妇。平常王大妈还看不出她这样能干，两手用二股叉叉着豆秸向车厢里送，车左手就是一个大坟堆似的豆秸垛。两个半老的农妇，站在垛顶上，向车里抛豆子捆，手里也各有两股的草叉。阳光照在车上，豆子垛上，看起来镀金一样，黄澄澄的，不怪妯娌们是忙得那么愉快。

“立子他三婶儿，刮风天也不在家里蹲着呀！”王大妈老远叫道:“怪不得你们是财主哪！勤也不能卖命的干呀！”

那时，被喊着立子他三婶儿的，正向手掌上吐唾沫（这样搓搓手，再握草叉就不燥手了），就说：“外头的人，都向城里送粮去啦！人手不够呀。你提着红包袱做什么呀，又看闺女去吗？”

“通共今年没去两趟，可巧都给你碰见了，五月节去了趟，再没去呢。我也不知道八月节她是怎么过的。我这做妈的攀不得人家，手头紧，自己也顾不了，还有心顾闺女……今天是小达儿的生日哪！就是我们那命根子外孙女儿。或巧，前几天积攒下几个鸡蛋，当姥姥的嘛，还有不亲外孙女儿的！卖舍不得卖，吃舍不得吃，连立子我也不叫他动手，可是闺女还嫌当妈的不像姥姥的样，说我‘把家啦！说我有东西也舍不得给外孙女儿！’”又说：“那是谁呀？是立子他二姑姑从沙河子回来了吗？你们看看，我这眼神，一年不济于一年。”实在，王大妈早就看见是烧锅的三媳妇的小姑了，一时不知怎样回答她的招呼，就这样遮着心眼儿说：“帮着他大娘装豆秸呀！看看你们高高站在垛上的样儿，像是两个女神呢！”谁也没留她多谈一会儿，她尽自说："我可不能陪着你们妯娌你们姑嫂，扯闲白了，还想傍黑儿赶回来呢！"

"大妈过来吧，抽袋烟再走吧！"

"是不是怕我们吃了你的走亲鸡蛋呀！"

"他二姑姑还说呢，女婿从哈尔滨捎回来的俄国牛奶糖，你就不拿出一块给大妈尝尝！"王大妈笑着说，那种神情像一般拿着真话当玩笑说的人一样："下一趟女婿若带来稀罕东西，你不送，我就要跑到你那儿去硬讨啦！"

只见站在豆秸垛上那个半老的妇人，高声笑着，她这时候无话可说，你不让她笑，又有什么法子遮羞哪！王大妈也咯咯的笑着："真得硬讨呀！你说不是吗？他大娘！"她那时向前走了两步，自然眼睛没有注意道路，所以停脚又追问一句，无非想逗引烧锅大媳妇说两句话，显得彼此间有点温暖气。烧锅的大媳妇也仰脸笑着。因为这时起了一阵风，所以王大妈的话声，她倒没听见，至于她的笑因，自然并非由于王大妈的玩笑，而是因为她小姑说："王大妈活像一个跑关东的山东汉子！"见她的头巾飘抖着，身子斜着，险些给风掀下垛来，就势坐下了，又是一阵笑声。王大妈也笑着，一会儿风势就掀卷着她的头发，红布包袱差点儿给风吹跑，眼睛这才注意到立在路当中的一匹小马，它又畏缩又好奇站在她面前，很久一会子了，仿佛试探试探这有男人高的老婆儿，有没有驱赶它的胆量一样。可是王大妈现在才注意到，而它一闪身子，就像受惊的小鹿一样跳着跑开去，倒把王大妈惊了一下，走了一段路，心还是跳着。就疑心着，莫不是小达儿家有什么不吉祥？但只一会儿，也就忘记了。

展眼远望，秋末的旷野，散布着几组收庄稼的农人，另外有两条村狗，在右手的高粱垛旁奔跑，仿佛是追逐垛鼠似的，再就是前面路标石，和立在标石旁边的狐仙木板庙。因为庙涂着红颜色，就格外显眼。

在左手一个岔道口上，有着狐仙庙和路标石的大桦树背后，王大妈望见一座新坟，坟周围有一道石栏杆，而且石栏杆的宽大距离间连着一条粗的铁索链。朝南有门，门前又有大的雕石香案，心想：是沙河子屯那家粮户死了，修坟修的这样讲究？只那七八十斤重的刻花纹的白石香炉，就值一担豆子的钱！走过这座桦树林，就望见岗上的沙河和对岸的沙河子屯了，树木森森，可都是光枝子，即有一两棵树还有几片凋零将坠的叶子，也枯黄得给人一种雪季就要到来的感觉。沙河屯上空的山峦上，霾黑的云块，运动着，而且垂着灰白的雾丝，山顶和山脚，也仿佛蒸发着雾气，和低空垂下的连作一起。王大妈想，也许今天下午要落一场初雪，再不就是临末一场雨。可是南边天空，还是晴的。

在屯子口，王大妈又碰见几个熟人，有一个提着水桶的健壮女子和她打着招呼："看闺女来了！王大妈！"

"拄黑儿他娘呀！您好！"

"怎么没带立子来呀！"

"留着看家呢！你不知道，天天要来，就是抽不出身子，今天是我们外孙女儿过生日，院子里还晒着白菜，就这么撂下，跑来了。"王大妈这次不停脚了，说着话，向前走，实在心太急，普通人们在临到要会面的亲戚家村口，是这样急的，仿佛要早到一步，要早些看到所要看的人，一秒钟都不能等。

拄黑儿他娘是一个寡妇，包着蓝头巾，短褂补着补丁。眼睛可又黑又尖，一边提着水桶起来，一边注意王大妈的红布包袱："立子没有跟着他们到黑河挖金子去？"

“我养了孩子，让他当牛官，也不让他挖金子！别来气我了！挖什么金子，简直是……我真不愿说不吉利话！”

“那可也该要老婆了？”她又望了一下王大妈的红布包袱，实际也不是存什么贪心，不过想知道究竟她给小达儿带来什么礼物而已。

“等长大自己讨吧！我可不能害人家姑娘一辈子，说不定翅膀硬了，远走高飞啦！让我天天看着媳妇难过呀！”

“可也是……”

“你不进来坐呀！”王大妈到了闺女家的土墙门口，站下来说。不想门口对面，茅屋后窗上，探出一个头来，正是小达儿。头发梳得挺光，耳旁的两条辫子垂到肩上，只听她尖声欢叫着：

“姥姥来了！姥姥来了！”就看不见影子，但还听见她的喊声和奔跑的脚步声，在茅屋前院响。王大妈的眼睛现出愉快的光来，心里骂着这个小蹄子，像她妈作孩子时候一样，乱蹦乱跳的，嘴里却对拄黑儿他妈说：“进来坐坐嘛！”实在是说：“你走吧！别打搅我了！”

“我还等着回去渣猪食哪！”

可是她手扶着土墙，不打算就走。

那时候，小达儿就跑出茅屋东边的夹道，一见王大妈就扑抱起她的两条腿来了，仰脸望着王大妈，笑着，像我们所常见的孩子，见了亲人不知说什么好，还有点羞哪！不敢看王大妈手里提的红包袱。她的一只小手里，握着红玻璃花筒。

王大妈也没理会小达儿，只用大手捉住她的小手，和拄黑儿的娘说话。拄黑儿他娘说：“你们的白菜刨出来啦，我们这边还没有，谁知道霜上的这样早！”

“今年的天气有点不同呀！”王大妈说，心里老是急于早点摆开她。

谈了一会子，拄黑儿他娘终于提着水桶走了。王大妈就抱起小达儿来，夸奖她打扮的漂亮，又摸着小达儿的新衣裳，问是谁给缝的，一边说着话，一边向屋子里走。这时，王大妈的脸上洋溢着幸福的光辉，那一个姥姥不疼外孙女儿呢！那一个娘不喜欢自己闺女的孩子呢！亲了又亲，望了又望，就是听不见小达儿的娘在屋里的召唤。

小达儿的娘，和她母亲王大妈一样的健壮，只是脾气不同，见了男人总是一句话也没有，见了女人也不喜欢说笑话。问人家借把扫帚，都羞口，借给人家全部压箱子的首饰，倒挺大方。

当王大妈在墙外和拄黑儿的娘谈天的时候，她就看见是母亲来了，可也没有走出来，倒不是为了做娘的过八月节没来看她而生气，而是因为从早晨巴望到晌正，不见影，心也就烦了，兴致也就没有了，说不出那里来的激恼。所以只走到门口望了望，又退到厨房烧灶去了。

“召唤你也听不见！”小达儿的娘在房门口迎着王大妈说：“我们娘儿俩等着你来煮面，可倒好面都风干了，才来！”说着话，把红布包接过去，仿佛接过客人一根手杖一样：“进屋坐吧！我还得去烧锅！”

“看看我的闺女呀！大老远来，一进门就给我酸脸子看哪！”王大妈像对别人说话那样高声叫，实在挺高兴：“你可别跟着你妈学呀！小达儿！”

小达儿的娘也不由的笑了：“怪人家小气，光烧锅就烧了三四遍，就等着你来面才落水哪！”

王大妈望着小达儿的娘，是这样清瘦，嘴唇也没有血色，两眼极像他的父亲，心里又一阵难过。脸上却依然装着欢笑，怕自己的闺女在这小达儿的喜日子伤心，像五月节那天，哭的连她自己都流着泪没心劝了。

三

王大妈和小达儿她娘吃了孩子的生日面，谈着家常话，是满愉快，满幸福的。

小达儿他娘告诉王大妈，今年的草，卖价还好，粜了一石包米，能凑付吃着到年底，冬天想请邻居们给挖一个兽窖，说不定能抓个豹子、冬鹿什么的，也好过个富裕年。王大妈就说，明年打算叫立子下庄稼地，已经和刘大爷商量过，托他留心给租两垧土地，那么明年若是自己闺女缺什么，她做娘的就可周济了。

母子俩说得都挺高兴。

那时候小达儿坐在王大妈的膝上，尽自玩着自己心爱的红玻璃花筒。从那三角的筒里，可以望见红绿色珠子的变幻。有时是五角形，有时是八角的花朵，原来花筒是三块红玻璃制成的，那底子里夹的彩珠，给红玻璃反映着，一动就是一种新奇的花纹，一动就是古怪的图案。

王大妈正说："我怕下雨哪！"说话时，望着窗户，不想真的有几滴儿雨点落在窗纸上，小达儿的娘就急忙爬下暖炕，到后院去收拾晒的几件冬季衣裳去了。

王大妈只一个人伏在窗口上，看不见天上的黑云，因为屋子是向南的，南天还是一色秋季有风日子的晴天，和惨淡的夕阳光辉，那光辉越是红，越是觉得惨淡，王大妈想：有雨也不会大。一回脸，就望见蹲在身旁的小达儿。起初，王大妈还笑着说："你那时玩儿什么呀？拿过来给你姥姥看看！”实在她不是不知道红玻璃花筒，正因为太熟悉了，也没有注意。

但当王大妈闭一只眼向里观望时，突然的拿开它。在这一瞬间，她的脸色如对命运有所悟，而且她那两只有生命力的眼睛，是使小达儿那么吃惊。那两道眼光，是直线的注视着小达儿。小达儿的脸色变白，几乎哭起来。

“小达儿！怎么的了？姥姥想什么事情呢？”王大妈立刻自惊的说：“别害怕。”

王大妈失神的那瞬间，想起什么来了呢？想起她自己的童年时代，也曾玩过这红玻璃的花筒。那时她是真纯的一个愉快而幸福的孩子；想起小达儿她娘的孩子时代，同样曾玩儿过这红玻璃花筒，同样走上她做母亲的寂寞而无欢乐的道路。现在小达儿是第三代了，又是玩儿着红玻璃花筒。王大妈觉得她还是逃不出这条可怕的命运的道路吗？——出嫁，丈夫到黑河去挖金子，留下她来过这孤独的一生？谁知道，什么时候，丈夫挖到金子，谁知道什么时候做老婆的能不守空房？

这些是王大妈从来没有仔细想的，现在想起来，开始觉得她是这样孤独，她过的生活是这样可怕，她奇怪自己是终究怎么度过这许多年月的呢！而没有为了柴米愁死，没有为了孤独忧郁死！

四

从沙河子屯走亲回来的王大妈，和以前的王大妈不同了，她已经窥破了命运的奥秘，感觉到穷苦、孤独，而且生活可怕。

在屯口路过那座新坟的时候，她又注视了一下。现在她不是赞美那墓石和香案的讲究，而是想，这里是埋葬着一个什么样的人呢！也许他生前是个阔财主，也许遗留在世上一些叔伯、子孙和亲族，而他自己是解脱了……

王大妈回到榆树屯子三天了。榆树屯子的人从她墙外经过，听不见她的话声了，再也望不见她那充满生命力的眼睛和笑容了，人们还以为王大妈走亲没有回来。

王大妈每天坐在暖炕上，不落地，两只眼睛望着渺茫的前方，仿佛望那远不可及的什么物体，而实在是连窗户和屋壁都没有望见。猪叫的太凄惨了，就叫王立渣猪食儿，肚子饿了，叫王立煮点包米，她自己仿佛牵扯在某种营生倒不出空来。

不久，王大妈犯了病，又咳嗽，又喘哮。王大妈自己知道没有希望了，就把王立叫到跟前，握着王立的手说："立子，你妈不中了，到沙河子屯叫你姐姐回来一趟吧！"又说："我若是有那么一天不喘气，你怎么过呢？再没有人疼爱你了，没有人再照顾你穿衣吃饭了！妈活着，还是份人家，妈死了，你怎么过呢？"

王立哭的不能说清楚话："……别说……妈会好的！"

"立子，记住我的话，我活着是立誓不让你向外跑的，可是妈现在不了……立子，到黑河挖金子去吧！"王大妈是在这年冬天死的，王大妈死后，王立到底背着小包袱，到黑河挖金子去了。

第二年，春天又来到了榆树屯子。人们照常的耕地、播种。布谷鸟照常的站在树荫下低鸣着，榆树屯子的人们已经忘记了屯口王大妈这份人家。

王大妈那所茅草房屋顶，露天了，像死人坦露着肋骨那样坦露着柱子和椽子。房门还扣着锁，纸窗却破了，能看见露天的暖炕，而且院子生长了一片野草的绿茵。

这年春天依然很暖和。河开冻以后，冰解以后，到处都是流的震耳幽韵，而且窝卵儿——那歌唱春回的北方山国的诗人，也依然在高的晴空，愉快的抖着广播着悦耳的赞美春之诗乐。

清明节，王大妈坟前出现了纸束。有的说是她闺女来过，但没有人看见，也没有人听见过哭声。

王大妈的土坟上，生了初生的艾草和狼尾草，而且一天天蓬茂，繁密起来了。

附：一九四二年冬，为一九四三年一月二十二日萧红逝世一周年忌日追撰。是稿，乃萧红逝前避居香港思豪大酒店之某夜，为余口述者。适英日隔海炮战极烈，然口述者如独处一境，听者亦如身在炮火之外，惜未毕，而六楼中弹焉，轰然之声如身碎骨裂，触鼻皆硫磺气。起避底楼，口述者因而中断，故余追忆止此而已。

［全书完］

采用瑞典进口轻型纸，
纯天然杉树木浆的气味，
未经化学漂白，78 度白有效保护视力。

萧红

1911.6.2－1942.1.22

原名张乃莹，笔名悄吟、萧红，黑龙江呼兰人

1932年，结识萧军，正式开始文学创作

1935年，中篇小说《生死场》震惊文坛，署名萧红

1936年，东渡日本，出版散文集《商市街》、《桥》

1937年，回国后积极参加抗战文艺活动

1939年，与萧军分手后，居重庆歌乐山潜心创作

1940年，与端木蕻良抵香港，出版短篇小说集《旷野的呼喊》、散文《回忆鲁迅先生》

1941年，出版长篇小说《马伯乐》（未完稿）、《呼兰河传》

1942年，在香港逝世

主要著作

小说《生死场》《呼兰河传》《马伯乐》

散文集《商市街》

组诗《沙粒》

生死场：萧红小说精选集

作者 _ 萧红

产品经理 _ 王胥　装帧设计 _ 余雷　产品总监 _ 贺彦军
技术编辑 _ 顾逸飞　责任印制 _ 梁拥军　出品人 _ 路金波

营销团队 _ 毛婷 阮班欢 孙烨

果麦
www.guomai.cc

以 微 小 的 力 量 推 动 文 明

图书在版编目（CIP）数据

生死场：萧红小说精选集 / 萧红著. -- 天津：天津人民出版社，2016.1（2023.3重印）
ISBN 978-7-201-09982-8

Ⅰ. ①生… Ⅱ. ①萧… Ⅲ. ①短篇小说－小说集－中国－现代 Ⅳ. ①I246.7

中国版本图书馆CIP数据核字(2015)第280001号

生死场：萧红小说精选集

SHENGSICHANG: XIAOHONG XIAOSHUO JINGXUANJI

出　　版　天津人民出版社
出 版 人　刘　庆
地　　址　天津市和平区西康路35号康岳大厦
邮政编码　300051
邮购电话　022-23332469
电子信箱　reader@tjrmcbs.com

责任编辑　张　璐
产品经理　王　胥
装帧设计　余　雷

制版印刷　河北鹏润印刷有限公司
经　　销　新华书店
发　　行　果麦文化传媒股份有限公司
开　　本　880毫米×1230毫米　1/32
印　　张　8.5
印　　数　94, 001–99, 000
字　　数　191千字
版次印次　2016年1月第1版　2023年3月第18次印刷
定　　价　39.00元